N&K

Harry Kämmerer

# DRACHEN FLIEGEN

ROMAN

NAGEL & KIMCHE

*für M & P*

1. Auflage 2019

© 2019 Harry Kämmerer
© 2019 Nagel & Kimche
in der MG Medien Verlags GmbH, München
Satz: JournalMedia GmbH, Susanne Tauber
gesetzt aus der Garamond Pro 10,5 Punkt
Umschlag: JournalMedia GmbH, München
unter Verwendung eines Fotos von © Laura Kate Bradley / Trevillion
Druck und Bindung: Friedrich Pustet, Regensburg

ISBN 978-3-312-01127-8

Printed in Germany

*You can't start a fire without a spark*

Bruce Springsteen

## Silberpfeil

Fünfzig Meter! Mindestens. Was für ein Schuss! Quer über das abgeerntete Feld. Hinterher! Barfuß. Spüre die Stoppeln kaum. Ziehe den silbernen Aluminiumpfeil aus dem harten Boden.

Höre das Schwirren. Rühre mich nicht.

Einen Meter neben mir bohrt sich der Pfeil in die Erde.

»He, Elmar, spinnst du?«

Gleißende Sonne. Ich halte die Hand vor die Augen. Ein weiterer Pfeil zischt durch die Luft. Ich springe zur Seite. *Du Arsch, dir werd ich's zeigen!*

Ich renne los, Elmar auch. Ich hole ihn ein, stürze mich auf ihn. Wir raufen, keuchen, drehen uns die Arme auf den Rücken. Elmar ist stärker als ich. Ich bin gelenkiger.

Es dauert eine Weile, bis er als Sieger auf mir sitzt.

»Na, Hans, du Hosenscheißer?«

»Selber Hosenscheißer. Der Pfeil hätte mich treffen können!«

»Hätte, hätte, Fettbulette. Ich hab genau gezielt.«

»Pfff!« – Mehr fällt mir nicht ein.

Elmar rollt sich runter. Wir liegen nebeneinander auf der sommerharten Stoppelerde. Staub und Dreck auf der verschwitzten Haut, die juckt und spannt. Wir sehen hinauf in den wolkenlosen Himmel mit dem fransigen Kondensstreifen.

»Was machen wir heute noch?«, fragt Elmar.

»Reicht der Wind zum Drachenfliegen?«

»Das heißt Drachensteigen.«

»Wie Treppen steigen?«

»Sehr witzig. Drachen. Steigen. Lassen.«

»Wenn ein Drache nicht fliegt, dann weiß ich's auch nicht.«

»Drachenfliegen heißt das, wenn du selber fliegst. Mit 'nem großen Drachen.«

»Wenn du das sagst.«

»Ist eh kaum Wind. Schwimmbad.«

»Nicht schon wieder.«

»Max-Schultze-Steig.«

»Geht klar.« Ich springe auf. »Wer zuerst beim Stromhäuschen ist!«

»Bazooka.«

»Hubba Bubba.«

Wir rennen los.


Meistens sind wir auf dem Feld hinter den Wohnblocks. Wo die verfallenen Tribünen der aufgelassenen Trabrennbahn stehen und der Aussichtsturm mit den vernagelten Türen und den eingeschlagenen Scheiben. Und der Bunkerberg, Hinterlassenschaft einer Flugzeugfabrik aus dem Zweiten Weltkrieg. Mit verkeilten Betonplatten, aus denen rostige Stahlstangen wie Knochen herausragen, mit Kratern von Granateinschlägen, zugewuchert von dichtem Buschwerk. Mit einem Wäldchen, in dem wir mit Dachdeckerhämmern und Klappspaten kleine Bäume fällen, Äste und Büsche kappen. Damit errichten wir Lager oder zerstören sie, wenn es die von der Hochhausbande sind. Mit der sind wir in permanentem Kriegszustand. Die Jungs vom Hochhaus sind älter und größer, wir sind schlauer und schneller als sie – ein ewiges Hin und Her.

Viele Unikollegen meines Vaters wohnen mit ihren Familien hier in der Siedlung. Sie ist erst ein paar Jahre alt, Wohnraum vom Reißbrett: zehn Blocks mit je drei Aufgängen und vier Stockwerken und ein Hochhaus mit 23 Stockwerken. Hier ist immer viel los, in den Höfen sind jede Menge Kinder unterwegs. Unser Block hat die Nummer 20. Wir wohnen im ersten Stock links, mittlerer Eingang. Vier Zimmer. Eins teile ich mit meinem Bruder Klaus. Der Rest: Wohnzimmer, Elternschlafzimmer und das heilige Arbeitszimmer von Papa, in dem er einmal pro Woche mit seinen Kollegen Skat spielt. Dazu gibt es Schnittchen, Bier und Schnaps.

In der Wohnung unter uns lebt Michaels Familie. Da bin ich oft. Bis Michaels Mutter an Krebs stirbt. Danach besuche ich Michael fast gar nicht mehr bei ihm zu Hause. Oder nur sehr kurz. Ich habe Angst, dass die Krebszellen in der Wohnung immer noch ihr Unwesen treiben und auf ihr nächstes Opfer lauern. Im linken Eingang im dritten Stock wohnen die Hagens. Dort essen mein Bruder und ich zu Mittag, weil Mama ihr unterbrochenes Lehramtsstudium wiederaufgenommen hat und über Mittag meistens an der Uni ist. Rechter Eingang, Erdgeschoss rechts wohnt Herr Lärmer, ein Rentner, der immer wieder im Unterhemd auf den Balkon raustritt und rumschreit, wenn wir beim Fußball oder Völkerball seine Mittagsruhe stören. Sein Nachname passt zu seiner Schreierei, nicht zu seinem Ruhebedürfnis. Angst haben wir keine vor ihm.

Elmar wohnt in der 17 auf der anderen Straßenseite. Er ist mein bester Freund. Wir gehen auf dieselbe Schule, aber leider nicht in dieselbe Klasse. Wir sind unzertrennlich und treffen uns jeden Tag nach den Hausaufgaben. Am Wochenende sowieso. Ein Haus weiter in der 19 wohnt Maxi, eine Nervensäge, die immer dabei sein will. Eine elende Labertasche, groß und dünn, sommersprossig, mit wirren rotblonden Haaren. Wir lassen Maxi fast nie mitspielen. Ein schlechtes Gewissen haben wir deswegen nicht. Maxi passt nicht zu uns. Wir wollen ja auch nicht in der Hochhausbande sein. Nein, blöder Vergleich. Die vom Hochhaus sind schließlich unsere Feinde. Wir – das sind noch Michael, Thomas von der 18 und Andi, der beste Fußballer bei uns in der Straße. Aber richtig eng bin ich nur mit Elmar.

Maxi glaubt mit uns befreundet zu sein. Aber das stimmt nicht. Selbst wenn wir dann doch mal was mit ihm machen. Einmal nehmen wir ihn sogar mit ins Freibad. Wo er uns zeigen will, dass auch er im 3,80-Meter-Becken bis zum Boden tauchen kann. Natürlich nicht Kopf voraus und ohne Sprung. Schwung holt er am Beckenrand. Er stützt sich mit den Händen auf, pumpt den Oberkörper zweimal hoch und taucht beim dritten Mal mit Karacho ab. Und schlägt sich den Unterkiefer am Beckenrand auf. Sofort färbt sich das Wasser rot. Die Sanitäter bringen ihn ins Krankenhaus. Das ist Maxi.

Irgendwann sind wir auch mal bei Maxi zu Hause, nachdem er uns ewig bequatscht hat mitzukommen, damit wir uns endlich sein Zimmer ansehen. Das ist nicht gerade sensationell, sondern schaut aus wie jedes andere Kinderzimmer. Unordentlich. Was mich aber beeindruckt, ist der Fernseher im Wohnzimmer. Der ist komplett weiß angemalt – streifig, fleckig.

»Das war ich«, erklärt Maxi stolz.

»Warum hast du das gemacht?«, frage ich fassungslos.

»Was denn?«

»Die Farbe, der Fernseher?«

»Ach so, das.«

»Und? Warum hast du ihn so angemalt?«

»Weil er mir so besser gefällt.«

»Und was haben deine Eltern gesagt?«

»Nichts.« Er lacht.

Elmar schüttelt den Kopf und konzentriert sich auf Maxis Big-Jim-Figur, die über einen Druckmechanismus am Rücken Karateschläge ausführen kann.

Als Maxis Vater nach Hause kommt, fragt er: »Habt ihr Hunger, Jungs?«

Klar, haben wir immer. Er macht uns Brote.

Beim Essen will ich wissen, ob er Maxi wegen dem Fernseher sehr geschimpft hat.

Er zuckt mit den Achseln und lacht. »Ist doch nur ein Fernseher.«

Ich staune. Nur ein Fernseher? Bei uns ist der Fernseher das kostbarste Stück im Haushalt. Für mich zumindest. Ein großes Schwarz-Weiß-Gerät von Grundig in einer Holztruhe mit Schiebetür. Die man leider absperren kann. *Daktari, Mondbasis Alpha 1, Tom und Jerry* – Sendungen, die mir viel bedeuten. Elmar auch. Und da sagt Maxis Papa, dass der Fernseher nicht so wichtig ist? Sehr sonderbar. Merkwürdig finde ich auch, dass Maxi beim Essen so ekelhaft schmatzt und seinen Papa das überhaupt nicht zu stören scheint.

Ich bin nicht besonders empfindlich, aber das ist mir zu viel. »Mann, muss das sein?«, beschwere ich mich.

Maxi schaut mich erstaunt an. Er hat keine Ahnung. Ich mache ihn übertrieben nach.

Maxis Vater grinst. Und verzieht sich in sein Arbeitszimmer.

»Sagen deine Eltern da nichts, wenn du beim Essen so schmatzt?«, will jetzt auch Elmar wissen.

»Aber nein«, sagt Maxi bedeutungsvoll. »Das ist autoritäre Erziehung.«

Wir sehen ihn verständnislos an.

»Das ist vor allem eklig«, sage ich.

Als wir heimgehen, meint Elmar im Hof: »So eine autoritäre Erziehung taugt nix. Fernseher vollschmieren und schmatzen, was das Zeug hält?«

»Aber sein Papa ist schon cool.«

Mein Papa ist nicht cool. Eher streng. Feste Fernsehzeiten, am Wochenende verordneter Mittagsschlaf, und am Sonntag müssen mein Bruder und ich um zehn Uhr mit ihm zum Gottesdienst in die evangelische Kirche. Mama ist nicht dabei. Sie ist katholisch und geht am Samstagabend in die Messe. Und Sonntag macht sie Mittagessen, wenn wir mit Papa in der Kirche sind. Der Gottesdienst ist für mich eine zähe Prüfung. Ich staune jedes Mal wieder, wie sehr sich Zeit dehnen lässt. Endlos. Ich bekomme von den monotonen Predigten kaum etwas mit und lasse meinen Blick den Rauputz der Wände entlangkriechen, in die Fugen der Buntglasfenster, in jeden Spalt der hellen Holzbänke.

Wenn die Ewigkeit dann doch irgendwann vorbei ist, fahren wir zum Frühschoppen. Im Sommer ist das ganz okay. Meistens sind wir beim Donaubauer, einem Ausflugslokal an der Donau. Dort ist auch der Max-Schultze-Steig, die Außengrenze unseres Reviers. Durch den Wald am steilen Hochufer winden sich enge Pfade und Steige, es gibt Höhlen, Überhänge, Felsplateaus. Da sind wir oft, liegen auf dem Bauch und sehen auf die träge Donau hinab. Und rüber zur großen Autobahnbrücke, die das Donautal zerschneidet. Oben donnert der Verkehr, fünfzig Meter tiefer glitzert braun das Wasser. Im Biergarten vom Donaubauer trinkt Papa zwei Bier, wir Kinder bekommen je ein Spezi und ein Cornetto. Klaus Nuss, ich Erdbeer. Hinterher fahren wir zum Bahnhof, wo Papa sich eine Sonntagszeitung für den Nachmittag kauft und jedem von uns ein Comic-Heft. Klaus *Silberpfeil*, ich *Lasso*. Brave Sachen im Vergleich zu Elmars Heften. Elmar liest Comics wie *Superman, Batman, Hulk* oder *Grüne Laterne*. Bei uns undenkbar. Comics mit Cowboys und Indianern sind schon ein großes Zugeständnis. Mit den Heften bekommen Klaus und ich die verordnete Mittagsruhe einigermaßen rum.

Ich bin mit Elmar auf dem Bunkerberg, und wir schauen auf das Feld hinunter. Wir kauen beide cool auf unseren Grashalmen. Elmar erzählt mir von seiner Idee mit dem unterirdischen Lager. Ein Geheimversteck nur für uns, wo wir all die Fundstücke bunkern können, die wir auf unseren Streifzügen erbeuten: Schrauben, Nägel, altes Werkzeug oder Zugschilder von den rostigen Waggons auf den Abstellgleisen jenseits des Felds. Wo uns niemand finden kann. Wir sitzen auf den sommerwarmen Betonplatten und lassen unserer Phantasie freien Lauf, träumen von einer Kommandozentrale wie in einem James-Bond-Film, wie in *Goldfinger,* den wir in den Pfingstferien in den Kammerlichtspielen in einer Nachmittagsvorstellung gesehen haben. So edel wird es nicht werden, aber auch nicht ganz ohne Luxus. Ich kann einen alten Teppich aus unserem Keller bieten, Elmar einen Küchentisch und zwei Stühle. Auf unserer Proviantliste stehen: Dosenravioli, Kekse, Mineralwasser und Spezi. Wir werden uns gut eindecken, und wenn der Atomkrieg kommt, sitzen wir seelenruhig da unten und spielen bei Kerzenschein Karten, bis die Luft wieder rein ist.

Wir reden und reden. Schließlich schweigen wir und lassen die Blicke schweifen. Durch das weißgelbe Kornfeld schlängeln sich unsere Schleichwege, mitten im Feld steht der alte Turm der Rennbahnaufsicht, rechts verfallen wie vergessene Filmkulissen die Rennbahntribünen. Auf der anderen Seite vom Feld sind Bahngleise mit ausgemusterten, schmutzig grünen Waggons. Hinter dem Bunkerberg verläuft ein hoher Maschenzaun mit Stacheldraht, Begrenzung zum Fabrikgelände von Siemens mit seinen neuen, weißen Werkshallen. Vor dem Zaun ist ein fünf Meter breiter Streifen mit dichtem Buschwerk.

»Da unten graben wir das Loch für unseren Bunker«, sagt Elmar und zeigt auf den verwilderten Grünstreifen. »Zwei Meter tief. Mindestens!«

»Das wird ein Haufen Arbeit«, sage ich.

»Wir haben einen Haufen Zeit.«

Da hat er recht. Die Sommerferien beginnen gerade erst, und Papa muss arbeiten. Was ich nicht so tragisch finde, weil wir dann keine Kulturreise nach Italien oder Frankreich machen wie in den letzten Ferien. Mit stundenlangen Autofahrten, auf denen mein Bruder und ich beißenden Zigarettenqualm erdulden müssen und wir in den Städten von einer Kirche zur nächsten hasten und weiter in irgendein Museum eilen. Auf die Idee, dass so was für Kinder stinklangweilig ist, kommt mein Papa nicht, selbst wenn wir es lautstark sagen. Mama schaut sich auch gerne Kunst an, aber sie würde ebenso ans Meer fahren. Das haben wir bisher erst ein Mal gemacht, und ständig mussten wir uns von Papa anhören, wie langweilig das sei. Da könne man ja gar nichts anschauen. Ich bin ganz froh, dass wir diese Sommerferien hierbleiben. Elmar ist im August immer zu Hause, weil es da seinen Eltern in den Ferienorten überall zu voll ist. Hier ist es leer, fast alle Kinder aus der Siedlung sind schon in der ersten Ferienwoche weggefahren.

Wir beginnen mit den Aushubarbeiten und achten darauf, dass keiner von den wenigen Daheimgebliebenen etwas von unserer Aktion mitkriegt. Vor allem Maxi nicht, der ist nämlich auch noch da. Wir sehen ihn aber kaum. Vermutlich ist er wieder mit seinem Papa in der Uni und darf für ein paar Mark Stundenlohn Bücher kopieren oder den Aktenvernichter füttern. Er hat uns mal erzählt, dass er das ganz super findet, wenn das Papier in feine Streifen geschnitten wird.

Niemand stört uns, und wir graben uns in dem dichten Gebüsch vor dem Zaun mit unseren Dachdeckerhämmern und Klappspaten tief in die lehmige Erde. Mama ist stocksauer, als ich das erste Mal völlig verdreckt nach Hause komme, sagt aber schon am zweiten Tag nichts mehr, weil sie froh ist, dass ich mich selbst beschäftige, wenn wir schon nicht wegfahren. Bei Klaus ist das kein Thema, der sitzt sowieso in unserem Zimmer und lötet irgendwelche Platinen aus seinem neuen Elektronikbaukasten zusammen.

Am nächsten Sonntag beim Donaubauer hat Papa für uns eine Überraschung. »Wir fahren doch noch in den Sommerurlaub«, verkündigt er. »Zwei Wochen ans Meer!«

Das kann nicht sein, da ist was faul, denke ich. Und dann sagt er auch noch, dass wir einen Freund mitnehmen dürfen. »Elmar, wenn der Lust dazu hat.« Das ist zu viel des Guten, jetzt muss er mit der Wahrheit raus! Er eiert ein bisschen rum, dann erzählt er es uns: Sein Chef wird Rektor an der Universität Passau und hat ihm dort einen Job angeboten – ein Angebot, das er nicht ablehnen kann.

»Wir ziehen um«, sagt Papa. »Bereits zum Ferienende, wegen der Schule. In ein großes, neues Haus. Keine Wohnung mehr. Jeder von euch kriegt sein eigenes Zimmer.«

»Ich brauch kein Haus!«, platzt es aus mir heraus. »Und kein eigenes Zimmer!« Ich bin total entrüstet und muss mich zusammenreißen, um nicht heulend aufzuspringen und wegzulaufen. Ich kenne jeden Fleck hier, hier wohnt mein bester Freund. Wie stellt Papa sich das vor? Wir können doch nicht einfach von Regensburg wegziehen! Aber es ist zu spät, ich verstehe schon – da ist nichts mehr zu machen. Ich bin stocksauer. Das Cornetto kann er selber essen! Und das *Lasso*-Heft will ich auch nicht! Auf der Heimfahrt spreche ich kein Wort. Das Mittagessen rühre ich nicht an, obwohl es Schweinefilet mit Pilzen gibt. Meine Mama ist bedrückt. Aber was erwartet sie denn? Dass ich mich freue? Die Mittagsruhe verbringe ich mit schwarzen Gedanken.

»Ach, so schlimm ist das doch nicht«, findet Elmar, als ich ihm nachmittags am Bunkerberg alles erzähle. »Wir können uns doch an den Wochenenden besuchen. Da gibt's bestimmt 'nen Zug. Das ist keine Weltreise. Mal kommst du, mal komm ich.«

»Die ersten Monate behalten wir die Wohnung eh noch.«

»Na also. Und dann besuchen wir uns. Das ist doch cool – so ohne Eltern unterwegs.«

»Meinst du echt?«

»Ja, logisch.«

*Ja, logisch* – so ist Elmar. Das mag ich am meisten an ihm. Nie sieht er Probleme.

»Und ich kann wirklich mit euch in den Urlaub fahren?«, fragt er.

»Ja, nach Bari.«

»Wo immer das ist. Hauptsache am Meer. Ich nehm die Flossen mit. Und meine neue Taucherbrille. Wann fahren wir?«

»In zwei Wochen.«

»Bis dahin ist unser Lager fertig.«

»Viel hab ich dann ja nicht mehr davon.«

»Ach, wer weiß. Vielleicht verstecken wir uns da einfach, wenn Umzug ist.«

»Und dann?«

»Jetzt nimm halt nicht immer alles so ernst, Hans. Wenn du zu Besuch kommst, dann haben wir einen Ort nur für uns.«

Ich nicke. Das leuchtet mir ein.

Das Erdloch wird immer größer und tiefer, und abends decken wir es mit Zweigen und Blättern ab, damit niemand die Baugrube vom Bunkerberg aus sehen kann.

Schließlich fährt auch Maxi weg. »In einer Woche bin ich wieder da«, verabschiedet er sich im Hof fröhlich. »Dann machen wir was zusammen, gell?«

Ich lächle und denke: Logisch, Maxi. Träum weiter! Bis du zurückkommst, sind wir fertig mit dem Lager. Und dann fahren wir weg – Elmar und ich!

Ich hole mir bei Mama den Schlüssel für den Keller, um den alten Perserteppich für unser Lager zu organisieren. Offiziell, um Leergut runter- und volle Flaschen raufzubringen. Als wir in der dritten Klasse mal aufschreiben sollten, was unsere Aufgaben im Haushalt seien, habe ich *Bier holen für Papa* geschrieben und damit für große Heiterkeit gesorgt. Keine Ahnung, was daran so lustig war. Ich bin gerne im Keller. Ich mag den Grusel, wenn das Minutenlicht ausgeht. Ich stelle dann den Sechserträger lautlos ab und greife mir eine leere Bierflasche, bereit, sofort zuzuschlagen, wenn der Mörder hinter dem Mauervorsprung hervorspringt. Passiert natürlich nicht. Ich starre in die Dunkelheit, zähle langsam bis zehn und drücke dann auf den orange glimmenden Lichtschalter – und der Grusel ist vorbei. Wenn ich selbst die Regie habe, dann mag ich die Dunkelheit.

Wir haben das letzte Abteil rechts hinten. In dem großen Stahlregal liegen Koffer mit alten Kleidern, Kartons, Kisten, verbeulte Töpfe, unser Schlauchboot und jede Menge anderer Kram. Ich habe mir angewöhnt, in unserem Kellerabteil immer mal wieder eine Flasche Thurn & Taxis aufzumachen. Ich mag den würzigen Geschmack des lauwarmen Biers. Kalt ist es da unten nicht, an der Kellerdecke verlaufen dicke Heizungsrohre. Und während ich das Bier im Mund hin und her schwenke und mir der Schaum in die Nase steigt, inspiziere ich all die Schätze, die in den Koffern und Kartons verborgen sind: Kleider, Bücher, Zeitschriften, Briefe, Fotos. Erinnerungen meiner Eltern an eine Zeit, wo sie noch keine Eltern waren, sich nicht einmal kannten. Ich finde auch zwei alte RCA-Singles von Elvis Presley.

Auf das Etikett, wo Interpret und Komponist draufstehen, hat Mama weiße Papierstreifen mit ihrem Mädchennamen geklebt. Der Kuli ist unter dem gelblichen Tesafilm ein bisschen zerlaufen. Aber ihr Name ist astrein zu lesen. Das macht man nur mit Sachen, die einem viel bedeuten. Ob Mama als Teenager zu den Singles selbstvergessen getanzt hat? Das kann ich mir nur schwer vorstellen.

Bald ist unser Lager wohnlich eingerichtet. Der rote Perser aus unserem Keller liegt auf dem klammen Lehm. Darauf Elmars Stühle und Küchentisch. Wir sitzen dort unten, trinken Spezi und sehen hinauf in den Schleierwolkenhimmel.

»Fehlt nur noch das Dach«, meine ich zufrieden.

»Holen wir gleich«, sagt Elmar. »Wenn das Spezi leer ist.«

Auf dem angrenzenden Bahngelände steht ein halbverfallener Schuppen, von dem wir die Torflügel aushängen, um sie über unsere Grube zu legen und darauf etwas von der ausgehobenen Erde zu werfen. Damit Gras über die Sache wachsen kann.

Wir transportieren die Torflügel zur Grube und stellen fest, dass das Loch für die Bretter zu groß ist. Oder die Bretter sind zu klein. Sie finden erst einen halben Meter tiefer als geplant Halt. Da muss jetzt eine Menge Erde drauf, damit oben keine auffällige Kuhle bleibt. Bald sind die Bretter von einer dicken Schicht aus Erde, Ästen und Grasbüscheln bedeckt. Das Lager ist super getarnt. Wir klettern hinein. Unten muss man sich jetzt bücken. Am Tisch sitzen kann man aber einwandfrei. Elmar leuchtet mit der Taschenlampe die Decke ab, und wir sehen, wie sich die Holzplanken bedenklich biegen.

»Das kracht gleich ein«, urteilt er. »Da müssen Stützen rein, wie in einem Bergwerk.«

Wir ziehen noch mal zum Bahngelände los und kehren mit ein paar dicken Holzpfosten zurück. Einer hat genau die richtige Länge, dass wir ihn auf die Tischplatte stellen können, um die Decke in der Mitte abzustützen. Perfekt.

Wir sitzen in unserem kühlen Erdloch, während draußen die Sommerhitze knallt. Ein scharfumrissener Lichtblock fällt durch die Einstiegsluke, die wir aus einem alten Fensterladen gebaut haben. Wir trinken jetzt die zwei Flaschen Bier, die ich aus unserem Keller abgezweigt habe. Ganz große Jungs, Männer eigentlich schon.

»Meinst du, jemand entdeckt unser Lager, wenn wir in Italien sind?«, frage ich.

»Nein. Niemand weiß, dass es hier ist. In ein paar Tagen sieht man oben nichts mehr.«

»Und wenn doch? Was ist mit Tom, mit Andi oder der Hochhausbande?«

»Keine Gefahr, die Tarnung ist perfekt.«

»Und Maxi?«

»Der ist zu blöd, das Lager zu finden. Und wenn – er würde sich nie trauen, es kaputtzumachen.«

»Die Hochhausbande schon.«

»Wenn jemand das Lager kaputtmacht, dann wir selbst«, sagt Elmar.

»Wie meinst du das?«

»Wir bauen eine Sicherung ein. Wenn wirklich jemand einsteigen will, sorgen wir dafür, dass es einstürzt, bevor der auch nur einen Fuß reinsetzt.«

»Versteh ich nicht.«

Er deutet zur Luke. »Wir befestigen da ein Seil dran. Also innen. Mit einem Seemannsknoten. Das Seil ist mit dem Pfosten auf dem Tisch verbunden. Wenn jemand neugierig die Luke öffnet, klemmt sie wegen dem Seil. Wenn er fest an der Luke zieht, reißt er den Pfosten raus, und das ganze Teil kracht zusammen.«

»Ja, und wir?«, frage ich entgeistert. »Wie kommen wir dann selbst rein?«

»Das Seil hat etwas Spiel. Du öffnest die Luke nur einen Spalt und löst den Knoten, bevor du runtersteigst. Capito?«

Capito! Klar! Ich bin begeistert. Wenn sich einer unbefugt Einlass verschaffen will, macht es rums! Das erinnert mich an eine meiner Lieblingsszenen in *Der Schatz im Silbersee*. Ganz am Schluss, wenn der Typ mit dem Schatz im Schlick untergeht. Also von der Idee her: Du greifst nach etwas, was du unbedingt haben willst, du glaubst es zu haben, und schon versinkt alles in den Fluten. Ich bin verblüfft, dass Elmar so was wie mit der Seilsicherung einfach so einfällt. Darauf wäre ich nie gekommen.

Wir kaufen uns im Baumarkt zwei Meter billiges, grelloranges Kunststoffseil, binden es um den Pfosten und knoten es an den Riegel des ehemaligen Fensterladens. Dann testen wir es. Wir öffnen von innen vorsichtig die Luke. Das Seil spannt sich. Wenn jetzt jemand die Klappe aufreißt ... Wir machen das Seil noch mal ab und klettern raus. Einer muss die Luke aufhalten, während der andere das Seil mit einem Seemannsknoten an der Luke innen befestigt. Wir schließen es und wissen: Das Seil hat so viel Spiel, dass man die Luke gerade so weit öffnen kann, dass sich der Knoten lösen lässt. Und das macht man nur, wenn man Bescheid weiß. Das Beste daran ist: Man kann es nur zu zweit machen. Wir kommen uns total genial vor. Den Ort kann uns keiner nehmen!

Als wir nach Hause gehen, sehen wir das Auto von Maxis Eltern auf dem Parkplatz. Sie sind bereits aus dem Urlaub zurück. Die Woche ist wie im Flug vergangen. Ich erwarte, dass Maxi uns gleich bei den Fahrradständern abfängt und volllabert. Passiert aber nicht. Unbehelligt gehen wir über den Hof.

Alles ist für den Italienurlaub gepackt, und ein langer heißer Nachmittag liegt noch vor uns. Papa will wegen der Hitze über Nacht fahren. Unser Geheimlager interessiert uns schon nicht mehr so sehr. Schließlich ist es fertig und gut gesichert. Auf Schwimmbad haben wir auch keine Lust. Morgen baden wir ja schon im Meer. Wir holen unsere Räder und fahren zum Max-Schultze-Steig.

Plötzlich habe ich das Gefühl, dass uns jemand folgt. Ich drehe mich um und sehe ihn – Maxi!

»Schnell, Elmar«, rufe ich. »Maxi ist hinter uns her!«

Wir geben Gas, biegen beim Abenteuerspielplatz nach links ins Neubauviertel ab und kurven um die großen Blocks herum durch Spielstraßen und über Parkplätze. Maxi lässt sich nicht abschütteln. Seine rotblonden Haare wehen im Wind, er tritt mit aller Kraft in die Pedale, die Sehnen seiner dünnen, sommersprossigen Arme sind gespannt wie Drahtseile. Er strahlt übers ganze Gesicht und hält das Ganze für ein Spiel.

Irgendwann haben wir Maxi abgehängt.

Wir fahren freihändig den Radweg an der Donau entlang in Richtung Sinzinger Autobahnbrücke. Nachdem wir die Räder den steilen Weg zum Max-Schultze-Steig hochgeschoben haben, brettern wir über den schmalen Pfad bis zu dem Felsen, wo es zu unserem Lieblingsplatz abgeht, dem Plateau mit dem freien Blick auf die Donau und die mächtige Brücke. Wir verstecken die Räder im Gebüsch, und ich klettere schon zu unserem Felsen rüber. Elmar muss noch mal los, zum Donaubauer. Heute ist er dran mit Eisholen.

Ich liege auf dem Bauch und blicke in den dichtbewaldeten Hang. Sehe, wie der sanfte Wind die Blätter in Hell- und Dunkelgrün auffächert, spüre die Wärme des Felsens, höre das Rauschen der Autobahnbrücke. Ich denke an die Geschichte mit dem Selbstmörder, die in der Zeitung stand. Der ist zu Fuß auf die Brücke, bis zur Mitte, um dort über die Brüstung zu klettern und in die Donau zu springen. Er hat es nicht überlebt. Fünfzig Meter. Ich bin im Freibad schon mal vom Zehnmeterbrett gesprungen. Von dort oben sah das Becken aus, als könnte ich es problemlos verfehlen. Und der Aufprall tat echt weh. Meine Fußsohlen und die Unterseiten der Oberarme haben wie Hölle gebrannt. Und das waren nur zehn Meter.

»Bei fünfzig Metern ist das Wasser hart wie Beton«, meinte Elmar, als wir die Geschichte vom Selbstmörder wieder einmal durchkauten. »Wenn du da runterfällst, bist du tot.«

»Wie sich das wohl anfühlt?«

»Den Aufprall kriegst du nicht mehr mit.«

»Ehrlich?«

»Klar, du wirst vorher ohnmächtig.«

»Da wär ich mir nicht so sicher.«

Wir machen uns ständig Gedanken darüber, wie das ist, wenn man stirbt, was kurz vor dem entscheidenden Augenblick passiert. Läuft im Kopf ein Film ab, der das eigene Leben zeigt, rasend schnell, mit all den wichtigen Stationen im Zeitraffer, bevor es auf einen Schlag schwarz wird, das Licht ausgeht? Sieht man sich bei diesen letzten Sekunden selbst zu? Von außen? Oder steckt man mittendrin in der Sturzflut von Gedanken und Bildern, ist man Teil des Ganzen, ohne jede Distanz? Denkt man gar nichts, oder wird man einfach ohnmächtig? Macht man sich in die Hose? Was passiert da in einem drin, im Kopf, im Körper? Der Tod interessiert uns Kinder brennend.

Elmar kommt mit dem Eis zurück. Das Cornetto ist schon ganz weich. Es gab nur noch Nuss. Egal. Es schmeckt köstlich. Vanille, Sahne, Nuss – meine letzten Sommertage, bevor ich dich verlassen muss, reime ich, sage ich aber natürlich nicht laut. In mir glimmt bereits Wehmut. Es gibt plötzlich Dinge, die ich zum letzten Mal tue. Orte, an die ich vielleicht nicht mehr zurückkehre. Aber noch tut es nicht richtig weh. Ich bin nämlich auch voller Vorfreude. Morgen schon sind wir am Meer.

# Aktenzeichen XY

*Scirocco, heißer Wüstensand*
*mehr im Wasser als an Land*
*Kescher voller Krebse, Tang*
*Eis und Pizza auf die Hand*

Wir toben mit Luftmatratzen durch die Wellen, tauchen Krebse und Muscheln vom Meeresboden hoch, graben uns komplett im Sand ein, Sonne und Salz brennen auf der Haut. Wir rennen durch die Bungalowsiedlung, über glühenden Asphalt, fischen 100-Lire-Stücke unter dem Eisstand hervor, bespitzeln abends die Erwachsenen, wie sie sich in der Open-Air-Disco zum Affen machen. Elmar und ich sind jetzt Blutsbrüder. Das haben wir zwischen den Dünen mit dem Taschenmesser gemacht. Ein kleiner Schnitt in die Kuppen unserer Zeigefinger, die wir dann aufeinanderpressten. Nur ein paar Tropfen Blut. Aber um die Menge geht es ja nicht.

Immer wieder tauche ich ins salzige Wasser. Bin jedes Mal aufs Neue erlöst von all den Sorgen, wie das jetzt mit dem Umzug wird, mit der neuen Stadt, dem neuen Haus, der neuen Schule. Werde ich neue Freunde finden? Einen Freund wie Elmar? Das Meer spült alle Fragen fort. Geht ein Tag spät zu Ende, kann ich den nächsten kaum erwarten. Es ist perfekt – nur wir, der Strand, das Meer und die Sonne über uns.

Die Abreise trifft mich kalt und hart. Es hat in der Nacht geregnet, der Strand ist narbig, das Meer starr wie Beton. Eigentlich wollten wir erst am Nachmittag fahren, aber der Sommer ist verschwunden, als hätte jemand das Licht ausgeknipst. Wir packen und fahren los. Im Auto ist es still. Wir sagen nichts. Ich wünsche mir so sehr, dass die Sonne noch mal rauskommt, dass wir anhalten, aussteigen, ein letztes Mal in die Wellen springen, die nackten Füße im Sand vergraben, noch ein Eis essen. Zum ersten Mal seit Tagen denke ich wieder mit Sorge an den Umzug, daran, dass wir Regensburg bald verlassen. Ich versuche mit Elmar darüber zu reden. Er steigt nicht darauf ein. Ich soll doch erst mal abwarten. Bestimmt ist das mit dem Haus ganz toll. Solche Sachen sagt er. Das will ich nicht hören. Wir schweigen fast die ganze Heimfahrt.

Ich wache auf, als Papa den Wagen in unserer Straße parkt. Schlaftrunken verabschiede ich mich von Elmar und tappe in die Wohnung hoch. Vom Balkon werfe ich einen Blick in die mondhelle Nacht. Ich will sichergehen, dass das Feld noch hinter den Häusern liegt, dass der Bunkerberg noch an seinem Platz ist. Nein, andersrum – dass ich wieder da bin. Zu Hause. Wo ich mich auskenne, wo ich hingehöre. Nicht mehr lange, denke ich traurig und gehe ins Bett. Ich bin unruhig und kann nicht einschlafen. Ich habe das Gefühl, dass etwas fehlt, dass etwas anders ist. Ich sehe noch mal aus dem Fenster. Das weite Stoppelfeld im Mondlicht, der Rennbahnturm, die Umrisse des Bunkerbergs. Irgendwas ist anders. Aber was?

Am nächsten Morgen erfahren wir es: Maxi ist verschwunden. Seit zwei Wochen schon! Die Polizei hat alles abgesucht. Vergeblich. Mama ist hysterisch. Die Teekanne fällt ihr beim Frühstück runter. Pfefferminz und tausend Scherben. Als ich Elmar treffe, weiß der es auch schon. Wir reißen blöde Witze: »Na, wo ist er denn, der kleine Maxi, putt-putt-putt?« Wir sind schrecklich ungerührt. Natürlich reden wir über den letzten Tag vor dem Urlaub, wo wir Maxi mit den Fahrrädern abgehängt hatten. Drüben in der Neubausiedlung. Nicht lange nachdem wir das unseren Eltern erzählt haben, kommt ein Polizist vorbei und nimmt unsere Aussage auf.

Am nächsten Tag schon sucht die Polizei das Neubaugebiet und die angrenzenden Felder bis zur Donau ab. Polizisten befragen die Anwohner, gehen durch Fahrrad- und Heizungskeller. Wir sind beeindruckt. Das alles passiert wegen unserer Aussage. Aber nichts, keine neuen Hinweise, auch nicht, als Maxis Bild noch mal in der Mittelbayerischen Zeitung erscheint und im Radio zur Mithilfe bei der Suche aufgefordert wird. So was kennen wir sonst nur von den schlechtgemachten Gruselfilmchen in *Aktenzeichen XY ... ungelöst* im Fernsehen. Aber das hier ist echt! Für uns Kinder ist das Ganze total spannend.

Wir haben kein bisschen Mitleid mit Maxi. Aber das hatten wir noch nie mit ihm. Mir fällt ein, wie Maxi beim Versteckspielen einmal den Rost eines Kellerlichtschachts herausgehoben hat, um sich darunter zu verstecken. Als wir ihn endlich entdeckten – er war der Letzte und zweifelsfrei der Sieger –, stellten wir uns zu viert auf das Gitter, taten so, als würden wir ihn nicht sehen, überlegten laut, wo er noch sein könnte. Und plötzlich mussten alle ganz dringend pinkeln. Sein Geheul ging in unserem Gelächter unter. Aber selbst so fiese Aktionen hielten Maxi nicht davon ab, sich weiterhin an uns dranzuhängen. Die Klette. Er war immer da. Jetzt ist er nicht mehr da.

Klar, wir wollen bei der Suche helfen – aber vor allem weil es ein aufregendes Spiel ist, und die Polizei unseren Hinweisen nachgeht. Aber es gibt keine Spur von Maxi und seinem Fahrrad. Wir haben wilde Phantasien. Dass jemand Maxi in einem der Wohnblocks der Neubausiedlung gefangen hält. Gerade ist Schleyer von der RAF entführt worden, und die Nachrichtensendungen bringen fast nichts anderes mehr. Wir interessieren uns sehr für Terroristen und ein Leben im Untergrund. Für Wohnungen, die unter falschem Namen angemietet werden, für Keller, Abstellkammern, in denen man Geiseln verstecken kann. Aber das ergibt alles keinen Sinn. Maxis Eltern sind weder Politiker, noch sind sie reich. Und es gibt auch keinen Erpresserbrief. Trotzdem – als eine Hundertschaft der Polizei die Donauauen durchkämmt, erinnert uns das sehr an die Fernsehnachrichten über die RAF.

Auf die Idee, dass ein Sexualverbrechen vorliegen könnte, kommen wir Kinder nicht. Solche Gedanken sind uns fremd. Unseren Eltern natürlich nicht. »Lasst euch nicht ansprechen! – Geht nicht mit fremden Leuten mit! – Du bist abends pünktlich zurück!« Die ganzen Sprüche. Und meine genervte Versicherung: »Ja, Mama. Nein, Mama ...« Mama achtet jetzt peinlichst darauf, dass ich bei Einbruch der Dunkelheit zu Hause bin. Bei Klaus muss sie das nicht. Der sitzt ja meistens in unserem Zimmer über seine Elektrobauteile gebeugt. Ich bin ständig draußen unterwegs und schaffe es nicht immer, rechtzeitig zu Hause zu sein. Mama steht dann rauchend auf dem Balkon und späht in die Dämmerung. Mir erscheint ihre Angst sehr übertrieben. Als ob plötzlich zwischen den Mülltonnen der böse Kindermörder rausspringt. Ja, vielleicht führt unser Hausmeister Bruckschlegel ein bizarres Doppelleben. Und Maxi ist nicht sein erstes Opfer. Solche Serienmörder-Geschichten stehen in einem meiner

Lieblingsbücher, einem Sammelband mit Mordgeschichten aus dem 19. und 20. Jahrhundert. Da gibt es auch einen Typen, der seine Opfer nach dem Erwürgen in die Badewanne legt und Säure draufgießt. Ist es Maxi so ergangen? Hat er sich zischend aufgelöst und ist durch den Ausfluss weggegurgelt? Nur sein Fahrrad kann die Polizei noch auf die richtige Fährte bringen ...

Die Polizei findet schließlich jemanden, der Maxi auch noch gesehen hat, einen Mann im Neubauviertel, der mit seiner Familie gerade erst aus dem Sommerurlaub zurückgekehrt ist und von der Suchaktion erfahren hat. Maxi ist ihm bei unserer Verfolgungsjagd mit dem Rad in die Beifahrertür gerauscht und einfach abgehauen. Der Mann hat Maxi auf dem Foto in der Zeitung erkannt. *Abgehauen!* Ein ganz neuer Gedanke: Vielleicht hat Maxi das gemacht, wozu wir ihn so oft aufgefordert haben? »Mensch, Maxi, jetzt hau doch endlich ab!« Hat er es wegen der zerbeulten Autotür mit der Angst bekommen? Ist er deshalb verschwunden? Aber wohin? Und warum so lange? Nein, das kann nicht sein. Wo steckt Maxi? Langsam geht uns die Phantasie aus. Natürlich überlegen wir, ob Maxi tot ist, ob er vom Radweg abgekommen und die Böschung runter in die Donau gefahren ist. Aber wenn so was passiert, dann findet man den Verunglückten doch irgendwo an der Böschung flussabwärts oder im Rechen eines Stauwehrs, oder? Wir haben keine Idee, wo Maxi sein könnte.

So sehr uns Kinder der Tod theoretisch fasziniert, so wenig kann ich damit umgehen, wenn tatsächlich etwas Schlimmes passiert. Der Krebstod von Michaels Mutter in der Wohnung unter uns war für mich noch ziemlich abstrakt, nicht greifbar, an ihrem Tod waren irgendwelche Zellen schuld, die langsam im Verborgenen wuchsen. Aber schon das hat mich so verunsichert, dass ich Michael nicht mehr zu Hause besuchen wollte. Richtig kalt hat es mich erwischt, als Elisabeth überfahren wurde. Elisabeth war die Schwester von Karla, mit der ich jeden Tag in die Schule gehe, bei deren Mutter wir unter der Woche essen, seit Mama wieder studiert. Es passierte an einem Mittwoch, an dem Mama keine Uni hatte und es zu Hause Mittagessen gab. Es war der erste richtig warme Tag in jenem Jahr. Ich hatte nur ein T-Shirt an und sah vom Balkon aus über das wogende, grüne Ährenfeld zum Bunkerberg, wo ich nachmittags mit Elmar verabredet war. In der Ferne heulten Martinshörner. Eigentlich nichts Besonderes, befindet sich jenseits des Felds doch das Krankenhaus Barmherzige Brüder. Aber die Sirenen hörten gar nicht mehr auf. Mama trat zu mir auf den Balkon und sah sorgenvoll übers Feld in Richtung Krankenhaus. »Da kommt Klaus«, sagte ich leichthin und deutete in den Hof. Mama entspannte sich jedoch nicht und lauschte weiter angestrengt. Immer noch heulten die Sirenen. Mama ging ins Arbeitszimmer, um ihre Freundin anzurufen. Karlas Mama.

Eine Stunde später wussten wir es. Karlas Schwester Elisabeth war von einem Laster überrollt worden. Auf dem Heimweg von der Schule. Der Fahrer hatte sie beim Abbiegen übersehen. Toter Winkel. Die schöne Elisabeth mit ihren langen, schwarzen Haaren und ihrer ernsten, warmherzigen Art. Die mit uns Kindern immer wie mit Gleichaltrigen sprach, wie mit ihren Freundinnen. Das wird sie nie wieder tun, dachte ich traurig. Unsere laute Straße wurde an jenem Tag ganz still. Und blieb es lange. Obwohl ich Karla jeden Tag in der Schule sah, sprachen wir nicht über Elisabeth. Die gemeinsamen Mittagessen waren ausgesetzt. Klaus und ich mussten uns jetzt selbst um uns kümmern und bekamen eigene Hausschlüssel. Wir machten uns Wurst- und Käsebrote, wenn Mama noch in der Uni war.

Manchmal auch Ravioli aus der Dose. Oder Pfannkuchen. Die konnte ich schon. Klaus nicht. »Wie lange muss der in der Pfanne sein?«, fragte er einmal, als ich beim Kochen aufs Klo musste. Bis er braun ist, wollte ich sagen. Stattdessen sagte ich: »Zwölf Minuten, dann wenden.« Und verschwand. Als ich vom Klo zurückkam, stank es verbrannt.

Ich war heilfroh, als die gemeinsamen Mittagessen bei Karla wieder stattfanden. Ich freute mich über das gute Essen, auch wenn es mich irritierte, dass jetzt ein Platz am Tisch leer blieb. Über Elisabeth wurde nicht gesprochen. Kein Wort. War es verboten? War es erlaubt? Ich traute mich nicht zu fragen. Einmal deckte Karla auch für Elisabeth auf, und das Essen wurde auf alle Teller verteilt. Erst dann merkten wir es. Der Teller Spaghetti Bolognese dampfte, und niemand wagte es, das Essen abzuräumen.

Monate später fanden Karla und ich auf der Suche nach einer Hörspielkassette in einer Schublade der Wohnzimmerschrankwand eine lange schwarze Locke mit einer weißen Schleife. *Elisabeth!* Ein halbes Jahr zuvor noch ein lebendiger Mensch mit Träumen, Ideen, Gefühlen – jetzt nur noch eine Haarlocke. Mehr nicht. Das beschäftigte mich sehr. Karla sicher noch mehr. Aber wir redeten nicht darüber, schafften es nicht. Obwohl wir Kinder vom Tod so fasziniert waren und uns immer fragten, wie das ist, wenn es so weit ist. Und auch, was dann von einem bleibt. Eine Locke? Das frage ich mich jetzt bei Maxi auch. Wenn er nicht mehr auftaucht, was bleibt von ihm? Ein verlassenes Kinderzimmer? Ein weiß angemalter Fernseher?

Elmar und ich sitzen auf dem Bunkerberg, jeder ein Spezi in der Hand. Wir sehen runter auf das Gestrüpp vor dem Zaun. Kurz zuvor waren wir bei unserem Lager. Bei den Überresten. Das

Lager hat die heftigen Regenfälle der letzten zwei Sommer-wochen nicht überstanden. Es ist zusammengesackt, die Decke ist eingebrochen. In der Kuhle steht Wasser.

»Schon schade«, sage ich.

»Na ja, besser draußen als drinnen«, meint Elmar. »Stell dir vor, das Teil kracht zusammen, und wir sind gerade drin.«

»Ja, das wäre nicht gut, gar nicht gut.«

Elmar überlegt ein bisschen und grinst dann. »Vielleicht ist ja jemand drin.«

Ich sehe ihn entsetzt an. »Meinst du, Maxi hat das Lager gefunden und ...«

»Wer weiß?«

»Ach komm!«

»He, nur Spaß!«

»Elmar, das ist echt nicht lustig. Wenn Maxi tatsächlich da unten ist?«

»Quatsch. Wenn jemand die Luke aufgerissen hat, dann ist das Ding zusammengebrochen, bevor er auch nur einen Fuß reinsetzen konnte.«

»Und wenn es nicht so geklappt hat? Also, Maxi zieht mit dem Seil den Pfosten raus, und die Decke hält noch. Er steigt runter, erst dann kracht sie ein.«

»Ach komm, Hans. Die Polizei war mit Spürhunden unter-wegs. Die schnüffeln an Kleidungsstücken von dem Vermissten und suchen ihn dann. Die riechen alles. Die waren überall.«

Ich würde Elmar gerne glauben. Tu ich aber nicht. Ich bin ganz aufgeregt. Was, wenn Maxi da unten liegt? Weil unsere Falle mit dem Strick und dem Pfosten das Ganze zum Einsturz gebracht hat? »Wir sehen nach!«, beschließe ich.

Elmar findet das abwegig, aber irgendwie auch spannend. Wir bahnen uns den Weg durch die Büsche und das hohe Gras und versuchen die Luke anzuheben. Sie lässt sich nur einen Spaltbreit öffnen. Mehr geht nicht.

Elmar schüttelt den Kopf. »Vergiss es. Das war der Regen. Die Erde ist zu schwer geworden. Das Ding ist einfach zusammengekracht.«

Ich sehe ihn zweifelnd an.

»He, Hans, Pfusch am Bau, sonst nix. Eine Atombombe hätte das jedenfalls nicht ausgehalten.«

»Und Maxi?«

»Maxi ist bestimmt nicht da unten. Und vergiss sein Fahrrad nicht.«

»Hier wäre es ja nicht«, sage ich. »Kein Mensch fährt mit dem Rad den Bunkerberg hoch.«

»Ja eben. Und wo ist das Rad? Auf dem Hof war es nicht.«

»Das kann wer geklaut haben.«

»Unsinn«, sagt Elmar. »Maxi sperrt seine Mühle immer mit seinem fetten Schloss ab. Wenn das Rad nicht auf dem Hof ist, dann ist er damit verschwunden. Also ist er nicht hier. Vielleicht ist er tatsächlich an der Donau vom Weg abgekommen und in den Fluss gefahren. Und dabei ertrunken.«

Ich sehe Elmar immer noch zweifelnd an.

»Hans, du willst das Teil doch nicht echt aufbuddeln, oder?«

Nein, will ich nicht. Zumal ich nicht weiß, was wir machen sollen, falls wir Maxi tatsächlich dort unten finden. Ich muss daran denken, dass wir die Luke unseres Lagers genau mit dem Ziel präpariert haben – dass die Decke einstürzt, wenn sich ein Unbefugter Zutritt verschaffen will. An die Möglichkeit, dass das erst passiert, wenn der Eindringling drinnen ist, hatten wir nicht gedacht. Nein, das ist nicht passiert. Bestimmt nicht! Elmar hat recht. Maxi ist mit dem Rad verschwunden. Also kann er nicht hier sein. Das Lager ist von selbst eingestürzt.

Wegen dem Regen. Wegen der Erde, die immer schwerer wurde.

»Und wenn wir es trotzdem der Polizei sagen?«, meine ich schließlich. »Zur Sicherheit?«

»Hans, du hörst mir nicht zu. Die waren überall. Die Hunde hätten es gerochen, wenn er hier wäre.«

»Bist du dir sicher?«

»Bin ich Jesus?«

»Wir sollten der Polizei das mit dem Lager erzählen.«

»Und wir erklären dann gleich, was das mit dem Tau und dem Pfosten sollte? Ohne mich! Maxi ist nicht da unten. Basta!«

Dabei bleibt es. Abends im Bett grüble ich lange, warum ich nicht darauf bestanden habe, das Lager auszuheben. Ja, warum? Weil ich es somit auf Elmar schieben kann, wenn sich am Ende doch rausstellt, dass ...? Unsinn! Maxi ist da nicht. Trotzdem male ich mir immer wieder aus, wie Maxi dort unten liegt, erdrückt von den Erdmassen, die über ihn hereingebrochen sind. Vielleicht konnte er sich gerade noch unter den Küchentisch retten und ist dann jämmerlich erstickt. Ich stelle mir seine letzten Gedanken vor: Haben die das absichtlich gemacht? Mir eine Falle gestellt? Warum haben die das gemacht? Wollen die mich loswerden?

Irgendwann schlafe ich ein. Ich habe Albträume. Immer wieder Maxi, auf dem Fahrrad, sein strubbeliges, rotes Haar im Wind, sein Lachen, das Gesicht zwischen Hysterie und Glück, sein Missverstehen der Situation, sein Glaube, an unserem Spiel teilzunehmen, Räuber und Gendarm. Sein blutroter Mund im Schwimmbad. Ist Maxi tot?

Am nächsten Morgen kommen mir die Gedanken vom Vortag lächerlich vor. Wir haben nichts mit Maxis Verschwinden zu tun. Es ist ganz einfach: Die Decke von unserem Bunker ist wegen der schweren nassen Erde zusammengesackt. Ganz langsam. Trotzdem bleibt da ein fader Nachgeschmack. Allein, dass wir so etwas theoretisch in Kauf genommen haben. Zum ersten Mal bin ich froh, dass wir umziehen. Unser Revier hat seine Unschuld verloren.


# ZWISCHENREICH

Unser Haus in Passau ist bis zum Schulanfang nicht fertig geworden. Nicht einmal der Rohbau steht komplett. Es geht nicht um ein paar Wochen, es wird Monate dauern, bis wir einziehen können. Deswegen sind wir in einem Wirtshaus untergebracht. Das Gasthaus Drei Linden ist einen Steinwurf vom Dom entfernt. Drei Linden – eine lächerlich romantische Umschreibung für die Gegenwart von drei kümmerlichen Bäumen vor der nüchternen modernen Fassade des Landratsamts auf der anderen Straßenseite. Klaus und ich bewohnen ein spartanisches Pensionszimmer: graues Linoleum, Resopaltisch, zwei wackelige Stühle, kein Fernseher. Klo und Dusche sind auf dem Gang. Der Blick aus unserem Fenster geht auf eine dunkle Altstadtgasse, die steil zur Donaulände hinabführt. Wo braunes Wasser immer wieder über den Kai tritt, in Gassen und Keller schwappt, wie uns die Gastwirtin erklärt. Der schwere feuchte Geruch kriecht durch die Gasse bis zu uns hoch. Wasser bestimmt die ganze Stadt. Auch draußen am Inn, bei meiner neuen Schule, dem Adalbert-Stifter-Gymnasium. Dort sind die Felsen und Büsche am flachen Ufer mit hellgrauem Flusssand überzogen – Mondlandschaft.

In der neuen Stadt fühle ich mich wie ein Außerirdischer. Wem gefällt es schon in einem Wirtshaus, wo es im Gastraum nach feuchten blau-grau karierten Geschirrtüchern muffelt und man sein Abo-Essen vor der Geräuschkulisse eines niederbayerischen Stammtischs einnehmen muss? Wo neben dem Herrgottseck ein gerahmtes Schwarz-Weiß-Foto von Franz Josef Strauß mit Unterschrift an der Wand hängt? Wo es jeden Dienstag Blut- und Leberwürste gibt? Dienstag ist jedenfalls mein Beilagentag. In das triste Gasthaus kann ich keine Freunde einladen, und andere laden mich nicht zu sich ein. So einfach ist das nicht als Zugezogener.

Meine Klasse ist riesig. In der 6a sind 34 Schüler. Und 33 kennen sich schon aus der Fünften. Ich sitze ganz hinten, neben Heini, einem hochintelligenten, aber durchgeknallten Typen. Der Platz ist frei geblieben, weil niemand neben Heini sitzen will, dem unberechenbaren Querkopf. Ich finde ihn irgendwie interessant, denn er traut sich was. Zum Beispiel ans Pult zu gehen und sich einen Einser in das Notenheft zu schreiben, wenn der Englischlehrer kurz auf dem Klo ist. Als Ausgleich für den Sechser in der ersten Klassenarbeit. Heini hasst die Schule von ganzem Herzen und starrt ständig auf seine Armbanduhr, als liefe so die Zeit schneller, bis endlich der erlösende Schulgong ertönt. Einmal geht die Schuluhr ein bisschen nach. Heini springt trotzdem um 12 Uhr 50 auf, fliegt zur Tür, reißt sie auf und schlüpft hinaus. Der Lehrer schreit: »Halt, Heini!« Heini stoppt, steckt den Kopf wieder rein, der Gong ertönt endlich, Heini will die Tür hinter sich schließen, aber sein Kopf ist noch im Türspalt. Staunend sehen wir Heinis hochroten Kopf, dem der fliehende Körper die Luft abdrückt. Nicht hier, nicht dort – noch da, schon fort. Genauso fühle ich mich bei unserer Wochenendheimfahrerei, gefangen zwischen Irgendwo und Nirgendwo. Zähe Autofahrten mit unserem Audi 80 auf Bundesstraße und Autobahn zwischen Passau und Regensburg.

Die Samstage in Regensburg sind mit dem Räumen verplant, die Sonntage enden bereits um vier Uhr nachmittags, wenn wir wieder nach Passau müssen. Elmar sehe ich an diesen Tagen kaum. Die Kinder haben ihre Verabredungen fürs Wochenende längst getroffen, wenn wir am späten Freitagabend in Regensburg eintreffen. Und Elmar wartet nicht unbedingt darauf, dass ich komme. Wenn ich samstags da bin, und es für ihn passt, ist es gut. Wenn er schon was vorhat, dann hat er schon was vor. Ohne mich. Das stört mich. Aber ich sage es ihm nicht, wenn wir uns sehen. Vielleicht wäre ich ja genauso. Nein, das wäre ich sicher nicht. Aber ich will von meinem besten Freund nicht schlecht denken.

So sitze ich an einem Sonntag nach dem Mittagessen alleine auf dem Bunkerberg. Vor mir erstreckt sich unser einstiges Reich. Das Feld, die Rennbahnruinen, die Züge auf dem Abstellgleis, die Werkshallen. Alles seltsam weit weg. Fast fremd. Ich bin ein König ohne Land und Truppen. Elmar ist nicht da, sondern irgendwo unterwegs. Auch Michael, Andi oder Tom sind nicht da. Niemand. Jetzt wäre sogar Maxi okay. Aber der bleibt wie vom Erdboden verschluckt. Nein, hoffentlich nicht, denke ich, als ich zu unserem Lager hinunterschaue, das immer mehr von Gestrüpp überwuchert wird. Mein wirrer Gedanke, dass Maxi dort begraben liegt, entlockt mir jetzt ein Lächeln. Kinderalbträume. Immer das Schlimmste annehmen. Und was interessiert mich Maxi? Jetzt geht es um mich. Ich muss das Alte loslassen. Der Bunkerberg, das Feld, die Rennbahn – alles verschwimmt vor meinen Augen. Jedes Wochenende mache ich eine Reise in die Vergangenheit. Regensburg ist für mich erledigt. Elmar irgendwie auch. Das funktioniert auf die Entfernung nicht. Mir ist klar, dass wir das mit den gegenseitigen Besuchen nicht hinkriegen.

# Darkness

Als wir nach einem halben Jahr endlich unser Haus beziehen, sind die Wochenendheimfahrten zum Glück vorbei. Unser Haus in Passau liegt im Stadtteil Grubweg, Hanglage mit gutem Blick auf die Veste Oberhaus, die große Burganlage auf dem Höhenzug zwischen Donau und Ilz. Wir haben eine große Terrasse und einen kleinen Garten, zwei Klos und ein Badezimmer mit zwei Waschbecken. Zwei Waschbecken! Das erscheint Klaus und mir so übertrieben, dass wir das eine schlicht und einfach nicht benutzen. Das Badezimmer wird *mein* Ort. Stundenlang liege ich in der Badewanne im viel zu heißen Wasser und höre mit meinem kleinen Grundig Yachtboy die *Ö3*-Hitparade oder *Schlager der Woche.* Der große Spiegel ist beschlagen, die Augen habe ich geschlossen, der Schweiß läuft mir übers Gesicht, ich schmecke das Salz in den Mundwinkeln, konzentriere mich auf die Musik. Und lasse immer wieder heißes Wasser nachlaufen.

Ich höre ständig Radio, auch spätabends im Bett, mit einem kleinen Ohrknopf, den mir Klaus von einem seiner Elektronikbaukästen überlassen hat. Und ja, zumindest in einem Punkt hatte Papa recht. Es bedeutet mir schon was, ein eigenes Zimmer zu haben. Auch wegen der Möbel, die ich mir selbst aussuchen durfte. Inklusive Hi-Fi-Schrank, in den eine Stereoanlage passt. Eine Option auf die Zukunft, denn mein größter Traum ist jetzt eine eigene Anlage, vor allem ein Plattenspieler. Ich träume davon, die LPs und Singles der Bands, die im Radio gespielt werden, auflegen und hören zu können, wann immer ich will: KISS, AC/DC, Queen. Meine Kinderplatten – die

*Winnetou*-Ausgaben von Europa mit den Puzzles vorne drauf, *Pumuckl, Die kleine Hexe, Räuber Hotzenplotz* – habe ich immer auf Opas altem Gerät abgespielt, einem Selbstbausatz in einem Gehäuse aus billigem, hellbraunem Furnierholz und mit grauenvoll dumpfem Sound. Auf diesem Plattenspieler höre ich jetzt auch die Schallplatten meiner Eltern – Überbleibsel ihres Slawistik-Studiums: slawische Volkslieder, Kosaken-Chöre, Smetana, Operetten. In verschiedenen Geschwindigkeiten. Der alte Plattenspieler macht sogar 78 Umdrehungen in der Minute. Die Opernheinis geben bei Highspeed ihr Letztes. Besonders lustig sind die Singles mit den Verkaufsschulungen der Firma Trikot Moden, deren Hemden, Hosen und Röcke meine Großeltern in ihrem kleinen Laden in Hildesheim verkauften: »*Diese Kundin wird nicht wiederkommen, weil sie nicht hinreichend über die Pflegeleichtigkeit unserer Trevira-Stoffe informiert wurde ...*« Vorgetragen mit absolutem Ernst. Einfach großartig! Schon in Originalgeschwindigkeit. Und dann sind da noch Mamas Elvis-Singles aus unserem Keller in Regensburg, die ich jetzt in meinem Hi-Fi-Schrank aufbewahre. Bei »I Got Stung« denke ich, der Lautsprecher von Opas Kiste explodiert gleich. Es ist allerhöchste Zeit für einen eigenen Plattenspieler. Mit orangefarbenem Lämpchen und kleinen Spiegeln am Tellerrand, die mir zeigen, ob die Geschwindigkeit auch exakt stimmt. Und mit einem Tonarm, der sich ganz langsam senkt, bevor die Nadel knisternd in die Rille gleitet.

Zum zwölften Geburtstag bekomme ich endlich eine Anlage. Das ist der Startschuss für mich, die Stadt neu zu entdecken, sie endlich zu erobern. Plötzlich ist Passau nicht mehr so düster, sondern hell und voller Musik: Lämmles Plattenladen, Govi, die Plattenabteilung vom Musikhaus Hornsteiner oder die vom Kaufhaus Bilka – das sind die Oasen meines Glücks, wo ich mein Selbstbewusstsein entwickle. Nach einer Platte zu fragen, sie Probe zu hören und nach langer Prüfung dann doch nicht zu kaufen, weil ich eh nicht genug Geld dabeihabe, dazu gehört schon Mut. Den ich aber aufbringe, um die neuesten Platten hören zu können.

Am liebsten bin ich bei Lämmle, wo man den Plattenspieler selbst bedienen darf. Der Laden befindet sich in einem schmalen, dunklen Kellergewölbe, das tief unter ein mittelalterliches Haus führt. Links und rechts sind Plattenfächer zum Blättern, an der Wand hängen aktuelle Plattencover wie Bilder in einer Galerie, angestrahlt von kleinen Spots. Ich höre mich durchs gesamte Sortiment. Eagles, The Who, Queen, AC/DC oder Elvis Costello, der nicht *der* Elvis ist, für den ich ihn zuerst halte. Sind keine anderen Kunden da, bleibt die Ladenbesitzerin entspannt, wenn ich den Plattenspieler belagere. Sie sieht, wie liebevoll ich mit den schwarzen Scheiben umgehe. Und tatsächlich kratze ich immer mal wieder genug Geld zusammen, um mir eine LP oder zumindest eine Single zu kaufen. Ich lege jede Mark zurück, kaufe mir in der Schulpause keine Breze, fälsche sogar meine Monatskarte für den Schulbus, damit ich das gesparte Geld in Platten investieren kann.

Bald habe ich zwanzig LPs, die in meinem Hi-Fi-Schrank auf einem Stoß neben dem Plattenspieler liegen. Sie *liegen* – weil ich Angst habe, dass sie sich verbiegen, wenn sie aufrecht stehen. Irgendwo habe ich gelesen, dass das passieren kann. Die Platten müssen für immer halten, sie sind mein ganzer Stolz. Und dann frage ich bei Lämmle nach dieser LP von Bruce Springsteen, von der ich den tollen Song im Radio gehört habe. »Thunder Road« hat mich echt umgehauen. Ich meine das Album *Born to Run*, das ich auch schon mal in Händen hatte, aber nicht reinhören konnte, weil der Plattenspieler besetzt war. Auf dem

Klappcover war der große, schwarze Clarence Clemons mit seinem Saxofon zu sehen, an den »Boss« gelehnt. So sieht Freundschaft aus, dachte ich da. *Born to Run* haben sie gerade nicht vorrätig. »Nimm doch die aktuelle«, sagt die Verkäuferin. »Die haben wir jetzt wieder reinbekommen.« Sie deutet an die Wand. Ich sehe Bruce mit trotzigem Blick von schräg unten. Verblasene Farben, ein düsterer Look, nicht so glamourös wie das tolle Schwarz-Weiß-Foto von *Born to Run*. Aber ich will nicht warten, bis sie die Platte wieder im Laden haben.

So sitze ich wenig später mit *Darkness on the Edge of Town* auf meinem Bett, drehe das Cover in den Händen, betrachte die Fotos, lese die Texte. Ich habe die LP absichtlich nicht Probe gehört, weil ich mich überraschen lassen will. Ich höre genau hin, bin unsicher, ob mir die Musik gefällt. Nein, nicht so richtig. Zu kantig, zu viel Energie, zu viel Druck. Aber ich habe Geduld. Die besten Platten sind die, die mir nicht auf Anhieb gefallen. Das weiß ich bereits nach zwanzig LPs. Ich höre die harten Gitarrenriffs, die drängende Stimme. Die Kraft der Musik erfüllt mich komplett. Meine Sinne sind geschärft. Die Sonne wirft ein gelbes Trapez auf das Stiftelparkett. Ich mustere zum tausendsten Mal die Poster an der Wand: *Manhattan* von Woody Allen, Picassos *Guernica,* Konzertplakate von den Stones, The Who, Bruce Springsteen. Ganz oben unter der schrägen Holzdecke baumelt eine Hängematte, in der mein Alter Ego liegt – zumindest seine Kleider: Strohhut, abgeschnittene Jeans, mein löchriges Lieblings-T-Shirt von Snoopy als Joe Cool. Darüber eine amerikanische Flagge aus dem Ami-Shop, mit Reißzwecken an die Dachbalken gepinnt. Der Himmel über meinen fünfzehn Quadratmetern.

Nicht nur die Musik ist laut. Von unten höre ich erregte Stimmen. Ich drehe leiser. »Krankenhaus, Kinder, Bruder, Plattensee«, schnappe ich auf. Die Worte ergeben keinen Sinn für mich. Der Ton schon. Der Ernst. Aber ich will es nicht wissen. Nicht jetzt. Ich drehe die Musik wieder lauter.

Beim Abendessen sagen uns die Eltern, was los ist: Mama hat Brustkrebs und muss ins Krankenhaus. Papa erklärt, dass bei der Operation der Tumor rausgeschnitten werde und dann alles wieder gut sei. Mama nickt dazu. Keine große Sache. Wir Kinder glauben das. Warum auch nicht – Ärzte können das. Das größere Problem, so klingt es für mich, ist die Unzeit. Denn Papa hat es endlich geschafft, mit seinem Bruder und dessen Familie aus Bitterfeld ein Treffen am Plattensee in Ungarn zu organisieren. Bitterfeld liegt im anderen Deutschland, hinter einer Grenze, die mir jedes Mal Angst macht, wenn wir die Großeltern besuchen. Endlose Wartezeiten, Autoschlangen, lange Förderbänder, auf denen unsere Pässe zu den Kontrollhäuschen transportiert werden, während ich jedes Mal bete, dass mein Kinderausweis nicht vom Band fällt und in der langen Röhre verschwindet. Und dass ich deswegen in der Grenzanlage bleiben muss, im Niemandsland des Todesstreifens.

Papa spricht die ganze Zeit von dem Urlaub mit den Ostverwandten am Plattensee. Mir ist nicht klar, warum das so wichtig ist und warum er da so geheimniskrämerisch tut. Ist es nicht erlaubt, sich dort zu treffen? Jedenfalls ist das offenbar schon lange geplant. Und jetzt kommt Mamas Krebs dazwischen. Papa will fahren, Mama nicht. Sie kann das nicht. Obwohl die Operation erst für September angesetzt ist. »Ich bleibe mit Mama in Passau«, sage ich spontan. Natürlich denke ich an Michaels Mutter in der Wohnung unter uns in Regensburg. Nein, so schlimm kann es nicht sein. Sonst würde Papa jetzt nicht mit Klaus wegfahren. Natürlich überlege ich, warum das Treffen mit seinem Bruder so wichtig ist, dass er trotz Mamas Krankheit fährt.

Aber was weiß ich schon über die deutsche Teilung, was weiß ich über Krebs?

Ich bin einfach da in diesen Sommerwochen. Ich mache keine Umstände, denn ich schlafe bis spät in den Vormittag und brauche nach dem späten Frühstück kein Mittagessen. Nachmittags gehe ich ab und zu ins Schwimmbad, wo ich auch mal Leute aus meiner Schule treffe, aber die meiste Zeit liege ich in meinem Zimmer auf dem Bett, lese Comics und höre Musik. Ich spiele meine Platten rauf und runter. Vor allem die eine. *Darkness* ist mein Lieblingsalbum. Ich versinke mit jeder Plattenseite zwanzig Minuten lang komplett in der Musik. Der düstere Grundton der Platte spricht mich direkt an, die Melancholie und die Härte. Ich stehe auf, drehe die Platte um, setze die Nadel behutsam auf. Wieder und immer wieder. Ich gehe in der Musik auf, sehe den Staubpartikeln zu, wie sie im Sonnenlicht tanzen, tauche ein in die Hitze, in die Gerüche und Farben des Sommers, habe keinen Gedanken an gestern oder morgen.

Keine Ahnung, wie für Papa und Klaus der Urlaub am Plattensee war. Als die beiden zurück sind, frage ich nicht nach. Irgendwie ist das kein Thema. Mamas Operation verläuft gut. Der Krebs ist weg. Sagen meine Eltern, als Mama aus dem Krankenhaus in München zurückkommt. Ich habe keine Zweifel daran, ich will keine haben.

# SCHWIMMFLÜGEL

Das neue Schuljahr startet besser als das letzte. Ich finde einen Freund, der sich auch für Musik interessiert. Ecki macht sogar selbst welche. Er spielt Klavier. Er hat einen Flügel, riesengroß und aus rotbraunem Holz. Der Flügel und ein Billardtisch – »Turniergröße!«, wie Ecki immer sagt – nehmen das gesamte Untergeschoss im Bungalow seiner Eltern ein. Ich fange zum neuen Schuljahr an, ein Instrument zu spielen. Zwar nicht das, was ich eigentlich will, nämlich Saxofon, aber Klarinette ist auch nicht schlecht. Unterricht habe ich ein paar Straßen weiter bei Herrn Irral, einem netten, sehr betagten Mann, der früher Orchestermusiker war und jetzt seine Rente mit Unterricht aufbessert. Leider ist er oft enttäuscht von mir, wenn mir die Kadenzen mal wieder nicht gelingen oder ich beim Concertino erneut am hohen Fis scheitere. Der Unterricht und das Üben sind für mich eine einzige Pein. Für Herrn Irral bedeutet Musik leider ausschließlich Klassik. Nicht mal Jazz kommt in seiner Welt vor. Ich bin technisch und rhythmisch nicht besonders gut. Aber Herr Irral sagt, dass ich einen guten Ansatz habe. Und was hilft einem die beste Technik, wenn der Ansatz nicht gut ist? So tröste ich mich. Für mich selbst spiele ich zu Hause die Melodiestimmen der Songs in meinem dicken Beatles-Songbook. Das kriege ich ganz passabel hin.

Ich treffe mich fast täglich mit Ecki, und wir probieren bei ihm herum. Ecki spielt richtig gut Klavier, aber zusammen sind wir besser als Ecki alleine. Behauptet er zumindest. Wir machen auch eigene Songs. Ich schreibe die Texte, mal in Wörterbuch-

Englisch, mal in blumigem Deutsch. Ecki findet die passenden Akkorde und Melodien dazu. Ab und zu versuche ich mich bereits an einem kleinen Solo. Stets ein bisschen eckig, tastend, aber ich traue mich – schon das zählt. Wir finden sogar einen Drummer – ein Riesentalent. Leider kommt Flo so unzuverlässig zum Proben, dass wir uns schnell wieder trennen.

Nach einem Jahr kaufe ich mir von meinen Ersparnissen ein gebrauchtes Tenorsaxofon, weil ich Clarence Clemons so toll finde, seinen Sound. Einer meiner Lieblingssongs ist »Independence Day« von Springsteens Album *The River*. Das lange, verhallte Saxofonsolo übe ich hartnäckig. Ich mag die Kraft, das Stöhnen und Schmeicheln und wie sich die Töne im Hall überlagern. Immer wieder platziere ich die Nadel über der Leerrille vor dem Song, um es ein weiteres Mal zu probieren, um es endlich mit meinem Hohner *President* hinzukriegen, so sehnsüchtig zu spielen wie Clarence Clemons. Das ist ein festes Ritual, abgespeichert in all meinen Sinnen: Ich höre das Knistern der Nadel, wenn ich sie erneut in die Leerrille setze, das Knacken, die langen Sekunden, in denen ich den Text lautlos mitsinge, bis mein Einsatz kommt. Ich schmecke das hölzerne Mundblättchen, konzentriere mich auf meinen Ansatz, auf meine Finger, um im richtigen Moment die richtigen Klappen zu drücken. Und dann kommt mein Einsatz. Selbst wenn ich nicht alles richtig spiele, für mich fühlt es sich richtig an.

Musik ist alles für mich. Ich tanze in der Dunkelheit zu meinen Lieblingsliedern. Meine Eltern denken, dass ich schlafe. Aber ich träume. Mit offenen Augen. Ich bin über das Kopfhörerkabel mit dem Verstärker verbunden, der Loudness-Schalter ist gedrückt, die Bässe sind aufgedreht. Kraft, Dynamik, Explosion, Stille – innen, außen. Das Stroboskop des Plattentellers macht Lichtschleifen im Dunklen – wie die Ringe des Saturn.

Mein Universum. In der ersten Minute habe ich Angst, dass plötzlich Mama oder Papa hinter mir steht und mich ertappt, den Traumtänzer im Schlafanzug. Aber die Anspannung dauert nur bis zum ersten Refrain. Dann bin ich unantastbar.

Musik eröffnet mir neue Räume. Nicht nur im Kopf. Ich erweitere meine Plattensammlung und auch meinen Bewegungsradius. Mit fünfzehn fahre ich allein oder mit Ecki mit dem Bus für zehn Mark hin und zurück nach München, um die dortigen Plattenläden abzugrasen. Wir stöbern in Plattenläden und Kaufhäusern und bringen unsere Schätze glücklich nach Hause. Und bald reicht uns München nicht mehr. Unser Traumziel ist London. Nicht das Touri-London, das ich bereits mit meinen Eltern besucht habe mit Tower Bridge, Buckingham Palace oder Madame Tussauds, sondern London mit den vielen kleinen und großen Plattenläden, mit dem Virgin Megastore oder Tower _ Records, wo man wirklich jede Platte kriegt. Das lese ich zumindest im *Melody Maker* oder im *New Musical Express,* die ich mir am Münchner Hauptbahnhof kaufe.

Endlich erlauben es mir meine Eltern, dass ich ohne sie wegfahre. Aber nur, wenn ich die Reise auch selber bezahle. Deswegen nehme ich einen Ferienjob im Betonwerk an. Für zwölf Mark in der Stunde staple ich Betonsteine auf Europaletten oder gieße L-Steine mit Holzfurnieroptik für Gärten in Hanglage. Beim Steinestapeln muss ich auf einem breiten Fließband schwere Europaletten unterlegen und aufpassen, dass der Ladekran die neue Lage frisch gebackener Hohlsteine richtig darauf platziert. Das ist nicht schwer, aber die Monotonie der immer gleichen Bewegungen ist so einschläfernd, dass ich gelegentlich vergesse, die Palette rechtzeitig aufzulegen, worauf die Steine direkt auf dem Fließband landen. Das stoppt den ganzen Betrieb, und ich muss die Steine abräumen, bis ich eine neue Palette platzieren kann. Keiner meckert, weil jeder weiß, wie stumpf der Job ist. Nach zwei Wochen wechsle ich zu den L-Steinen. Aus einer großen Schütte lasse ich frischen Beton in die L-Formen laufen. Wenn sie voll sind, stecke ich eine Art Riesenvibrator in die feuchte Masse und quirle die Lufteinschlüsse heraus. Das gefällt mir erheblich besser, als Steine zu stapeln. In der Werkshalle ist es wahnsinnig laut, und ich trage dicke Ohrenschützer, unter die aber noch meine kleinen Ohrstöpsel passen. Ich habe meine Lieblingsplatten auf Kassetten kopiert und trage meinen Sony Walkman am Gürtel. Ohne Musik würde ich den drögen Job nicht überstehen. So erlebe ich die Arbeitszeit in einem Soundmix aus dröhnenden Maschinen und meinen Lieblingssongs. Im Kopf rechne ich die ganze Zeit aus, wie viel Geld ich bereits für die Platten verdient habe, die ich mir in London kaufen will. Ecki muss nicht arbeiten. Er hat seine Eltern überredet, für die Reise den Billardtisch zu verkaufen, weil der im Keller ja eh nur im Weg rumsteht.

Nach vier Wochen habe ich genug Geld für den London-Trip zusammen. Ecki und ich nehmen den Eurobus von München und suchen uns das billigste Hostel in ganz South Kensington. Die Stadt ist noch besser, als ich es mir erhofft habe. Tower Records, HMV, Virgin Megastore, der Rough Trade Shop, die vielen kleinen Plattenläden und Secondhandshops in Soho, Notting Hill, Camden. Mir gefallen vor allem die Läden von The Record Exchange, wo alle Platten Aufkleber mit unterschiedlichen Preisen haben. Je länger eine LP im Laden steht, desto billiger wird sie. Von fünf Pfund bis fünfzig Pence runter. Manchmal sogar bis zehn Pence. Klar, viel Mist, der sich aus gutem Grund nicht verkauft, aber auch echte Perlen. Wir ziehen mit schweren Plastiktüten voller LPs durch London. Die Tütengriffe schneiden tief in die Handflächen. Im Hostel legen wir die Plattencover auf dem Boden aus, sitzen auf unseren Betten, diskutieren beim Dosenbier über jede einzelne LP, über Bands und Musiker. Wir sind glücklich. Wir ernähren uns von Sandwiches und Fish and Chips. Wir saugen die Atmosphäre der Stadt in uns auf, das Lebendige, das Chaos, die vielen Menschen mit unterschiedlichsten Hautfarben, verrückten Frisuren und schrägen Klamotten. Stundenlang fahren wir mit unseren Tagestickets mit Doppeldeckerbussen und U-Bahn durch die Stadt. Wir schauen uns ein paar der unzähligen Bands an, die in den Pubs auftreten, die zeigen, was sie sich in feuchten Übungskellern draufgeschafft haben. Wir staunen über die Vielfalt: Punk, Rock'n'Roll, New Wave, Gothic, Jazz, Reggae, Soul. Und sind platt, wie professionell die Bands sind, obwohl sie oft nur vor ein paar Leuten spielen. Definitiv keine Hobbymusiker wie wir, die in einem warmen Hobbykeller in Passau proben.

Voller Enthusiasmus kehren wir aus London zurück, vor allem beeindruckt von der New-Wave-Szene. Deren Sound passt eigentlich nicht zu meiner Vorliebe für amerikanischen Rock'n'Roll und Bruce Springsteen – kühl, zickig, künstlerisch. Das finden wir so cool, dass wir unseren Gig in der Turnhalle beim Schulfest im Herbst noch einmal komplett neu durchdenken. Wir haben einen 15-Minuten-Slot zwischen The Munsters und Dragon Fly, zwei Schülerbands, die von AC/DC bis zu den Stones so ziemlich alles covern, was partytauglich ist. Eigentlich wollten Ecki und ich ein paar Songwriting-Perlen mit Klavier und schmachtendem Saxofon spielen, aber das erscheint uns jetzt nach London unmöglich, viel zu brav. Ecki muss seinen neuen Yamaha-Synthesizer ganz anders einsetzen, nicht als E-Piano, sondern als galaktische Soundmaschine. Und ich will zu den schrägen Synthie-Sounds ein paar kryptische Zeilen ins

Mikro hauchen, mit einer Extraladung Hall. Dazu ein paar atonale Saxofonkaskaden. Als Hans & Ecki sind wir angekündigt, über einen Bandnamen haben wir uns überhaupt keine Gedanken gemacht. Hans & Ecki – das klingt einfach doof, finde ich jetzt. An Sam & Dave, Hall & Oates, Sly & Robbie oder Simon & Garfunkel denkt da bestimmt keiner. Sondern nur an Hans und an Ecki. Geht gar nicht. Hoffentlich fällt mir noch was Cleveres ein.

»Ein paar optische Effekte wären auch gut«, meint Ecki. »Eine Nebelmaschine zum Beispiel. Aber so ein Ding ausleihen kostet einen Haufen.«

Ich zucke mit den Achseln. »Die anderen Bands zahlen da sicher nicht mit, die Spießer.«

»Bestimmt nicht. Aber irgendwas brauchen wir.«

Die Turnhalle ist bumsvoll. Wir haben die Bühne noch etwas dekoriert. Eckis Idee. Am Bühnenrand stehen große aufblasbare Gummidinos als Wächter der Wildnis. Die vier Dinos hat Ecki als Restposten im Baumarkt ergattert. T-Rex, Brontosaurus, Velociraptor oder Allosaurus für jeweils 4,99. Ecki hat sich hinter dem Ständer seines Synthies verschanzt, und ich hinter meinem großen Hohner *President* und unter einer Baseballkappe mit langem Schirm. Doch auf uns achtet eh keiner, denn alle schauen auf die Dinos. Gut so. Ich habe nämlich Lampenfieber. Fünfhundert Zuschauer sind schon eine ganze Menge. Der Typ am Mischpult gibt uns ein Lichtsignal mit der Taschenlampe. Los geht's!

Ecki startet einen harten, blechernen Maschinenbeat und legt einen Teppich aus dröhnenden Synthie-Sounds darunter. Und darüber. Sehr düster. Nebel wäre jetzt doch ganz gut, denke ich und sage uns an: »Hallo, wir sind Endzeit.« Eingebung.

Wenn der Name nicht passt! Ich presse Luft in mein Mundstück. Atonal und verzerrt kreischt das Saxofon durch die Soundanlage. Ich sehe die erschrockenen Gesichter im Publikum. Ja, nehmt das! Das ist keine weichgespülte Partymusik, das sind die schrillen Klänge der Großstadt. Wir schaukeln uns soundtechnisch gegenseitig hoch, bis die Anlage übersteuert. Auf dem Höhepunkt brechen wir ab, lassen nur noch den stampfenden Maschinenbeat übrig. Ja, Nebel wäre wirklich toll. Das nächste Mal ist mir das Geld egal. Jetzt kommt mein Einsatz als Sänger. Oder besser: als Sprecher. Ich raune bedeutungsschwanger ins Mikrofon: »Ich schwimme in einem Meer aus Scheiße – und habe meine Schwimmflügel vergessen.« Das Publikum johlt. Ich verziehe keine Miene und setze noch einen drauf. »Mein Haus hat keine Fenster und auch keine Tür. – Das ist das Haus des Dr. Ich.« Ich sehe ins Publikum. Jetzt lacht keiner. Verwunderung, Ratlosigkeit. Ja, die Welt der Musik und Poesie ist komplexer, als ihr alle annehmt, denke ich. Das ist es, was wir uns vorgestellt haben, ein Statement zur Zeit – nihilistisch, dunkel, kafkaesk.

Wir lassen den Lärm wieder anwachsen, bis die Ersten den Saal verlassen. Schade, so verpassen sie das Beste. Als die Lärmwände einstürzen, verneigen sich die Saurier. Eine vorprogrammierte Zeituhr hat die Steckerleiste mit den Lötkolben aktiviert, die wir mit Panzertape an die Schwänze der Urtiere geklebt haben. Langsam und dramatisch sinken die Aufblassaurier zu Boden. Ihnen geht die Puste aus, sie verbreiten den Pesthauch des Todes – schmorendes Plastik. Breites Grinsen und Lachen zeigen sich in den Gesichtern des Publikums, es gibt Szenenapplaus. Ja, darum geht es, um das große Ganze! Und wir sind immer noch nicht fertig. Jetzt kommt der Einsatz von Opas altem Kofferplattenspieler. Ich habe eine Single aus der Sammlung meiner Eltern aufgelegt. Der Plattenteller dreht sich. Der Tonarm senkt sich. Ein Mikro nimmt das Knistern aus der billigen Box perfekt ab. Lagerfeuerromantik. »Me-lan-cho-lie im September ...«, so beginnt Peppino di Capri sein Lied. Er nimmt den Kampf gegen die Synthiegeräusche auf, die noch vereinzelt aus den Boxen tröpfeln. Ich kann es genau sehen: Jetzt haben wir das Publikum im Sack. Ungläubiges Erstaunen über das Feuerwerk an Originalität, das wir hier abfeuern.

Wir setzen zum letzten Gefecht an, holen unsere Sprühdosen heraus, richten sie aufs Publikum und drücken fest auf den Knopf: *Exotic Bamboo Breeze.* Peppino ist jetzt still, unsere Instrumente schweigen. Zu hören ist nur das heisere Zischen der Raumspray-Dosen. Irritation in den Augen des verbliebenen Publikums. Was soll das? Was machen die da? Wir stellen die leeren Dosen vor uns ab und warten. Sehen die Nebelwand im Scheinwerferlicht glühen. Die Wolke wabert nach hinten, erreicht endlich das Publikum. Lachen, Husten, Protest. Die Letzten verlassen jetzt den Saal. Ohne Applaus. Alles stinkt nach *Exotic Bamboo Breeze.* Oder nach Klostein. Meine Augen tränen. Ecki hustet und verschwindet hinter der Bühne. Ich betrachte entrückt den Dinofriedhof und murmle: »Wahnsinn, das ist echt Wahnsinn.«

»Ihr Arschgeigen spielt nie wieder auf einem Schülerball!«, zischt mich der Bassist von Dragon Fly an, als sie ihre Sachen auf die Bühne räumen.

Haben wir auch nicht vor, denke ich und grinse breit.

# La Boum

Als die Französinnen in unserer Klasse auftauchen, bin ich hin und weg. Ein Hauch von Paris weht plötzlich durch Passau, auch wenn unsere Gäste aus dem Elsass kommen. Die paar Jungs unter ihnen nehme ich kaum wahr. Die Mädchen umso mehr. Vor allem Miriam ist der Hammer – als wäre sie direkt aus dem Film *La Boum* herausgesprungen. Nicht direkt der Typ Sophie Marceau, sondern dunkelblonde Locken, aber das entwaffnende Lächeln, die Frische – das ist genauso wie in dem Kinofilm. Den habe ich klammheimlich als Double-Feature mit *La Boum 2* in den Promenade-Lichtspielen angeschaut. Ecki würde mich auslachen, wenn er davon wüsste. Da machen wir einen auf Gothic und New Wave, und ich stehe auf so einen Teenager-Kitsch. Aber ich wollte unbedingt Sophie Marceau in Überlebensgröße sehen. Und ich habe es nicht bereut. Auch wenn der Titelsong »Reality« schrecklicher Schmalz ist: »*Dreams are my reality, the only kind of real fantasy, illusions are a common thing, I try to live in dreams …*«

Seit dem Kinobesuch habe ich ein klares Bild von französischen Mädchen im Kopf. Und Miriam übertrifft es noch. Wir Jungs in der Klasse fliegen alle auf sie. Wir wetteifern, wer sie nach der Schule mit dem Moped heimbringen oder zum Baden abholen darf. Miriam ist das schönste Mädchen, das ich je gesehen habe. Ich würde alles für sie tun. Sie auf dem Moped mitzunehmen ist schon mal ein Anfang. Wofür man auch Opfer bringen muss. Markus und ich wechseln uns ab. Ich muss zuerst die spröde Mechthild als Sozia mitnehmen, die Tochter von

Miriams Gasteltern. Dafür darf ich das nächste Mal Miriam fahren. Ich platze vor Glück, als sie endlos hinter mir auf meiner 8oer Honda Platz nimmt und ganz nah an mich heranrückt. Ich könnte endlos fahren, denke ich, als wir unterwegs sind. Nicht nur bis zum Baggersee.

Der Gastaufenthalt der Französinnen ist ein Traum. Baden, Grillen, Biergarten, Disco – als würden wir in der eigenen Stadt Urlaub machen. Ein Traum, der leider viel zu schnell vorüber ist. An dem Sonntagabend nach der Verabschiedung der Französinnen am Bahnhof finden wir Jungs uns bei Mike zu Hause ein, um einen Gedächtniswein zu trinken. Wir staunen über den festlich gedeckten Tisch.

»Gibt's was zu feiern?«, fragt Willi.

»Immer doch«, sagt Mike. »Vive la France! Ich hab Ratatouille gekocht. Und der Wein ist aus dem Elsass.« Er gießt uns allen ein.

Markus, Ecki, Willi und ich grinsen uns an und heben die Gläser.

»Wo ist denn deine Ma?«, frage ich Mike.

»Die ist bis Mittwoch weg, seit Freitag schon. Perfekte Rahmenbedingungen. Na los, setzt euch und haut rein!«

Das Ratatouille ist gut, sehr gut sogar.

Als wir mit dem Essen fertig sind, erklärt Mike: »Das Rezept ist von Colette.«

»Aha, sie hat dich also in die Geheimnisse der französischen Küche eingewiesen«, meint Markus.

»Nicht nur das«, sagt Mike. »Kommt mal mit.«

Er führt uns in sein Zimmer und deutet auf die verwurschtelte Bettdecke. Fragend sehen wir ihn an. Er zieht die Bettdecke weg und entblößt ein fleckiges Laken.

»Na, lecker«, sagt Ecki.

Ich sehe Mike irritiert an. Markus und Willi ebenfalls.

Mike nimmt unsere schaumgebremste Reaktion gar nicht wahr, sondern strahlt übers ganze Gesicht. Mit heiserer Stimme sagt er: »Ich hab sie gefickt, verdammt noch mal!«

Er zieht sich die Unterlippe herunter und präsentiert seine lädierte Schleimhaut. »Und sie hat mich blutig gebissen, ah!«

Willis Mund steht fassungslos offen. Markus sagt trocken: »Deinen Schwanz wollen wir jetzt aber nicht sehen.«

In mir rumort es. Auch wenn es nicht um Miriam geht. Ein sanfter Kuss von Miriam, das ist das, was ich mir unter Liebe vorstelle. Kein Kurz-vor-Schluss-Fick mit irgendwem, bevor es wieder nach Frankreich zurückgeht. Mike, der blöde Angeber! Am liebsten würde ich ihm jetzt das halbverdaute Ratatouille aufs Bett kotzen. Auch drüben im Wohnzimmer, wo wir Mikes Entjungferung ausgiebig begießen, finde ich meine Laune nicht so richtig wieder.

Später lasse ich mein Moped stehen und mache mich zu Fuß auf den Heimweg. Mir brummt der Kopf. Vom Alkohol. Und den vielen Gedanken. Die dunkle Colette, das geheimnisvolle Mädchen, das immer für sich geblieben ist, mit der ich kaum ein Wort gewechselt habe. Okay, sie wird wissen, was sie tut. Aber Mike, dieser Arsch, der sich selbst dafür feiert, nicht mehr ahnungslos zu sein – das ist eklig. Ich muss an unsere Theateraufführungen in der Schule denken. Meine Texte, meine Ideen, und Mike hat sich immer in den Vordergrund gespielt. Mit bewundernswerter Frechheit. Ein echter Gewinn für die Bühne. Muss ich zugeben. Fürs Theater braucht man solche Selbstdarsteller, im echten Leben nicht. Zumindest ich nicht. Ein dreckiges Laken als Beweis für ..., für was eigentlich? Na ja, wenigstens hat er damit bis nach dem Essen gewartet. Keinen Bissen hätte ich runtergebracht.

Ich habe Sehnsucht nach Miriam. Ihre Antworten auf meine langen Briefe in einem Kauderwelsch aus Deutsch, Englisch und Französisch fallen erheblich kürzer aus, als ich es mir wünsche. Ist mir egal. Auch dass ich nicht der Einzige bin, der ihr schreibt. Von Markus bekommt sie ebenfalls Briefe. Weiß ich von ihr. Hauptsache, ihre Antworten an ihn fallen nicht länger aus als die an mich. Ich weiß, dass sie mich mag, selbst wenn Markus eine zwölfsaitige Gitarre hat und darauf »Wish You Were Here« von Pink Floyd spielen kann. Was sie so toll fand. Hätte ich mal lieber Gitarre gelernt und nicht Klarinette oder Saxofon, denke ich. Das sind, na ja, eher Solo-Instrumente. Aber auf das sülzige »Wish You Were Here« stehe ich sowieso nicht. Miriam erwähnt in einem Brief den Elektronikmusiker Klaus Schulze. Keine Ahnung, ob sie damit bei mir nur schön Wetter machen will, weil Schulze ein Deutscher ist. Ich hätte mir bei Lämmle schon fast eine Platte von dem Typen gekauft. Zum Glück habe ich vorher noch reingehört. Grauenvolles Elektrogezirpe. Gar nicht meins. So weit geht die Liebe dann doch nicht.

Die Tachonadel zeigt 105. Eigentlich geht die 80-Kubik-Maschine maximal 90, aber ich klebe im Windschatten eines Lasters. Im Rückspiegel sehe ich hinter mir Willi auf seiner Hercules und Markus auf seiner Vespa mit Miriam auf der Sitzbank. Wir sind irgendwo auf der Autobahn bei Mulhouse. Es ist Anfang September, die letzte Woche der bayerischen Sommerferien. Willi besucht seinen Austauschschüler. Markus und ich sind mitgefahren, weil wir beide immer noch in Miriam verknallt sind und ihr beweisen wollen, dass wir tatsächlich mit unseren kleinen Maschinen von Passau bis ins Elsass fahren. Nur wegen ihr. Zwischen Markus und mir besteht keine Rivalität, weil Miriam sowieso einen Freund hat. Der ist einundzwanzig und hat eine Tausender-Suzuki. Bestimmt ein Riesenangeber. Aber das ist uns egal. Wir wollen einfach nur in Miriams Nähe sein, mit ihr Zeit verbringen. Das gelingt uns auch. Wir dürfen im Garten ihrer Eltern zelten. Hier hat das Schuljahr bereits begonnen. Wenn Miriam Unterricht hat, fahren wir durch die Vogesen und erkunden die Gegend. Jetzt sind wir gerade auf dem Weg nach Mulhouse in die Disco. Und zurück fährt Miriam mit mir. So ist es ausgemacht.

In der Disco bewege ich mich ekstatisch auf der Tanzfläche zu den schrecklichen Earth, Wind & Fire. Ich schüttle meine struppigen Haare, spüre den Sonnenbrand im Gesicht. Ich trinke Cola aus der Flasche und schaue den Mädchen mit ihren bunten Sommerkleidern und ihren tollen Frisuren beim Tanzen zu. Ich finde sie alle wunderschön. Ich sehe, wie Miriams Freundin Giselle ihre Korkenzieherlocken durch die Luft wirbelt. Sie tanzt auf mich zu, ruft etwas. Ich verstehe kein Wort. Sie brüllt mir ins Ohr: »C'est du soul, Hans!« Auch wenn gerade nur Lionel Richies öliges »All Night Long« läuft, sie hat verdammt noch mal recht! Das ist Soul, Rhythmus, Emotion! Ich lache sie an und bin viel zu gut drauf, mich zu ärgern, dass Miriams eifersüchtiger Freund auch noch aufgekreuzt ist und sie später mit seiner Suzuki heimbringen wird. Verstehe ich ja. Das kann er nicht einfach den deutschen Jungs überlassen. War Giselle eigentlich bei dem Schüleraustausch in Passau dabei? Ich kann mich nicht an sie erinnern. Auf der Heimfahrt in der dröhnenden Stille unter dem Helm habe ich die ganze Zeit Giselles aufgekratzte Stimme im Ohr: *C'est du soul, Hans!* Das H nur ein stimmloser Lufthauch: ... 'ans ...

Unseren letzten Tag vor der Abreise verbringen wir an einem Bergsee in den Vogesen. Eine Clique von zwölf Leuten. Wir haben den ganzen See für uns allein und liegen auf unseren bunten Badetüchern und Bastmatten am Ufer. Ich sehe auf den glitzernden See. Die französischen Mädchen schnattern. Giselle kommt aus dem Wasser, im Gegenlicht sehe ich ihre schlanke Silhouette. Sie schickt mir einen Luftkuss und sagt etwas zu ihren Freundinnen. Alle lachen. Giselle kommt zu mir und trocknet sich ab. Ich sehe auf ihre nassen Waden, ihre Knie. An der Innenseite ihres rechten Oberschenkels läuft ein Faden helles Blut herab. Blasses Rot auf Gänsehaut. Der Duft von Sonnenmilch. Ich sehe alles, rieche alles, verstehe alles: den Sommer, die Sonne, meine Neugier, meine Unschuld.

# UNSICHTBAR

Der verpickelte Fettwanst im Kellerraum des Kompaniegebäudes schiebt mürrisch die zusammengefalteten olivgrünen Hosen und Hemden über den Tresen.

Ich hebe die Hose prüfend hoch und schüttle den Kopf. »Sicher nicht. Das Zeug ist viel zu groß.«

»Probier's!«, sagt Pickel.

»Wir sehen uns!«, zische ich.

Fünf Minuten später bin ich wieder da und grinse ihn an. »Zwei Nummern kleiner.«

»Handtuch«, schnauzt er und gibt mir neue Kleidung.

Jetzt passen mir die Sachen. Soweit ich das ohne Spiegel beurteilen kann. Irgendwer bellt durch den Flur: »Im Erdgeschoss antreten!«

Da stehen wir, jeder mit einem Stapel Kleidung vor der Brust. In dem Kompaniegebäude einer Kaserne bei Kirchham in Niederbayern. Was mache ich hier, verdammt noch mal? Vor ein paar Wochen Abitur, dann Saufurlaub an der Costa Brava, und jetzt das! Bei der Musterung hatte ich mir noch nichts gedacht. Da war alles so weit weg. Aber jetzt stecke ich mittendrin, zusammen mit hundert anderen Rekruten.

Die Stuben werden vergeben. Ich komme auf Stube 12 im ersten Stock. Den Begriff *Stube* finde ich sonderbar. Ich kenne *Gaststube* oder *stubenrein* oder *gute Stube*. Das passt alles nicht. Ein Zimmer ist es nämlich nicht, und für einen Schlafsaal ist es zu klein. Auf unserer Stube sind acht Mann untergebracht – der blanke Horror. Stockbetten! Ich erwische ein Bett oben. Ein Unteroffizier zeigt uns, wie man das Bett macht und den Spind einräumt. Quadratisch, praktisch, gut. Und immer schön faltenfrei. Ich gebe mein Bestes. »Vergiss es«, sagt der Uffz zu meinen Bemühungen. »Wenn der Spieß das sieht, reißt er dir die Sachen auseinander.«

»Soll er mal machen«, murmle ich.

»Und den Arsch wird er dir auch aufreißen, wenn du lang frech wirst.«

»Bitte?«

»Dass dir die Hämorrhoiden wie Tannenzapfen raushängen.«

»Das hättste wohl gern, du Sau«, erwidere ich.

»Ich polier dir gleich die Fresse.«

»Probier's. Ich hab hier sieben Zeugen. Da ist so eine Karriere als Zeitsoldat schnell vorbei. Wetten?«

Der Uffz sieht die anderen an. Die verziehen keine Miene. Er verschwindet.

Ich blicke stolz in die Runde und sage: »Na bitte, geht doch.«

Keiner grinst. Ich sehe es ihnen an, sie denken alle dasselbe: Blödes Großmaul! Wenn es jetzt Stress gibt, bist du schuld.

»Stubenkontrolle!«, lautet die nächste Ansage.

Der Spieß höchstpersönlich. Wegen mir? Er sieht mich nicht an. Er sieht keinen von uns an, sagt nichts. Sein Auftritt ist kurz und fulminant. Er öffnet die Spinde, wirft jeweils einen kurzen Blick hinein, macht ein angewidertes Gesicht und zerrt die Kleider raus. Sein Blick geht zu den Betten. Er schüttelt den Kopf.

»Im Gang antreten!«, brüllt er uns an, und wir verlassen den Raum, um uns draußen aufzustellen.

Als wir wieder eintreten dürfen, liegen Kleider und Bettwäsche in einem großen Haufen auf dem Boden.

»Na, herzlichen Dank aber auch«, sagt einer meiner Stubenkameraden.

Ein anderer ist dem Heulen nahe: »Wie sollen wir das jemals wieder auseinanderkriegen?«

»Na ja, deine Größe gibt's nur einmal, Dicker«, sage ich.

»Du kriegst gleich was aufs Maul.«

»Ruhe!«, zischt der Typ vom Bett unter meinem.

Wir räumen unsere Sachen halbwegs ordentlich in die Spinde und machen die Betten, so gut es geht, bevor es gleich wieder antreten heißt.

Vor dem Kasernengebäude stehen die Rekruten in drei Reihen. Ganz unterschiedliche Typen, Haltungen, Gesichter. Sie zeigen Anspannung, Angst, Gleichgültigkeit und – ja, auch das – Vorfreude. Was für Deppen, denke ich über die Grinsefressen und weiß zugleich: Ich bin selbst ein Depp. Warum habe ich nicht verweigert? Nur weil ich möglichst schnell mit dem Studieren beginnen wollte. Warum? Auf mich wartet keiner. Die paar Monate nach dem Zivi bis zum nächsten Semesterbeginn könnte man super verreisen. So nicht. Jetzt bin ich Staatsbürger in Uniform. Dass ich nicht lache. Schon dieses Scheißbarett. Ich sehe mit dem schwarzen Ding aus, als hätte mir jemand eine Leber an den Kopf getackert. Ein Spiel – ob man es schafft, das blöde Ding auf dem Kopf zu behalten. Ich schaue zum Spieß. Verwegen hängt sein Käppi auf Halbmast. Vielleicht ist bei ihm ein kleines Loch in der Schädeldecke, und das Vakuum in seiner Birne sorgt für ausreichend Unterdruck, um das Barett anzusaugen? *Kirchham, 8 Grad plus, böiger Wind aus Nordnordost – die Haube hält.*

Das Leben in der Kaserne mit seiner strengen Hierarchie und den sinnlosen Aufgaben ist beklemmend. Ich rede mir meine Lage mit der steilen These schön, dass das Ganze meiner Charakterbildung dient, dass ich was fürs Leben lerne. Eine Lektion habe ich schon verstanden: Ich bin hier, um schikaniert zu werden. Und die Rollenverteilung ist klar: Die einen schikanieren und die anderen halten die Klappe. Gegenwehr lohnt sich nicht, das macht nur Umstände, wie ich schnell merke. Arrest, Sonderdienste, Wache schieben sind die Folgen. Ich versuche mich dem ganzen Mist zu entziehen, mich unsichtbar zu machen. Das gelingt mir auch ganz gut. Ich verschwinde. Ich stehe beim Antreten stets ganz hinten, melde mich nie freiwillig für einen Dienst und eile als Erkunder sofort nach dem Morgenappell in die Werkstatthalle zur Fahrzeugpflege. Dort setze ich mich in meinen VW-Geländewagen, drehe den Sitz ganz zurück und bleibe die nächsten Stunden in dieser Position. Anfangs versuche ich noch zu lesen – dünne Reclam-Bändchen, die gut in die Seitentasche meiner Hose passen –, aber bald sitze oder liege ich einfach nur da und träume vor mich hin. Ich male mir aus, wie das jetzt nach dem Wehrdienst als Student wird. Irgendwann döse ich nur noch apathisch. Die anderen Erkunder machen es genauso. In jedem der sechs Geländewagen pennt ein Fahrer. Zum Quatschen fehlt uns die Kraft und auch das Interesse aneinander.

Ich bleibe unsichtbar. Pflichtaufgaben umgehe ich so gut wie möglich. Bin ich am Schießstand, gebe ich keinen Schuss ab, weil eh alle so scharf drauf sind und sich nach vorne drängen. Für die streng abgezählte Munition finden sich immer dankbare Abnehmer. Manchmal tausche ich die Patronen gegen unangenehme Dienste wie Wache am Wochenende. Nur einmal in der Woche kann ich mich nicht verstecken. Da hat unser Erkunder-Zug mit fünfzehn Leuten in einem engen Kellerraum Wehrkunde. Da wird dann allerdings kein strategisches Wissen vermittelt. Die zwei Stunden sind vor allem die Bühne für die Prahlereien meiner beiden Vorgesetzten, die sich für die heißesten Stecher von ganz Niederbayern halten. Sie erzählen uns von ihren Heldentaten beim gemeinsamen Bums-Urlaub in Thailand. »Null Risiko, echt, die Ladys duschen drei Mal am Tag«, sagt unser Uffz treuherzig über die dortigen Hygieneverhältnisse. Zuerst halte ich die Geschichten für Geschwätz, aber dann erzählt mir Manni, die Ordonanz im Kasino, von einem Urlaubsdiaabend, bei dem Bilder unserer zwei Vorgesetzten zu sehen waren – mit genauso roten Köpfen wie Eicheln in den Armen sehr junger Thailänderinnen. Ich bin platt: *Drei Mal duschen* – das Mittel gegen Aids ist so simpel und doch weitgehend unbekannt!

Das Kasernenleben ist schrecklich – die Langeweile, die blöden Sprüche, die rauen Sitten. Auch die entwürdigenden Aufnahmerituale in die höheren Weihen der Kameradschaft. Die Frischlinge müssen aus einem Maßkrug schreckliche Alkoholmischungen saufen, sich in der Dusche anpinkeln oder ein paar Stunden in den Spind sperren lassen, wenn sie dazugehören wollen. Wozu eigentlich? Zum Klub der Vollverblödeten? Gibt man mit der Teilnahme an den Initiationsriten eine Einverständniserklärung ab, sich dem ganzen Mist hier zu unterwerfen? Um auf die andere Seite zu gelangen und sich daran zu erfreuen, wenn die nächste Generation Rekruten den ganzen Dreck über sich ergehen lässt? Ja, vermutlich ist das die Idee. Nachts höre ich die Schreie der Aufnahmewilligen durch die Gänge hallen. Definitiv nicht meine Vorstellung von Spaß, denke ich und drehe meinen Walkman lauter. »Ich putz maximal nackt das Klo, wenn das auch zählt«, reagiere ich auf die Einladung zur Initiation und ernte damit Befremden. »Schade, dann bin ich leider raus«, sage ich grinsend.

Ich laviere mich weitgehend unbemerkt durch den Kasernenalltag, wähle Umwege, Hintereingänge, nehme an den zahlreichen Kameradschaftsabenden und Besäufnissen nicht teil. Ich beobachte und belausche mit zunehmend abgestumpften Sinnen das Ausmaß an Blödheit um mich herum. Einmal sage ich beim Feierabendbier zu meinem Stubenkameraden Erwin: »Glaubst du eigentlich, dass zwei Halbe Bier in einen Masskrug passen?« Als er anfängt ernsthaft zu grübeln, lege ich nach: »Nie und nimmer. Überleg mal. Volksfest. Was da in einer Mass drin ist. Das sind doch nie und nimmer zwei Halbe. Die kriegst du da nicht rein.« Und er grübelt weiter, ob das wirklich so ist. Am schlimmsten ist eigentlich das Wissen, dass ich ebenfalls zu dem Verein gehöre. Tja, das habe ich mir vorher nicht gut überlegt. Ein bestandenes Abitur heißt nicht unbedingt, dass man schlau ist. Wenigstens bin ich jetzt beim Tarnen und Täuschen richtig gut. Mich hat keiner der Vorgesetzten auf dem Schirm, und meine Zeit läuft langsam, aber sicher ab.

Irgendwann falle ich dann doch auf. Kein Barett am Kopf, die Hände nachlässig in den tiefen Hosentaschen vergraben, schlendere ich Kaugummi kauend über den Kasernenhof. Es ist nach Dienstschluss, und ich habe heute keine Mitfahrgelegenheit nach Hause bekommen. Dementsprechend schlecht ist meine Laune.

»Soldat, bleiben Sie stehen!«, bellt jemand.

Ich dreh mich um, der Kaugummi fällt mir aus dem Mund.

»Panzerschütze, stillgestanden!«, pfeift mich der Spieß an. »Nehmen Sie die Hände aus den Taschen, Soldat! Wo ist Ihre Kopfbedeckung?«

»Ich schätze mal auf der Stube.«

»In welcher Kompanie dienen Sie?«

»Gebirgspanzerdivision I, Hauptmann Schmitt.«

»Das ist ja bei mir! Seit wann sind Sie bei uns?«

»Zu lange schon.«

»Wie bitte?«

»Nächste Woche bin ich raus.«

Er mustert mich lange. Schaut auf meine Schultern. Da ist kein Dienstgrad, nicht mal Gefreiter. Ich kann es in seinen Augen lesen: Er kennt mich nicht, er bringt mich nicht unter.

»Wegtreten, Panzerschütze! Aber schnell!«


Eine Woche später bin ich tatsächlich raus. Die fünfzehn Monate sind um. Ich bekomme eine sehr mäßige Beurteilung, die einen Einsatz als Reservist eher unwahrscheinlich macht. Die anderen wollen ihre Entlassung in München auf dem Oktoberfest feiern und so viel Bier wie möglich saufen. Ohne mich! Ich will einfach nur weg. Meine direkten Vorgesetzten sind froh, dass sie mich los sind. Kein Wunder, ich habe sie stets spüren lassen, dass ich sie für minderbemittelt halte.

»Wenn wir dich draußen mal treffen, dann hauen wir dir so richtig aufs Maul«, sagt mir mein Feldwebel zum Abschied. Gänzlich ironiefrei. Und der Uffz nickt brav dazu.

»Das glaube ich nicht«, meine ich lächelnd und schiebe ein Dia über den Tisch der Schreibstube. Das Bild hat Manni an dem Kasinoabend mit den Thailand-Dias mitgehen lassen.

»Wo hast du das her?«, bellt mich der Feldwebel an.

»Das ist doch egal. Wichtig ist, was darauf zu sehen ist. Und dass ich noch mehr habe. Falls ihr mich irgendwann mal nervt, schicke ich euren Ladys ein paar Abzüge von euren schönen Urlaubserinnerungen. Ist das klar?«

Die beiden sehen mich mit großen Augen an.

»Ob das klar ist?«, hake ich nach.

Sie nicken langsam.

»Dann mal ciao, ihr Wichser. Und immer schön duschen. Das hilft. Auch gegen Körpergeruch.«

Die beiden sehen aus, als würden sie mich im nächsten Moment umbringen. Ich habe natürlich nur das eine Dia, aber die werden ihre Bilder ja kaum abgezählt haben.

Die Arschgeigen sehe ich hoffentlich nie wieder, denke ich, als ich aus dem Kompaniegebäude trete. Es ist ein kühler, frischer Herbsttag. Ich gehe durch das Kasernentor, rüber zur Bushaltestelle, strecke mich, atme durch. Ich bin frei!


# GOLDJUNGE

Das mit dem Studieren in München habe ich mir einfacher vorgestellt. So richtig groovy läuft es nicht, mein Zimmer ist teuer und klein, und ich brauche viel Anlauf, bis ich ein paar Leute kennenlerne. Außerdem bin ich ständig in Geldnot. Die Kohle von meinen Eltern reicht gerade so für die Miete. Für Essen, Trinken, Konzerte, Kino, Platten, Bücher muss ich was dazuverdienen. Also gehe ich zum Studiservice am Kolumbusplatz. Lotterie und Sklavenmarkt zugleich. Man gibt seine grüne Karte ab, der Kartenstoß wird durchgemischt, und wenn man Glück hat, ist die eigene Karte bei der Verlosung unter den ersten. Dann hat man die ganze Auswahl aus den angebotenen Stellen. Wenn die Karte weit hinten landet, kriegt man nur, was übrig bleibt. Ich nehme vor allem Umzugsjobs an. Schwere Arbeit wird besser bezahlt als Kuvertieren oder Werbeflyerverteilen, in der Regel gibt es auch Trinkgeld und Brotzeit. Ich jobbe viel und erledige mit mäßigem Ehrgeiz mein Grundstudium der Germanistik und Anglistik.

Nach Hause fahre ich selten, aber zu Papas fünfzigstem Geburtstag muss ich nach Passau. Seine Brüder Kurt und Willy haben tatsächlich eine Reiseerlaubnis erhalten. Sie dürfen anlässlich seines Geburtstags von Bitterfeld über die Zonengrenze zu uns fahren. Mein Vater kann es kaum glauben. So wie er am Telefon redet, klingt es, als würden sie von einem anderen Kontinent anreisen. Dabei sind es gerade mal fünfhundert Kilometer von Bitterfeld und Wolfen bis nach Passau. Von mir wird erwartet, dass ich vor Ort bin, um die Verwandten am Bahnhof in Passau zu begrüßen. Bis zuletzt bestehen allerdings Zweifel, ob es mit der Reise auch wirklich klappt, ob die Verwandten nicht doch an der Grenze aufgehalten werden und zurückmüssen. Ich denke an die bösen grauen Gesichter der Grenzbeamten, wenn wir über die Transitautobahn nach Bitterfeld zu Oma und Opa fahren. Denen traue ich alles zu.

Doch dann sind die Verwandten tatsächlich da. Ich schaue in ihre ungläubigen Gesichter – sie können es nicht fassen, jetzt in Bayern zu sein. Ob ich meinen Reservistenparka mit der bundesdeutschen Flagge an der Schulter heute extra angezogen habe, weiß ich nicht. Aber niemand fühlt sich provoziert.

Onkel Willy gefällt der Parka. »Gut siehst du aus, Goldjunge! Sehr gut! Hast du gedient?«

»Ja, leider.«

Er grinst breit. »Hoch lebe die Volksarmee!«

Alle sind aufgeregt. Die Luft knistert. Jetzt passiert das, wovon mein Vater so lange geträumt hat: Seine Brüder aus dem Osten sind da. Samt Onkel Willys Frau und ihren Töchtern und deren Ehemännern. Jetzt sehen sie, wie es in unserem Teil Deutschlands aussieht. Wiedervereinigung! Klar, das ist nur ein kurzer Besuch, denn die Kinder meiner Cousinen Martha und Gerhild sind als Faustpfand drüben geblieben. Trotzdem: ein Wunder! Die Kettenhunde an der Grenze haben sie fahren lassen. Ich überlege, ob das Ganze nur ein Trick ist, weil die Stasi mehr über meinen Vater rauskriegen will. Der ist ja ein Republikflüchtling, hat die DDR kurz vor dem Mauerbau verlassen. Und ein fürsorglicher Staat vergisst seine Kinder nicht.

Zu Hause sehe ich immer wieder misstrauisch aus dem Küchenfenster, ob sich da draußen bei den Garagen irgendwelche Spione verstecken, die gerade ihre Abhörmikros installieren. »Tralala killefitz«, schnurrt Onkel Willy. »Nach Bayern trauen die sich nicht.« Er deponiert eine Flasche Krimsekt im Eisfach und nimmt zwei Bier aus der Kühlschranktür.

Ich will mich nach oben verdrücken und murmle: »Ich muss noch für die Uni lernen.«

Willy schüttelt den Kopf und drückt mir ein Bier in die Hand. »Jetzt trinkst du erst mal was mit uns.«

Ich versuche den erhitzten Gesprächen im Wohnzimmer zu folgen. Aber es ist zu laut, in dem Chaos aus Stimmen, Gläserklirren und Schlagermusik aus dem Radio irgendwas zu verstehen. Unsere zwei Katzen klauen frech Schinken und falschen Lachs vom Tisch. Niemand bemerkt, dass ich mich wenig später verdünnisiere. In meinem Zimmer setze ich mir die Kopfhörer auf und höre meine neue Platte von Lou Reed. Amerikanischer geht's nicht, denke ich bei den dröhnenden Gitarren und den lässig dahingenuschelten Worten und sehe an die Decke, wo immer noch die US-Fahne und die Hängematte mit dem Joe-Cool-Shirt und den Bermuda-Jeans hängen.

Zum ersten Mal denke ich über die Kombination dieser Sachen nach. Die Fahne als Verheißung der freien Welt, als Konsumversprechen. Die Hängematte als Abenteuerversprechen der DDR-Pioniere. Ich habe die Matte von Tante Susis Geld gekauft. Susi schenkt Klaus und mir immer zwanzig Mark, wenn wir sie in Leipzig besuchen. Zwanzig Mark sind sehr viel Geld für sie, führt sie doch ein Leben in extremer Sparsamkeit. Es ist gar nicht so einfach, in der DDR zwanzig Mark auszugeben. Entweder es gibt nichts, oder wenn es etwas gibt, dann kostet es meistens nicht viel. Und einmal habe ich mir in Leipzig diese Hängematte gekauft, deren Holzenden klappbar sind und die sogar in den Rucksack passt. Mit Outdoor kennen sie sich im anderen Deutschland aus, wie ich auch von den Comicheften von Onkel Kurt weiß, in denen gutgelaunte Pioniere mit exakten Spatenstichen perfekte Quader aus der Grasnarbe rund um ihre Zelte ausstechen, damit durch die Rinne das Regenwasser abfließen kann. Das mit der klappbaren Hängematte erschien mir damals unendlich praktisch. Was allerdings nicht funktioniert, weil die beiden Hölzer auch dann zusammenklappen, wenn man sich in die aufgespannte Matte legt – man hängt drin wie ein Fisch im Netz. Theorie und Praxis – wie auf den Radio-Eriwan-Platten des Hildesheimer Opas: im Prinzip ja, aber ...

Im Wohnzimmer unten feiern die Passauer lautstark mit den Vertriebenen des real existierenden Sozialismus. Na ja, das stimmt nicht, es ist ja nur ein Ausflug, sie werden in vier Tagen wieder heimfahren. Sie dürfen nur einen kurzen Blick ins Paradies werfen. Paradies? Stimmt das denn? Nein, das ist sicherlich übertrieben, so toll ist es hier auch nicht. Obwohl – im Vergleich? Bitterfeld, diese grau-braune Kohlestadt, hat nicht allzu viel Lebensqualität zu bieten. Der ganze Schmutz, der Tagebau, die Umweltverschmutzung durch die Chemiewerke. Das ist schon eine lebensfeindliche Umgebung. Plötzlich kommt mir der Gedanke, was denn wäre, wenn die Verwandten einfach hierblieben. Nein, das ist Quatsch. Die Enkelkinder sind ja bei den Großeltern in Bitterfeld. Aber was ist mit Willy und Gertrud? Na ja, die haben ein Haus. Das lassen die doch nicht einfach zurück. Und Kurt, Papas kleiner Bruder? Der besitzt die größte Modellautorennbahn von ganz Bitterfeld, die ist sein ganzer Stolz. Nein, das ist alles Unfug. Auch wenn man an den Ärger für die Großeltern denkt, der ihnen dann droht – Stasiverhöre und der ganze Scheiß. Niemals bleiben die hier!

Ich täusche mich. Nach vier Tagen fahren nur Martha und Gerhild mit ihren Männern heim. Der Kinder wegen. Willy und Gertrud nicht. Kurt auch nicht. Ich staune, denn ich kann mir gut vorstellen, was an der Grenze passiert. Meine Cousinen und ihre Männer werden Verhöre und Schikanen über sich ergehen lassen müssen. Schwierigkeiten gehen die jedenfalls nicht aus dem Weg. Anfangs denke ich noch, dass die ganze Aktion spontan entschieden wurde, bei einer der feuchtfröhlichen Runden in unserem Wohnzimmer. Aber langsam dämmert mir, dass genau das der Plan war – zu Papas Fünfzigstem abzuhauen. Ich bin sauer. Warum haben mich meine Eltern nicht eingeweiht? Ich überlege, wie sich das anfühlt, wenn man die Verbindungen zu seiner Heimat kappt. Na ja, es gibt wirklich schönere Orte als Bitterfeld, wo Ruß vom Himmel regnet, wo Wäsche und Häuser immer grau sind. Da zieht es einen nicht hin. Außer man hat dort Familie.

Auch wir dürfen jetzt nicht mehr zu Oma und Opa fahren. Das finde ich dann doch schade, das war immer spannend, weil dort alles so anders ist. Ich muss an den Kohleofen denken, auf dem Oma kocht, an die Flammen in dem kleinen Glasguckloch mit den schwarzen Brandeinschlüssen, an den beißenden Geruch der Briketts, der in jeder Ritze des Hauses steckt. An den rostigen Boiler im Bad, der erst eingeschürt werden muss, an den Karpfen, der zu Silvester in der Wanne schwimmt. An die langen Schlangen in Bitterfeld beim Bäcker für *Schrippen,* die wir Kinder in rauen Mengen verdrücken, ohne nur einen Gedanken daran zu verschwenden, wie viele Stunden Opa dafür im Morgengrauen anstehen musste. Und mir fällt der Tag ein, als Silberstaub vom Himmel rieselte. Aluminiumregen. An die Umwelt dachten wir nicht, sondern an Sterntaler.

Egal wie dreckig Bitterfeld ist, das Haus der Großeltern dort ist wunderschön. Drinnen glänzen die Holzdielen, die großen Flügeltüren stehen meist offen, durch die cremefarbenen Fensterstores fällt weiches Licht. Zweifellos ein Heim. Klaus und ich werden nicht mehr in dem großen Gästezimmer schlafen, wo Kurt die Regalwand so gar nicht systemkonform mit Bierdosen aller Herren Länder bestückt hat. Und wo in einer Vitrine die ganzen geilen Autos für die Carrera-Bahn stehen. Ich habe mich immer gewundert, wo er die herhat, aber mit Beziehungen und Westmark bekommt man offenbar alles. Ich werde in dem Gästezimmer nicht mehr wach im Bett liegen und die erregten Stimmen aus dem Wohnzimmer und das Klirren der Gläser auf dem Rauchglastisch hören. Ich werde nicht mehr das orange Licht der Straßenlaternen durch die Lamellen der Fensterläden hereinfallen sehen, nicht mehr die Zweitaktmotoren knattern und Hartgummireifen übers Kopfsteinpflaster poltern hören – *Trabant, Wartburg, Simson* – und dabei an die Geschichten denken, die mir meine Cousinen von ihrer Arbeit im Krankenhaus erzählt haben. Wenn wieder ein Simson-Pilot auf dem Kopfsteinpflaster gestürzt und sein Schädel geborsten ist wie das spröde Plastik seines windigen Helms. Bei den Besuchen stellte ich mir immer vor, als Zeitreisender unterwegs zu sein, dass die DDR dasselbe Deutschland wäre wie unsere Bundesrepublik, nur ein paar Jahrzehnte früher. In Schwarz-Weiß statt in Farbe. Die Zeitreisen sind vorbei.

Die erste Euphorie über die Wiedervereinigung der Familie in Passau ist nach ein paar Wochen bereits verraucht. Türen werden schnell geschlossen, Mahlzeiten werden getrennt eingenommen, es wird geflüstert, und die Gespräche gestalten sich in Ton und Inhalt nach den jeweiligen Gesprächspartnern. Da ist viel Frust, da sind überzogene Erwartungen, jeder macht jedem Vorwürfe. Dass die Laune bei Willy und Gertrud nicht gut ist, wundert mich nicht, sind doch die heimgekehrten Kinder den Drangsalierungen von Stasi und Vopos ausgesetzt. Noch dazu müssen Willy und Gertrud ihr Haus in Bitterfeld zu einem Spottpreis verkaufen. Und mit Arbeit sieht es hier auch nicht rosig aus. Der Landkreis Passau ist keine strukturstarke Region.

Für mich bleibt in den kommenden Monaten vieles im Dunkeln. Wie finanzieren sich die Verwandten? Haben sie Erspartes? Konnten sie die Ostmark aus dem Hausverkauf in Westmark tauschen? Hat Kurt auch Geld? Wegen der angespannten Situation komme ich von München nun noch seltener heim. Bin ich in Passau, verbringe ich viel Zeit in der Garage, um meine 250er Enduro herzurichten, die ich mir gebraucht gekauft habe. Den Rest der Zeit bin ich auf langen Motorradtouren durch den Bayerischen Wald oder verschanze mich in meinem Zimmer und setze mir den Kopfhörer auf. Klar, überlege ich, ob ich was an der schlechten Stimmung ändern könnte, ob ich mehr für die Familie leisten sollte. Wenn ja, für wen? Ich will keine Partei ergreifen. Das ist alles sehr kompliziert, und ich bin schon genug mit mir selbst beschäftigt.

Ein paar Monate später passiert die Sache mit Ungarn und der Prager Botschaft. Und schließlich ist die Mauer offen, ganz Deutschland dreht durch. Und bei uns zu Hause wiederholt sich alles. Auf einem neuen Level. Erleichterung – als hätte jemand das Druckventil des Dampfkochtopfs geöffnet, in dem die aufgeheizte Stimmung in unserer Familie vor sich hin köchelte. Der Frust verpufft, aller Zwist ist vergessen, jetzt ist wieder alles Gold, alle liegen sich in den Armen. Nun kommen auch die Cousinen samt Männern und Kindern nach Passau.

Die Bitterfelder Oma erlebt die Wende nicht mehr. Sie ist ein halbes Jahr zuvor an Krebs gestorben. Es ging ganz schnell. Als hätte sie noch so lange durchgehalten, bis ihre drei Söhne wieder zusammen sind. Zu ihrer Beerdigung durften Papa und seine Brüder nicht kommen. Als der Bitterfelder Opa wenige Tage nach der Maueröffnung im Krankenhaus stirbt, hat er davon im Schmerzmitteldunst nichts mehr mitbekommen. Aber anders als bei der Oma sind die Söhne jetzt am Grab.

Das große Glück der Wiedervereinigung ist nicht das große Glück für unsere Familie. Schnell ist die Lage wieder angespannt. Es ist zu eng zu Hause, alle gehen sich auf die Nerven. Ich fahre fast gar nicht mehr nach Hause. Schließlich finden Gertrud und Willy eine günstige Wohnung in der Nähe und ziehen bei meinen Eltern aus. Nur Kurt bleibt. Er ist es von zu Hause gewohnt, dass sich andere um seine Infrastruktur kümmern. Er hält das Gästezimmer im Souterrain eisern besetzt. Bis selbst meiner geduldigen Mama der Geduldsfaden reißt. Sodass Papa seinem kleinen Bruder erklären muss, dass jetzt die Zeit gekommen sei, auf eigenen Beinen zu stehen. Gemeinsam gehen sie zum Arbeitsamt, erweitern den Radius der Arbeitssuche und finden für Kurt eine Stelle als Lagerfacharbeiter in einem Logistikzentrum in Traunstein. Der erste Plan mit Pendeln wird wegen Schichtbetrieb schnell aufgegeben. Die anderen finden ebenfalls Arbeit, wenn auch nicht sofort. Und keineswegs das, was sie sich vorgestellt haben. Aber wer kriegt das schon?

Als meine Eltern wieder allein sind, ist die Luft raus. Sie sind erschöpft. Von der Wiedervereinigungseuphorie, wie sie in den Nachrichten immer noch rauf und runter zu sehen ist, ist nichts mehr zu spüren. Meine Eltern sind ernüchtert, vor allem mein Vater. Die plötzliche Nähe, das Hereinbrechen der Verwandtschaft aus dem Osten in sein bundesrepublikanisches Beamtenleben hat ihn mitgenommen und überfordert. Und die Verwandten sind enttäuscht, auch wenn sie das nicht offen sagen. Sie sehen, dass in der Bundesrepublik nicht alles besser ist. Früher waren wir uns näher, denke ich. Was unsere Familie in beiden Teilen Deutschlands mit der gemeinsamen Ablehnung der DDR verbunden hat, hat einen Knacks bekommen. Mir schwant, dass wir da kein Einzelfall sind.

## Nicht verdient

Sonne knallt aufs braune Wasser. Surfer auf dem Rhein. Ich hauche die Scheibe des Zugfensters an, male ein Fadenkreuz und ballere die Windsurfer von ihren Brettern. Dann ziehe ich das Rollo runter. Die Sonne kann mich mal. Ich bin beschissen gelaunt und habe allen Grund dazu. Eigentlich gibt's das nur im Film: Ich schaue bei meiner Freundin Charlotte vorbei, um sie von meiner zukünftigen Karriere als Radiomoderator in Kenntnis zu setzen, sie steht im Bademantel an der Tür und will mich nicht reinlassen, und von hinten erklingt eine Männerstimme: »Mausi, wo ist denn der Zucker?« Reinstürmen und dem Arschgesicht eine reinhauen? Nein. So bin ich nicht drauf. Schade eigentlich. Ich war so platt, dass ich rückwärts die Treppe runterstolperte und den restlichen Tag vor ihrem Haus rumgelungerte und jeden Typen auscheckte, der aus der Haustür kam und noch nicht kurz vor der Rente stand. Als ich endlich Leine zog und nach Hause kam, wusste der Anrufbeantworter schon mehr als ich. Er blinkte hektisch. Ich löschte die Nachrichten, ohne sie abzuhören.

Das mit Köln ist super. Perfektes Timing. »Und wenn ich dann berühmt bin, schaue ich dich mit dem Arsch nicht an, Charlotte«, sage ich lautlos. Richtig überzeugend klinge ich nicht. Köln also. Das Zimmer hat mir ein Freund organisiert, der dort jemand kennt, und der hat am schwarzen Brett in der Mensa einen Zettel für mich aufgehängt. Meine Wünsche waren simpel: billig und zentral. Hat geklappt. Das Zimmer ist beides, bestimmt gibt es einen Haken. Egal, sind ja nur vier Wochen. Vielleicht habe ich bis dahin die Sache mit Charly vergessen. Wenn ich ehrlich bin, war das schon länger in Schräglage. Sie hatte die Unordnung in meiner Bude und meine ständige Unpünktlichkeit satt. Und unser Musikgeschmack war auch nicht kompatibel. Sie wollte mich allen Ernstes zu einem Tangokurs schleppen. Zur Hölle, niemals! Den neuen Typen hat sie garantiert in dem blöden Tanzkurs kennengelernt. Geschieht mir recht. Ja, ich hätte es wissen können. Vor lauter Eitelkeit habe ich es nicht gesehen.

Ja, die letzten Tage waren suboptimal. Ich habe es noch genau vor Augen: Wir waren für eine Aussprache verabredet, noch ein Versuch. Und ich war natürlich zu spät dran. Die paar Minuten wird sie schon warten, dachte ich. Sicher war ich mir nicht. Sicher war ich mir dahingehend, dass eine unserer Standard-konversationen ablaufen würde: *Du bist immer zu spät, du hast nie Zeit, warum starrst du die Tussi da so an? – Tu ich doch gar nicht. – Tust du doch. – Und wenn?* Trotzdem: Die letzte Chance wollte ich wahrnehmen. Ich fegte aus der Wohnung, die Treppe runter. Ich stieg aufs Rad, trat in die Pedale. Einbahnstraßen, Bürgersteige, durch den Englischen Garten. Vollbremsung am Seehaus. Der Biergarten wie leergefegt, kein Wunder bei dem Wetter. Es nieselte. Kein Mensch, keine Charlotte. Eine Turm-uhr schlug die halbe Stunde. Viel zu spät. Der See schwarz, kein Schwan, nicht einmal Enten. Mir war kalt. Der Regen wurde stärker.

Wieder zu Hause, war ich komplett durchgefroren. Char-lotte hatte mir eine Nachricht auf dem Anrufbeantworter hin-terlassen: *Ich will dich nicht mehr sehen. Es ist endgültig Schluss.* »Kannst du haben, blöde Kuh«, zischte ich. Wenn Schluss ist, denkt man auch an den Anfang. Ich jedenfalls. Sie war auf dieser Semesterparty und sah einfach atemberaubend aus. Die lan-gen, dunklen Haare, die roten Lippen und die großen Augen. Die würdigt mich keines Blickes, dachte ich und schaute immer wieder zu ihr hinüber. Unauffällig, wie ich meinte. Von wegen. Schließlich kam sie zu mir und fragte mich, was das Geglotze solle. Und da platzte es aus mir heraus: »Weil deine Haare so wunderschön sind, deine Lippen so rot und deine Augen so groß und dunkel.« Erst starrte sie mich verdutzt an, dann lachte sie. Und der Rest ist Geschichte.

Aber die Harmonie hielt nicht lange an. So schön Charlotte ist, so anstrengend ist sie auch. Immer wieder: *Liebst du mich wirklich? – Klar, logo, was denn sonst? – Wie du das sagst! – Wie sag ich das denn? – Das reicht nicht.* Ja, mein Gott, es kann doch nicht immer die ganz große Nummer sein! Aber vielleicht hat sie auch recht, und es reicht nicht.

Ob ich Charlotte doch noch mal anrufen und mich mit ihr versöhnen sollte?, dachte ich nach dem vermasselten Biergarten-Date. Damit ich ihr das mit dem Radio erzählen kann. Das sei doch eine gute Sache, weil sie ja immer sage, dass ich kein Ziel habe. Ich wollte ihr sagen, dass ich jetzt was Ordentliches mache, was mich weiterbringt. Und dass so eine räumliche Trennung von einem Monat doch gar nicht so schlecht sei. Dass wir beide das alles nach den vier Wochen bestimmt ganz anders sähen. Hat ja super geklappt. Ach, soll sie halt mit ihrem neuen Typen Tango tanzen. Bleibt mir wenigstens das erspart.

Das mit dem Radio begeistert mich immer noch. Als ich vor ein paar Monaten den Zettel am schwarzen Brett am Institut für Theaterwissenschaften sah, war ich sofort angefixt. *Radio sucht Mitarbeiter.* Noch in derselben Woche war ich mit meinem Kumpel Robert auf der ersten Redaktionssitzung bei dem neuen Sender eines Münchner Jugendzentrums. Und sofort zogen wir einen Musikbeitrag an Land, der schon am nächsten Tag produziert wurde und über den Äther ging. Wir stürzten uns in die Arbeit und hatten bald unseren speziellen Dreh. Unsere Beiträge und Konzertankündigungen gestalteten wir wie Minihörspiele. Was nicht allen gefiel. Von wegen Reporterehre: Die Form kann nicht über dem Inhalt stehen. Was für ein Unsinn! Aber das Klima war einfach nicht gut. Ich hatte mir über mögliche Konkurrenz in der Redaktion keine großen Gedanken gemacht. Aber Konkurrenz gab es zweifellos. Klar, bei Musik und Theater wollen alle cool rüberkommen. Und dann ging es auch noch um das Abzocken von CDs oder um Plätze auf der Gästeliste. Deswegen wechselten wir zum Kinderfunk, wo hän-deringend Mitarbeiter gesucht wurden. Hier gab es keine Konkurrenz, Kinderradio galt definitiv nicht als cool. Schon bald hatten wir unsere eigene Sendung. Mein Berufswunsch stand fest. Ich wollte zum Radio, zu einem richtig großen Sender.

Ich schickte Bewerbungen für ein Volontariat an die großen Funkhäuser. Lange kam kein Feedback, bis dann doch endlich was im Briefkasten lag – gleich zwei große Umschläge. Was drin war, spürte ich schon von außen, auch wenn nicht fett BR und WDR draufgestanden hätte. Das waren Rücksendungen mit meinen Bewerbungsunterlagen und der Kassette mit unseren Radiobeiträgen. Ich las den ersten Antwortbrief vom BR: *Sehr geehrter Herr Kramer, leider müssen wir Ihnen mitteilen ... Zu unserer Entlastung senden wir Ihnen ...* Genervt öffnete ich den zweiten Umschlag aus Köln. *Sehr geehrter Herr Kramer, leider müssen wir Ihnen mitteilen, dass im Moment in unserem Haus ...* Ich wollte schon gar nicht mehr weiterlesen, tat es dann aber doch: *... aber wenn Sie einen Monat bei uns hospitieren möchten ...* Hospitieren? Ein Praktikum? Ich hatte mich als Volontär beworben. Hospitanz? Aber besser als nichts. Gut, also zum WDR, das ist doch schon mal ein Anfang, dachte ich mir. Das denke ich immer noch.

Ich schiebe das Rollo vor dem Zugfenster wieder hoch. Die Abendsonne blendet mich. Immer noch Surfer auf dem Rhein. Ist das jetzt ein Volkssport? Ich muss an meinen Kumpel Andi denken, der mir erzählt hat, wie er in München mal an einem Sonntagmorgen stolz wie Waldi mit seinem neuen Hightech-Faltrad über die Reichenbachbrücke gefahren ist und ihn zwei Typen in Neopren ausgelacht haben, die mit ihren Surfboards am Kiosk standen und Bier tranken. Surfboards und Falträder – das ist München. Das hier ist irgendwo bei Koblenz. Hinter Bonn wird es schwarz. Regen. Der Fahrtwind lässt die Tropfen an der Scheibe hochtanzen.

In Köln nehme ich schließlich frierend die Straßenbahn vom Hauptbahnhof zum Friesenplatz. Dort steige ich um. Eine Station nach der Uni bin ich da, stehe vor der richtigen Haustür. Ich klingle. Warte. Nichts geschieht. Ich klingle noch einmal. Endlich erbarmt sich jemand und drückt auf den Türöffner. Der spärlich erleuchtete Hausflur riecht feucht und schimmlig. Ich sehe eine Tür mit aufgequollenem Furnier und Lüftungsschlitzen. Auf dem Boden ist eine Pfütze. Ein verwitterter Zettel klärt mich auf: *Nach dem Duschen bitte absperren.* Na super, Komfort wird hier kleingeschrieben.

Oben im zweiten Stock empfängt mich Tanja, die Dame, bei der ich mich telefonisch angekündigt habe. Sie könnte hübsch aussehen, wenn sie ihre langen, braunen Haare gelegentlich waschen würde. Und andere Klamotten anhätte. Sie trägt eine zerbeulte Jogginghose, Schlabbershirt und Birkenstocks. Und freundlicher wäre auch gut. Sie ist genervt, weil ich einen Zug später als vereinbart genommen habe, faselt etwas von Prüfungen morgen und schleust mich hastig durch die runtergewohnte Wohnung. Tanja deutet auf die Tür, hinter der sich mein Zimmer verbirgt, drückt mir den Schlüssel in die Hand und verschwindet mit einem kurzen Gutenachtgruß. He, ist es nicht erst kurz nach neun? Das Licht im Flur erlischt. Hat sie es ausgemacht? Ohne Hände? Nur mit ihren Gedanken? Ich drücke auf den leuchtenden Knopf an der Wand. Das Licht geht an. Kein Kippschalter. Ich verstehe – Minutenlicht. Wie im Treppenhaus. Sehr charmant.

Mein Zimmer ist spartanisch eingerichtet: Bett, Schrank, Schreibtisch. Und ein Waschbecken. Hoffentlich ist das Klo nicht wie die Dusche im Treppenhaus. Ich schließe die Tür hinter mir und fühle mich sofort einsam. Also ziehe ich noch mal los. Die Kneipe an der Ecke gefällt mir nicht. Die Leute tragen alle Schlabbershirts und Birkenstocks. Vielleicht war das mit der Hospitanz doch keine so gute Idee. Einfach in eine fremde Stadt gehen, in der ich niemanden kenne. Ich kaufe an einem Kiosk zwei Bier und nehme sie mit aufs Zimmer. Boh, ich habe jetzt schon Heimweh. Die Musik aus dem Ghettoblaster von Mariella, die mir ihr Zimmer für den Monat überlassen hat, muntert mich nicht auf. Die Moderatoren von *1LIVE* sind so was von gut drauf, dass ich das Radio ausmachen muss. Mariella hat leider nur südamerikanische CDs. Ich muss mir dringend ein paar andere kaufen. Ich lege mich aufs Bett, trinke Bier im Dunkeln. Das Haus ist sehr hellhörig. Gerade kommt jemand in die Wohnung, auf dem Flur erklingt leise ein weibliches *n' Abend*. Ich springe auf und öffne die Tür, aber da ist niemand mehr. Das Licht geht aus.

Der WDR ist ein Riesendino, doppelt und dreifach besetzt, mit Panik vor dem Aussterben. In der Redaktion herrscht eine latente Abwehrhaltung gegen den Hospitanten aus Bayern. Bilde ich mir zumindest ein. Vielleicht Kulturdifferenz? Ein Lichtblick ist die andere Hospitantin. Sie heißt Raha und macht ein Schulpraktikum. Ihr Papa ist aus Indien, ihre Mama aus Köln-Deutz. Raha ist vierzehn, hat glänzendes schwarzes Haar, dunkle Augen, einen tiefbraunen Teint und sehr feine Gesichtszüge. In ein paar Jahren werden sich die Männer ihretwegen von den Rheinbrücken stürzen. Wir kommen sehr gut miteinander aus. Raha mag mich, weil ich so komische Sachen sage. Mit komisch meint sie aber nicht lustig. Das bin ich zurzeit nämlich nicht. Eher sarkastisch. Raha hingegen ist echt lustig, sie bringt mich dauernd zum Lachen. Wenn es in der Redaktion nichts zu tun gibt, streifen wir durchs Funkhaus, nerven die Leute im Schallarchiv mit blöden Fragen, sitzen bei Zitronenkuchen und Limo in der Kantine oder fahren mit dem Paternoster Ehrenrunden und führen dabei philosophische Gespräche. Wir nennen das *paternostern*.

»Hans?«

»Ja?«

»Weißt du eigentlich, dass du mit dir selbst sprichst?«

»Ich spreche mit mir selbst?«

»Ja.«

»Und was sag ich?«

»Immer wenn es gerade ganz still ist, wenn es irgendwie doof ist, dann murmelst du irgendwas.«

»Und was?«

»Es klingt wie ... ramtamtam.«

»Ramtamtam?«

»So ähnlich.«

»Und was glaubst du, was ich damit sagen will?«

»Keine Ahnung. Deswegen frag ich ja.«

»Vielleicht will ich die Stille überbrücken. Die Leere.«

»Bist du traurig?«

»Manchmal.«

»Heute auch?«

»Heute auch.«

»Warum?«

»Meine Freundin hat 'nen andern.«

»Bist du schuld?«

»He, hör mal! Wie kommst du da drauf?«

»Ich weiß nicht. Also?«

»Nein. Glaub ich nicht. Hoffentlich. Na ja, vielleicht.«

»Mach dir keine Sorgen. Die Welt ist voller Frauen.«

Ich sehe sie erstaunt an. Sie lacht los. Ich muss jedenfalls lachen. In diesem Moment sind wir an der oberen Kehre. Der

Paternoster rumpelt und kracht, und wir lesen zum x-ten Mal die Sprüche, die an die Wendewand geschmiert sind.

»Morgen nehm ich 'nen Edding mit«, verspreche ich.

»Das hast du gestern schon gesagt.«

Raha hat recht. Nicht mit dem Filzer. Das mit den Frauen. Die Welt ist tatsächlich voller Frauen. Die freie Redakteurin bei den Kindernachrichten zum Beispiel: Milena hat kurze braune Haare, grüne Augen und eine tolle Figur. Sie sitzt am Schreibtisch vor mir, und die enge Stretchjeans betont ihren durchtrainierten Hintern. Dass sie viel Sport treibt, sieht man jedenfalls. Raha meint, dass Milena doch genau mein Typ ist. Da hat sie recht. Ich stelle ein paar Nachforschungen an und bin bald schlauer. Milena studiert Publizistik in Berlin und jobbt in Köln beim Radio, weil ihre Eltern hier wohnen und ihr, na ja, Freund. Ende Gelände. Raha findet, dass die Tatsache, dass Milena einen Freund habe, doch nichts mit mir zu tun hat, also damit, ob sie mich mag oder nicht. Da hat sie irgendwie recht und irgendwie auch nicht.

Weil das Kinderprogramm jeden Tag um zwei Uhr gesendet wird, ist um drei schon Dienstschluss, und ich streife durch die Stadt, durchforste Plattenläden oder sehe mir am Rhein die Schiffe an. Das ist schön, aber spätestens gegen Abend oder vor dem Wochenende werde ich nervös, fühle mich einsam. In der WG sehe ich niemanden. Komisch. Ich habe schon den Verdacht, dass die anderen mich meiden und immer warten, bis ich die Küche geräumt habe. Ich weiß nicht einmal, wie viele Leute insgesamt in der WG wohnen.

Irgendwann kriege ich dann doch Anschluss, und der trägt nicht mal verbeulte Jogginghosen oder hat fettige Haare, sondern ist blond und hat eine lustige Stupsnase. Ich sitze gerade in der Küche und verschlinge einen Teller Nudeln, als sie eintritt. Sie sagt: »Hallo, ich bin Andrea«, und macht sich einen Tee. *Blasentee* steht auf der Schachtel. Ich sag hallo zu Miss Blasentee. Sie erzählt, dass sie Medienpädagogik studiert, mitten im Examen steht, im Zimmer neben der Küche wohnt und gerade aus dem Urlaub zurückgekommen ist. Dann lässt sie ihre Vorurteile über Bayern und seine Bewohner vom Stapel. Ich bestätige alles. Das gefällt ihr. Sie fragt mich, ob ich nachher mit ihr und ein paar Freunden in die Kneipe mitkommen möchte. Mann, bin ich froh! Ich habe mich schon wieder mit ein paar Kioskbieren im Bett gesehen.

Die Kneipe ist cool, ein kleiner Laden mit DJ und Discokugel. Andreas Freunde entpuppen sich vorerst als eine Freundin, die circa 350 Wörter pro Minute spricht. Ich schalte auf Durchzug und lächle höflich. Irgendwann kann ich nicht angemessen antworten, als sie mich auch mal was fragt. Peinlich. Schließlich kommen doch noch mehr Freunde und Freundinnen. Küsschen hier, Küsschen da. Andrea redet und lacht die ganze Zeit. Nach vielen kleinen Bieren erzähle ich ebenfalls ein bisschen Quatsch. Alle lachen. Beste Stimmung. Geht doch. Wir ziehen weiter zum Grande Finale ins Roxy. Eine Rockdisco der gröberen Sorte. Zu dröhnendem Hardrock macht eine platinblondierte Lady mit ihren arschlangen Haaren bei Schwarzlicht den Helikopter. Der Laden ist überfüllt, Ekstase und Geschiebe. Zu sehr später Stunde greift ein enthemmter Vokuhila der 350-Wörter-Dame in den Schritt. Sie knallt ihm eine und droht mit der Polizei. Der Abend ist gelaufen. Wir brechen auf.

Die Tage streichen an mir vorbei. Die Arbeit ist – abgesehen von den Gesprächen mit Raha – langweilig, die Stadt ist schön. Andrea ebenfalls, aber das merke ich nicht so recht. Vielleicht blende ich das aus, weil sie nicht solo ist, auch wenn es anscheinend nicht so toll läuft. Aber wo tut es das schon?

Einmal komme ich abends nach Hause, und Andrea steht in der Küche und macht Bratkartoffeln. »Isst du mit?«, fragt sie, ohne sich umzudrehen.

»Gerne.« Ich werfe einen Blick in die Pfanne und sehe ihr rotes Gesicht. »He, hast du geweint?«

»Nur die Zwiebeln.«

»Ach so.« Ich hole ein Bier aus dem Kühlschrank, gieße Andrea ein Glas ein und trinke selbst aus der Flasche. »Und sonst? Brav für die Uni gelernt? Schönen Tag gehabt?«

»Michi hat angerufen und gefragt, ob ich mit ihm ausgehe.«

»Ich denk, ihr seht euch nicht?«

»Wir haben telefoniert. Er will mich sehen.«

»Und was hast du gesagt?«

»Dass ich mit dir verabredet bin.«

»Andrea, das ist doch Scheiße!«

»Was denkt er denn? Da ruft er erst eine Woche nach meiner Rückkehr aus dem Urlaub an und glaubt, dass ich einfach so Zeit für ihn hab. Gehst du nachher mit mir auf ein Bier?«

»Andrea, das ist okay, wir waren doch erst gestern aus.«

»Nein, das ist nicht okay. Er kann nicht anrufen und einfach so tun, als wär nix gewesen.«

»Aber du willst ihn doch sehen, oder?«

»Und du willst nicht mit mir ausgehen?«

»Ach, komm.«

Sie lacht trotzig und lädt mir Bratkartoffeln auf den Teller.

Andrea erzählt mir an dem Abend in der Kneipe alles über sich und ihren Freund. Bis ins kleinste Detail. Manche Sachen sind mir echt unangenehm, ich kenne den Typen ja nicht einmal. Und ich bin nicht die beste Freundin, der man erzählt, wie's im Bett so läuft. Aber sie will es offenbar nicht nur der 350-Wörter-Tante erzählen. Verstehe ich ja. Da kommt sie nicht zu Wort. Ich bin ein geduldiger Zuhörer. Und dann erzähle ich auch ein bisschen was von mir, das mit Charly, wie das gelaufen ist vor meiner Abreise. Wie mich das getroffen hat.

Andrea ist ziemlich platt. »Und ich denk, du bist so ein Typ, der alles geregelt kriegt, immer cool und so.«

»Emotionslos.«

»Nur ein bisschen.«

»Ist okay«, sage ich. »Ich arbeite daran.«

Als ich im Bett liege und die Schatten an der Decke ansehe, finde ich, dass sie recht hat. Ich lasse mich nie gehen, zumindest nicht richtig. Meine Unordentlichkeit und meine Unpünktlichkeit mal ausgenommen – ich halte mich an die Regeln. Aber ich will nicht immer alles geregelt kriegen. Das geht schon mal bei dem Job los. Der langweilt mich einfach. Niemand wird sich für das Praktikumszeugnis interessieren. Und dass ich in so einem Riesenladen nicht arbeiten will, das weiß ich jetzt schon.

Das denke ich auch noch am nächsten Morgen. Und ich bin konsequent: Ich kündige den öden Hospitantenjob. Die Redakteure nehmen es achselzuckend hin. Raha ist traurig, dass ich mich vom Acker mache. Ich lade sie zum Abschied noch zum Essen ein. Zum Inder. Was sie eine originelle Idee nennt.

»Ich vergess dich nicht«, sage ich zum Abschied.

»Erzähl keinen Schmus«, meint sie lachend und geht.

Ohne den Pseudojob fühle ich mich gleich viel besser. Ich stehe erst mittags auf, gehe spazieren, ins Museum, ins Kino. Ich koche für Andrea, lese endlich mal wieder ein Buch, bin nett zu allen, auch zu mir. Eine gute Zeit. Ich habe kaum angefangen zu atmen, da ist schon mein letzter Tag in Köln gekommen. Der

Monat ist um. Ich muss zurück nach München. Muss ich? Klar, ich halte mich an die Regeln. Vor allem muss ich den ganzen Bürokratiequatsch für das nächste Semester erledigen und meine Seminararbeiten schreiben. Meine Sachen sind gepackt. Abendessen gibt es bei Andreas Mutter, die ich – »jaja, sehr gerne« – unbedingt noch kennenlernen muss. Sie ist Andreas Blaupause plus 30, und wir unterhalten uns nett. Ich freue mich für Andrea, die offenbar ein gutes Verhältnis zu ihrer Mutter hat. Nach dem Essen gehe ich mit Andrea noch was trinken. Nicht zu knapp. Als wir heimwanken, ist die Luft kühl und klar, die Straßen sind leer, kein Mensch ist unterwegs, die Autodächer glänzen gelb im Laternenlicht. Andrea hakt sich unter. Wir setzen uns auf ein letztes Glas in die dunkle Küche. Der Ghettoblaster spielt leise eine CD von Pulp, Andrea redet, redet, redet. Ich höre nur halb zu. Eigentlich lausche ich nur der schönen Melodie ihrer Stimme. In einem der Hoffenster leuchtet ein Globus. Die ganze Welt in einem Kölner Hinterhoffenster.

Plötzlich beugt Andrea sich vor und küsst mich. Ich spüre ihre Zunge in meinem Mund. Beinahe beiße ich vor Schreck zu. »Du bist so süß, du riechst so gut, dich würde ich heiraten, einfach so ...«, flüstert sie. Was passiert hier? Was soll das? Hätte ich besser zuhören sollen? Und nicht immer nur zustimmend nicken? Die letzten Tage rasseln durch meinen Kopf, der heutige Abend. Ich habe nichts gemerkt, ich war blind. Wie blöd kann man denn sein? Ihre Mutter, die mich zum Abschied umarmt. *Willkommen, Schwiegersohn!* Ich sitze stocksteif da, aber Andrea lässt sich nicht beirren. »Komm in mein Zimmer«, haucht ihr heißer Atem in mein Ohr, und sie zieht mich vom Stuhl hoch. Jetzt merke ich, wie betrunken ich bin. Ich kann kaum stehen. Ich halte mich am Kühlschrank fest und murmle was von Klo. Im Dunkeln auf der Brille denke ich nach. Soweit das funktioniert, wenn man betrunken ist. Heiraten – was für ein schräges Angebot! Ein Scherz. Oder? Ich denke an Charlotte. Das wär's eigentlich: einfach verschwinden, heiraten, nie wiederkommen. Irgendwer steckt es ihr. Und sie weint bitterlich. *Warum hab ich ihn verlassen? Warum hab ich ihn betrogen?* Ach, Quatsch! Und Andrea? Mir fällt eine Schlagzeile ein, die ich an einem Zeitungskasten gelesen habe: *Das letzte Tabu: Sex mit Freunden.* Mit wem denn sonst? Sex mit Feinden? Ich gehe rüber in Andreas Mondlichtzimmer, sie hat sich die Decke bis ans Kinn gezogen. Der Mond zieht Silberfäden über ihr Gesicht. Ich berühre ihren Hals. Ihre Haut ist sehr weich. Meine Finger schieben die Decke ein wenig runter, umkreisen ein Muttermal am Schlüsselbein. »Ich hab noch mehr«, flüstert sie.

Grelle Morgensonne fällt durch die schmutzige Scheibe. Ich kneife die Augen zusammen. Ich habe einen fiesen Geschmack im Mund. In meinem Kopf ist Beton. Noch nicht ganz fest, eine schwere, zähe Masse. Es dauert etwas, bis ich begreife, wo ich bin. In Andreas Bett. Was ist passiert? Ich habe keine Ahnung. Bin ich einfach weggepennt? Ich war völlig hinüber, ich bin es immer noch. In der Küche klirren leise Kaffeetassen und Gläser, Besteck klappert. Fürsorglich. Als Andrea ins Zimmer kommt, schließe ich die Augen und stelle mich schlafend. Sie holt ihr Duschzeug, streicht mir übers Haar. Als ich die Wohnungstür ins Schloss klicken höre, springe ich auf und ziehe mich an. Ich gehe schnell aufs Klo und dann in mein Zimmer, um mir den gepackten Rucksack zu schnappen. Ein Blick in die Küche. Der Tisch ist liebevoll für zwei gedeckt. Müsli, Orangensaft. Nein danke. Ich schleiche das Treppenhaus hinunter. Im Erdgeschoss bei der Dusche halte ich kurz an und lausche an der Tür. Das Wasser stoppt, der Duschvorhang wird zurückgezogen, Andrea summt etwas, Cardigans oder so. »Ciao«, flüstere ich und gehe. Die Haustür fällt hinter mir zu.

Zwanzig Minuten später bin ich am Hauptbahnhof. Bis der nächste Zug nach München geht, bleibt noch genug Zeit für eine Cola und einen Döner. Mit Soße ist immer ein Fehler, denke ich, als ich mich ins Polster des Abteils im Intercity fallen lasse und mir die scharfe Knoblauchsoße aufstößt. Ich sehe durch die schlierige Scheibe auf den Bahnsteig voller Menschen: Sie laufen, sitzen, stehen, warten, sind in Eile, umarmen sich ...

»Ist hier noch frei?«, fragt jemand aus dem Off. Noch einmal: »Ist hier noch frei?«

Ich drehe mich zur Tür und bin geblendet. Ein Engel mit goldenem Haar und vielen Sommersprossen. Und ich mit fettiger Mähne und Knoblauchfahne.

»Klar«, sage ich und lache sie an.

Sie strahlt.

Ich denke: Das hab ich nicht verdient!

## TIME OF MY LIFE

Der Tank vibriert zwischen meinen Oberschenkeln, Helmvisier weichweiß gerändert, Tachonadel klebt auf 110, Autobahn schnurgerade. Morgendlicher Nieselregen kriecht unter die Gummibündchen meiner Regenkombi. Endlich erreiche ich Zeebrugge. Im Wartesaal für die Fähre setze ich mich auf eine Bank. Ich bin müde, ausgekühlt, spüre jeden Knochen. Ich döse vor mich hin, bis endlich die Aufforderung kommt, zu den Fahrzeugen zu gehen. Außer mir ist kein Motorradfahrer so spät im Jahr unterwegs. Es ist Ende September. Ich stehe mit meiner

Yamaha XT 250 ganz vorn in der Schlange. Der Einweiser winkt mich in den dunklen Schiffsbauch, wo ich das Motorrad mit Gurten an der Schiffswand befestige. Oben an Deck sind die Fensterscheiben taub von Schmutz und Salzwasser. Rund um die Fenster, an Nieten und Schweißnähten, blüht der Rost durch blätterndem Lack. Meer und Himmel zeigen fahles Grau. Der Diesel brummt und schiebt das Schiff rückwärts aus dem Hafen. Ich sehe Bonzenjachten, dann dreht sich die Fähre träge in die offene See. Ich verziehe mich an die Bar. Hole mir ein Bier, lasse mich auf eine der roten Kunstlederbänke fallen. Ich nehme einen tiefen Schluck aus dem Glas und denke nach. Ja, das war in den letzten Tagen alles ein bisschen viel, vor allem die überstürzte Abreise. Aber offenbar ist das so meine Art, wenn ich da nur an die Hospitanz in Köln denke.

Gut geplant ist auch der jetzige Trip nicht. Und diesmal geht es um mehr als einen Monat. Ich habe mich letztes Semester an der Uni für ein Erasmusstipendium beworben, weil das viele meiner Kommilitonen machten. Bei mir hatte es anfangs nicht geklappt, aber dann bekam ich kurz vor Semesterbeginn plötzlich eine Einladung zum Bewerbungsgespräch, weil jemand kurz vor knapp abgesprungen ist. Der Anglistik-Professor fragte mich, ob ich das Stipendium in Maynooth in Irland in zwei Wochen antreten wolle. So eine Chance kommt nicht wieder, dachte ich und sagte spontan zu. Ich habe mein Zimmer untervermietet und meine Sachen gepackt. Nur das Nötigste, es musste ja alles hinten aufs Motorrad passen.

Und dann ging er auch schon los, mein langer Ritt durch den Westen Deutschlands. Ich habe die Grenze zu Belgien überquert und bin ewig lange über leere nächtliche Autobahnen gefahren. Jetzt bin ich auf der Fähre nach Dover. Hundemüde. Schaffe ich das Bier überhaupt noch?

Jemand stolpert über meine Füße. Ich schrecke hoch. Menschen mit grellgelben Duty-free-Tüten. Ich reibe mir die Augen und strecke mich. Die Sonne steht fett am Nachmittagshimmel. An Deck strahlen mich die weißen Felsen von Dover an. Ich gehe zum Parkdeck, befreie die Maschine von den Gurten und warte, bis es losgeht. Im Schiffsbauch riecht es scharf nach Abgasen. Der Bug der Fähre öffnet sich. Ich trete die XT an. Das Auspuffknattern hallt von den stählernen Bordwänden wider. Ich darf als Erster raus. Passkontrolle. Was zu verzollen? Seh ich so aus? Nein. Danke, bye-bye. *Drive left* steht auf Schildern am Straßenrand und an den Kreiseln. Nach dem fünften Schild nervt es, ich weiß Bescheid. Ich mache einen kurzen Tankstopp, und schon geht es weiter. Plötzlich kommt mir ein Wagen entgegen, auf meiner Seite, blendet auf. »He, du Arsch, das ist meine Spur«, fluche ich unter dem Helm. »Bist du besoffen? Fahr rüber, du Vollidiot!« Dann kapiere ich es und halte auf der Standspur. Ach du Scheiße, selber Idiot, immer schön links bleiben!

*Brighton is a fantastic place. The sea is so gorgeous you want to jump into it and sink.* Steht auf der Hülle meines Doppelalbums *Quadrophenia* von The Who. Poetisch leicht überhöht. Aber ich finde die Strandpromenade von Brighton tatsächlich großartig. Das Meer gluckst unter der Pier, Sixties-Beschallung mit »Brown Eyed Girl«, Schüsse und *Bingbingbings* aus den Spielhöllen – die Luft schwirrt. Ich schaue und höre den Wellen zu, die unter der Pier an den steinigen Strand rollen.

Ich finde ein günstiges Bed'n'Breakfast mit großem, weichem Bett und elektrischem Teekessel. Eigentlich bin ich so müde, dass ich mich gleich hinlegen könnte. Aber hungrig bin ich auch, also ziehe ich noch mal los. An der Promenade bin ich in dem blaugekachelten Gourmettempel mit der fettigen Vitrine der einzige Kunde.

»Franzose?«, fragt die korpulente Verkäuferin Mitte fünfzig hinter dem Tresen, nachdem ich in vermeintlich bestem Oxford-English eine Portion Fish and Chips bestellt habe.

»Deutscher«, antworte ich leicht indigniert.

Sie wendet sich wieder dem siedenden Fett zu und fischt mit ihrer großen Kelle darin herum.

»Urlaub?«, fragt sie, als sie mir die Sachen einpackt.

»Dienstreise«, sage ich, während ich das Geld abzähle.

Sie mustert mich misstrauisch.

»Und Sie?«, frage ich grinsend. »Haben Sie heute Abend schon was vor?«

Sie sieht mich verdutzt an, dann lacht sie los. Ich gehe nach draußen und verdrücke die heiß-fettige Mahlzeit im Stehen. Im Pub nebenan verliert sich eine Handvoll Gäste in den Weiten des Gastraums. Mahagoniholzfurnier verwöhnt das Auge, trübe Lampen beleuchten gnädig vergangenen Glanz. Zehn Meter Tresen, ein Riesensaal für ein paar hundert Gäste beim Pubquiz in der Sommersaison. Aber der Sommer ist vorbei. Ich setze mich an einen Tisch in einer der Nischen, von dem aus man den großen Raum gut überblicken kann. Da sich die restlichen Gäste ebenfalls in die Nischen drücken, gibt es nichts zu sehen.

Das Städtchen Tenby habe ich ausgesucht, weil auf meiner Straßenkarte dort eine Jugendherberge verzeichnet ist. Sie liegt ein gutes Stück außerhalb des Ortes und ist ein ehemaliges Schulhaus. An der Tür klebt ein Zettel: *Liebe Besucher, von Mitte September bis Mitte März ist die Herberge nur zwischen 17 und 18 Uhr besetzt. Macht's euch schon mal bequem.* Es gibt zwei Klassenzimmer, eines für Girls und eines für Boys, die jetzt als Schlafsäle dienen. In der Mitte ist ein Gemeinschaftsraum, groß wie ein Kirchenschiff. Von den zwölf Betten bei den Boys ist ein einziges belegt. Ich werfe meine Taschen auf ein Bett auf der Fensterseite.

Tenby hat einen hübschen Hafen. Ich staune nicht schlecht, als ein Motorboot samt Wasserskiläufer über die Bucht düst. Ende September! Ich esse einen Burger und schaue zu, wie das Boot röhrend seine Runden dreht. Lässig schwänzelt der Läufer hinter dem Boot, leicht wie eine Feder. Bis in einer Kurve das Seil an Spannung verliert und der nachfolgende Ruck den Skifahrer ohne jede Eleganz ins Wasser befördert. Ich sehe auf die Uhr. Viertel nach fünf.

In der Herberge brennt inzwischen das Kaminfeuer. Im Büro sitzt eine attraktive Frau, Mitte dreißig, hochgestecktes schwarzes Haar, fleckige Latzhose, dicker, grauer Wollpulli. Sie lacht mich breit an. »Hi, ich bin Laura.«

»Hans. Ich war vorhin schon mal da.«

»Ich hab deine Tasche gesehen. Können wir schnell die Formalitäten erledigen? Ich muss gleich wieder weg.«

»Du wohnst nicht hier?«, frage ich sie und zücke meinen Ausweis.

Sie schreibt meinen Namen in ein Schulheft und kassiert zehn Pfund. »Nein, wir haben einen Hof in der Nähe. Im Sommer ist jemand fix hier, aber im Herbst und Winter kommen ja kaum Leute. Da mach ich das nebenbei.«

»Wer ist denn sonst noch hier?«, frage ich. »Ein Bett im Schlafsaal ist belegt.«

»Ian, verrückter Typ. Ist seit vorgestern da.« Sie steht auf. »Wir sehen uns morgen Abend, falls du noch da bist.« Und weg ist sie.

Ich ziehe die Stiefel aus und setze mich in einen der beiden Sessel am Feuer. Auf dem kleinen Beistelltisch liegt ein Stoß alte *Reader's Digest*. Ich blättere durch die 70er-Jahre und gähne.

Das Quietschen der schweren Holztür lässt mich hochschrecken. Kalter Luftzug. Jemand flucht auf Englisch. Aus dem Halbdunkel des Vorraums nähert sich ein Parka. Unten schauen Jeansbeine und vergilbte Tennissocken heraus. Die Gestalt schlägt die Kapuze zurück. Lianen quellen hervor, ein Dreadlock-Dschungel. Im Feuerschein kann ich nun ein Gesicht erkennen: schmal, Hakennase, dünne Lippen, große Augen. Aus den Ohren kommen Kabel, die vermutlich zu einem Walkman in einer der vielen Parkataschen führen.

»Yeah.« So lautet das erste Wort, das über die schmalen Lippen kommt.

»Hi«, begrüße ich den Parkaträger.

»Hi. Ian.« Er reicht mir die Hand. Sein Händedruck ist erstaunlich fest.

»Hans«, stelle ich mich vor. »Aus München.«

»Hi, Hans. Ich bin aus Manchester. Puh, bin gerade voll in Hundescheiße getreten. Mal sehen, ob das Glück bringt.«

Ian lässt sich in den zweiten Sessel fallen und streckt seine schmutzigen Tennissockenfüße in Richtung Feuer.

Ich starre auf die von den Socken aufsteigenden Wölkchen und wundere mich, dass man gar nichts riecht. Ian fördert aus der Jackentasche ein Päckchen Tabak zutage und hält es mir hin. »Danke, nein«, lehne ich ab. »Darf man denn hier drin rauchen?«

Er zuckt mit den Achseln und rollt mit seinen gelben Nikotinfingern eine hauchdünne Zigarette. Beim ersten Zug verglimmt sie zur Hälfte. »Hast du Laura gesehen?«

»Die Chefin?«

Er zieht ein zweites Mal an der Zigarette und schnippt den Rest ins Feuer. »Ja. ch muss noch zahlen. Egal. Morgen ist auch noch ein Tag. Ich mach mir ein paar Bratkartoffeln. Auch welche?«

»Sehr gerne.«

Er steht auf und geht in die Küche. Ein paar Minuten später kommt er mit einer Kanne Tee und zwei Blechtassen wieder. »Zimmerservice. Kartoffeln sind auf dem Herd.«

Wir schlürfen Tee.

»Gibt's 'ne Kneipe in der Nähe?«, frage ich. »Wo man zu Fuß hinkommt?«

»Ungefähr 'ne Meile in Richtung Stadt ist ein Pub.«

»Sollen wir nachher noch auf ein Pint gehen?«

»Leider eine Frage des Geldes«, antwortet er.

»Ich geb ein Bier aus.«

»That's a deal«, sagt er fröhlich und verschwindet wieder in die Küche. Nach einer halben Ewigkeit bringt er zwei Teller mit Bratkartoffeln und Meatballs aus der Dose. Wir setzen uns an den großen Holztisch und essen.

Nach einer Viertelstunde auf der stockfinsteren Landstraße erreichen wir das Waterloo Inn. Die widerspenstige Schwingtür öffnet sich erst nach Gewaltanwendung. Die wenigen Gäste tragen Gummistiefel und Wachsjacken. Sie mustern uns neugierig. Wir holen Bier und lassen uns an einem der Tische nieder.

»Was treibst du hier so?«, frage ich Ian.

»Ich latsch durch die Wälder und seh mir die Gegend an.«

»Aha.«

»Und du?«, fragt er zurück.

»Ich fahr durch die Gegend und seh mir die Küste an.«

Er lacht. »Also, ich bin eigentlich nur auf der Durchreise. Ich bleib noch ein bisschen, weil ... Also, ich muss dir was erzählen: Gestern hat mir so ein Typ magische Pilze verkauft.«

Ich sehe ihn fragend an.

»Pilze mit berauschender Wirkung.«

»Und?«

»Der Typ hat ein Riesengewächshaus voll. Tagsüber arbeitet er in Swansea. Die Pilze warten nur darauf, gepflückt zu werden. Weißt du, was ich dir sage? Der merkt das gar nicht, wenn ein paar fehlen. Gut, dass wir uns getroffen haben. Du stehst Schmiere, und ich hol uns 'ne ordentliche Ladung.«

Ich schüttle den Kopf und lache.


Als ich am nächsten Tag nach unruhigem Schlaf mit pochenden Schläfen aufwache, kann ich mich nicht erinnern, was wir gestern beim Bier alles besprochen haben. Irgendeine gemeinsame Unternehmung. Egal, denn draußen regnet es in Strömen. Ich drehe mich um und schlafe weiter.

»Guten Morgen, du Leiche«, weckt mich Ian. »Mann, siehst du scheiße aus.«

»Danke, ich fühl mich bestens.«

»Na, dann steh mal auf!« Ian zieht mir die Bettdecke weg.

Ich stolpere in den Waschraum. Bah, die Dusche ist natürlich eiskalt. Ich ziehe mich an und gucke aus dem Fenster. Es regnet in Strömen. Ich werde den restlichen Tag mit ein paar *Reader's Digest* verbringen und Tee trinken. Ich kehre die kalte Asche aus dem Kamin und lege Papier und Holzscheite nach.

»He, was machst du da?«, fragt Ian.

»Es ist arschkalt.«

»Das lohnt sich nicht. Wir gehen gleich los. Komm, setz dich. Kleine Stärkung noch.«

Ich werfe ein Auge in den Riesentopf, den er in die Tischmitte gestellt hat.

»Was ist das?«

»Porridge, gut, billig, nahrhaft. Unerreicht cremig.«

Er klatscht mir eine Kelle voll auf den Teller. »Damit du groß und stark wirst.«

Ich probiere vorsichtig einen halben Löffel Porridge. Nahrhaft ist es ohne Zweifel. Und der Geschmack ist weniger schlimm als erwartet.

»Köstlich«, sage ich und spüle mit Tee nach.

»Wir müssen für unsere kleine Expedition fit sein«, sagt Ian.

»Du willst bei dem Wetter wirklich raus?«

»Klar. Die Pilze warten auf uns.«

Jetzt fällt mir wieder ein, was er vorhat. Und ich hatte noch gehofft, dass es sich dabei nur um einen Scherz handelte.

»Und ich muss da echt mit?«, frage ich.

»Logo, das geht nur zu zweit. Ich zähl auf dich.«

Damit ist die Diskussion beendet.

Es nieselt. Schweigend gehen wir die Straße entlang in Richtung Pub, bis wir in einen schmalen Feldweg einbiegen. Auf dem Acker stehen die Pfützen knöcheltief, und der Weg ist völlig durchweicht. Hinter dem Acker beginnt ein weitläufiges Waldstück. Ian ist bester Stimmung und summt vor sich hin. Aus seiner Kapuze steigen dichte Nikotinwolken auf.

»Noch weit?«, frage ich.

»Nicht mehr weit«, kommt es aus der Kapuze.

Wir trotten weiter. Die Bäume sehen aus wie Pinien. Fast mediterran. Der Boden ist mit langen, braunen Nadeln übersät. Zumindest ist es hier nicht mehr matschig. Der Regen hat fast aufgehört. Ian stiefelt voraus, ohne sich umzusehen. Wir gehen immer tiefer in den Wald. Schließlich erreichen wir ein Felsplateau und blicken auf den Ort und das Meer hinunter. Auch bei dem schlechten Wetter ist die Aussicht auf den malerischen Ort beeindruckend. Aber wir sind nicht wegen der Aussicht hier. Ich folge Ian, der an der Seite des Plateaus auf den nassen Felsen bergab steigt. Bald erreichen wir ein paar am Hang klebende Häuser. Kurz vor dem ersten Haus stoppt Ian.

»Siehst du es?«, fragt er.

»Was?«

»Na, das Haus.«

»Bin ja nicht blind. Und?«

»Da wohnt der Hippie, der die Pilze anbaut. Ich klettere in den Garten und hol eine Tüte Pilze aus dem Gewächshaus.«

»Und der Typ?«

»Ist in der Arbeit.«

»Und wenn er heute zu Hause ist?«

»Quatsch. Da ist kein Auto. Das steht sonst vor dem Haus.«

»Das weißt du sicher?«

»Logo. Also, ich steig ein, und du bleibst hier. Du passt auf, dass nix passiert oder ein Nachbar blöd schaut. Wenn was ist, pfeifst du.« Ian steigt über den Zaun, durchquert den hinteren Teil des Gartens, wo das Gras hüfthoch steht, und läuft zu dem Gewächshaus rüber.

Ian ist keine Minute weg, da höre ich vom Haus her Geräusche. Als würde jemand über den Kies gehen. Ist das Ian? Nein, für einen Menschen ist das zu leise. Ein Schäferhund kommt um die Ecke. Er ist wohl gerade aus seinem Schönheitsschlaf erwacht, jedenfalls gähnt er ausgiebig. Riesenmaul. Jetzt langweilt er sich offensichtlich. Ich kann Ian nicht warnen, sonst bellt der Hund gleich los. Er legt sich vor den Geräteschuppen. Im nächsten Moment kommt Ian mit triumphierendem Grinsen und einer vollen Plastiktüte hinter den Büschen hervor. Der Hund sieht ihn sofort.

»Lauf, Ian!«, schreie ich.

Ian spurtet zum Zaun, der Hund ebenfalls. Ian schleudert mir die Tüte zu, Pilze fliegen durch die Luft. Ian wirft sich gegen den Maschenzaun und zieht sich hoch. Ich reiße an seinem Parka. Der Hund beißt sich in Ians linkem Stiefel fest.

»Zieh!«, brüllt Ian. Ich ziehe aus Leibeskräften, bis er auf meine Zaunseite fällt. Der Hund ist in Rage. Ian hat schon wieder die Fassung gefunden, steht auf und kickt gegen Zaun und Hundeschnauze. Der Hund jault auf und sucht das Weite.

Ians linke Stiefelspitze ziert ein langer Riss, die Stahlkappe blinkt unter dem Leder hervor.

»Topqualität«, meint er.

Wir sammeln die Pilze ein und machen uns auf den Heimweg. Im Hostel trinken wir erst mal eine Tasse Tee. Ich setze den Kamin in Gang, und Ian hantiert in der Küche. Ich starre in die Flammen und bin kurz vorm Wegnicken, als Ian zum Abendessen ruft. Auf dem Tisch steht ein Topf mit Stampf aus Kartoffeln und Pilzen. Wahrlich kein Fest fürs Auge.

Das ficht Ian nicht an. »Guten Appetit«, sagt er und teilt aus. »Schmeckt eins a.«

Ich probiere. »He, gar nicht schlecht«, stelle ich erstaunt fest.

Ian grunzt zustimmend. Mit Riesenappetit essen wir unsere Teller leer.

»Und, war es ein Genuss?«, fragt Ian, als wir fertig sind.

»Durchaus. Und das geht auch noch los?«

»Garantiert!«

Ich plumpse in einen der Sessel. Das Essen plättet mich völlig. Ich schnappe mir eine Zeitschrift. Schon nach wenigen Seiten kapituliere ich. Ich habe gerade noch genug Kraft, zu meinem Bett zu wanken. Es bügelt mich sofort weg. In eine Welt irgendwo weit draußen im Weltraum auf dem Planeten Mycophyta, wo unerschöpfliche Pilzvorkommen vermutet werden, die wir armen Menschenkinder brauchen, um unsere Ernährungsengpässe auf der Erde in den Griff zu bekommen. Ich bin Commander Jack Cramer, der todesmutig das Raumschiff verlässt, um auf Mycophyta Pilzproben einzusammeln. Schon nach den ersten Schritten bleibe ich mit den Moonboots in einer schleimigen Pilzmasse stecken, die geradezu absurd stinkt. Ich bin irritiert. Wie kann ich das riechen, wo ich doch von meinem Sauerstofftank auf dem Rücken versorgt werde? Ist da ein Riss im Schlauch?

Ich wache auf. Der Gestank ist immer noch da. Meinem Kopf geht es gar nicht gut.

»Hi, Hans!«, sagt Ian fröhlich.

»Uh, die verdammten Pilze. Mein Kopf explodiert gleich.«

»Ach Quatsch. Schau mich an, ich bin das blühende Leben.«

Bei dir glühen maximal die Pickel, denke ich. Sonst ist seine Gesichtsfarbe aber tatsächlich ganz okay. Aber den widerlichen Geruch bilde ich mir nicht ein.

»Ian, was stinkt hier so? Es riecht ekelhaft nach Pilzen.«

»Es riecht in keiner Weise ekelhaft, sondern ganz bezaubernd. Ein Pilzomelett am Morgen vertreibt Kummer und Sorgen.«

»Am Morgen? Wie lange habe ich geschlafen?«

»Sehr lange. Den Schlaf der Gerechten. Wie sieht's aus? Auch ein Omelett?«

»Nein, wirklich nicht.«

Achselzuckend verschwindet Ian in die Küche. Ich suche aus meinem Rucksack ein paar frische Klamotten. Die eiskalte Dusche befördert mich ins Diesseits.

Als ich in die Küche komme, hat Ian sein Pilzomelett schon intus und sitzt bei einer Tasse Tee. Ich nehme mir auch eine Tasse und toaste eine Scheibe Brot. Mein Magen gurgelt gefährlich. Mit flauem Appetit esse ich einen Buttertoast und studiere dabei die Straßenkarte. Eigentlich gibt es nicht viel zu überlegen, ich muss weiter an der Küste entlang bis Fishguard und dort aufs Schiff. Dann könnte ich am späten Nachmittag schon in Irland sein. Ich fahre mit den Augen die einzelnen Hauptstraßen und die zwei, drei kurzen Bahnlinien nach. Groß ist die Insel nicht.

Ich glühe vor Vorfreude, als ich die irische Küste sehe. Vom Fährhafen Rosslare, County Wexford, fahre ich nach Norden, über die Wicklow Mountains. Die karge Bergregion haut mich um: schroffe Felsen, grüne Wiesen, überall Schafe, fast kein Verkehr. Auf einem Schild steht, dass es gerade mal 40 Meilen bis Dublin sind. Reizvoll, aber jetzt nicht mein Ziel. Am späten Nachmittag erreiche ich Maynooth. Nach all der aufregenden Landschaft bin ich ein bisschen enttäuscht. Eine richtige Stadt ist das nicht – Main Street und ein paar Häuser links und rechts. Mein Ziel heißt: One The Green. Was sehr positiv formuliert ist angesichts der grauen Reihenhausklone, die dort stehen. Auch nach langem Klingeln öffnet bei Nummer 1 niemand. Ich inspiziere meinen Zettel mit der Adresse. Alles korrekt.

Ich klingle beim Nachbarhaus. Dort öffnet eine alte Dame. Sie erklärt mir, dass Fred Drake, der Vermieter von One The Green, momentan in England sei, dass aber ein Typ namens Eamon den Schlüssel für Freds Haus habe. Eamon wohnt in der Nummer 10 und entpuppt sich als netter älterer Herr. Er lädt mich zu einer Tasse Tee ein. Ich erfahre, dass ich der erste von sieben Studenten bin, die in Freds Haus wohnen werden. Ich frage Eamon, warum außer mir noch keiner da ist. »Heute ist der Neunundzwanzigste«, meint er. »Das College beginnt erst am sechsten Oktober.«

Oh Mann, ich bin zu früh! Ich war mir so sicher, dass es am Ersten losginge. Da breche ich Hals über Kopf in München auf, und jetzt bin ich eine Woche zu früh dran. Na ja, so kann ich mir das Land noch ein bisschen ansehen, tröste ich mich und kehre mit dem Schlüssel zum Haus zurück. Drinnen bin ich ein wenig geschockt. Der Wohnstandard ist definitiv anders als zu Hause: Einfachverglasung, alte Vinyltapeten, Stockflecken, graue Linolböden. Egal. Ich suche mir das beste Zimmer aus. Es ist dunkel, aber riesig, und das Fenster geht zu einem kleinen Garten raus. Der Garten ist umgeben von einer Zweimetermauer aus grauen Blähtonsteinen mit Glasscherben on top. Ich muss grinsen. Das sind exakt die gleichen Steine, wie ich sie im Betonwerk auf Paletten gestapelt habe. Da gibt's bestimmt eine Euronorm.

Meine Ortsbegehung dauert nur zwanzig Minuten. Das reicht für Main Street, College und den Park, Arts Building, Bibliothek, Students' Union, Sport Centre und Mensa. Vor der Bibliothek steht eine riesige Bronzestatue von Johannes Paul II. Maynooth war früher einmal das katholische Zentrum Irlands, das habe ich irgendwo gelesen. Hoffentlich ist das heute nicht mehr so, denke ich und gehe wieder nach Hause. Bei Sonnenuntergang sitze ich alleine in der trostlos leeren Küche. Ich nehme mir vor, cool zu bleiben, die anderen werden schon Leben in die Bude bringen.

Die nächsten Tage bin ich viel unterwegs. Ich erkunde die Wicklow Mountains, Bray, Howth, ich stromere vor allem durch Dublin, besuche Pubs, in denen schon James Joyce getrunken hat, und schaue mir junge Bands im Baggott Inn an. Auch am 5. Oktober bin ich in Dublin. Heute Abend müssen die anderen endlich ankommen, denn morgen beginnt das Studienjahr. Ich spaziere am Liffey-Kai entlang, mache einen Abstecher in den Virgin-Megastore. Es ist fünf, bald schließen die Geschäfte. Ich lasse mich vom Menschenstrom noch einmal durch die Grafton Street treiben und höre den Straßenmusikern zu. Dann mache ich mich auf den Weg zur Bushaltestelle, um nach Maynooth zurückzufahren.

Hinter den Fenstern von One The Green brennt Licht. Ich sperre die Haustür auf und gehe direkt in die Küche. Da sind sie, meine Mitbewohner. Lukas, lange, dunkle Locken plus Vollbart, begrüßt mich freudig und stellt sich vor. Er kommt aus Freiburg, studiert Theologie, backt gerne Walnussbrot und fährt einen alten VW-Bus, den er in Bundeswehrtarnfarben gespritzt hat und auf den er eine große irische Fahne und ein riesiges gelbes Lachgesicht gemalt hat. Der Bus steht angeblich auf dem Parkplatz neben dem Haus. Ich habe ihn im Dunkeln gar nicht gesehen. Lukas ist der einzige Deutsche. Patrick, der dunkle Kleine mit dem ernsten Blick, kommt aus den Bergen Kerrys. Andrew ist ein großes blondes Kind aus Limerick. Als ich frage, ob wir später noch in einen Pub gehen, bangt er sofort um seine knapp bemessenen Finanzen. In den Pub will vor allem John, der mit seinen zweiundzwanzig Jahren schon wie vierzig wirkt und die durchtriebene Miene eines Lokalpolitikers zur Schau trägt. Er stammt aus dem Nachbardorf. Es gibt auch einen Engländer in der Crew – David aus Leicester. Er redet gern und viel, wie ich schnell merke. Und schließlich ist da noch ein weiterer Ire: Matthew, der einen unappetitlichen Eindruck bei mir hinterlässt. Er hat sehr fettige Haare und viele Schuppen, die auf seinem schwarzen Pulli für interessante Effekte sorgen, und seine beigefarbene Stoffhose mit den undefinierbaren Flecken muss definitiv in die chemische Reinigung. Bis auf Matthew gehen wir alle zusammen auf ein Bier. Die gleichen Pubs, die ich in den Tagen zuvor allein besucht habe, sind jetzt brechend voll mit Studenten.

Bei der Anmeldung im College bekomme ich einen kleinen blauen Plastikausweis mit Sofortbild, auf dem ich wie ein Verbrecher aussehe. Hier lerne ich Asun und Begone kennen, zwei Spanierinnen aus Bilbao. Asun ist zierlich und dunkel, Begone groß und blond, beide etwas etepetete, aber nett. Sie geben mir den Tipp, dass das Sprachinstitut Native Speakers sucht und dass die Arbeit richtig gut bezahlt wird. Perfekt, mein Taschengeld ist gesichert. Ich lade Asun und Begone zu uns nach Hause zum Tee ein. Als David dazukommt, übernimmt er die Konversation. Die Ladys hängen an seinen Lippen – sie wollen ja schließlich ihr Englisch verbessern. Sie verlassen unsere Küche erst am späten Nachmittag wieder, und ich drehe draußen noch eine Runde. Ich gehe die Straße in Richtung Galway entlang, vorbei an einer Samenfabrik, die einen sehr sonderbaren Geruch verströmt, und weiter auf krummen, mauergeschützten Wegen zwischen Weiden und Feldern. Die orange Abendsonne taucht alles in warmes Licht. Der Wind bläst herb, die Bäume beugen sich über die groben Steinmauern, die Pferde der County Kildare haben alle zerzauste Mähnen. Langsam komme ich hier richtig an.

Das mit dem Studieren nehme ich nicht so genau. Ich lebe in den Tag hinein, stehe spät auf, mache Spaziergänge in großem Bogen um die Uni, laufe durch Dublins Straßen, fahre mit dem Vorortzug nach Bray oder Howth, steige dort auf die Klippen und schaue aufs Meer hinaus. Meine Kursbesuche beschränken sich auf das Allernötigste. Anfangs habe ich ein schlechtes Gewissen, aber als ich erfahre, dass die Essays, die wir am College schreiben, in München nicht als Scheine anerkannt werden, schraube ich meinen Ehrgeiz auf ein Minimum zurück. Und weil der Herbst einen auf Spätsommer macht, überlasse ich Lukas für eine Woche meine Deutschstunden im Sprachlabor. Ich schnalle die Tasche auf die Sitzbank der XT und mache mich auf den Weg zu den Halbinseln im Südwesten.

Ich verbringe ein paar Tage in Castletownbere, einem kleinen Städtchen auf der Halbinsel Bearra. Bunte Häuser, Fischerboote im Hafen, rege Geschäftigkeit in den Straßen. Ungewöhnlich finde ich die Schlangen vor der Bank und der Wechselstube: junge Männer in billigen Anoraks oder dunklen Uniformen, die kleine Beträge von Dollarscheinen in irische Pfund tauschen. Die Männer treffe ich auch im großen Supermarkt an der Ortseinfahrt. Sie wählen sorgfältig: ein Sixpack Bier, ein Shampoo, eine Tafel Schokolade. Die Artikel verlieren sich in lächerlich großen Einkaufswagen. Was sind das für Männer? Osteuropäer? Russen? Matrosen von den Frachtschiffen in der Bucht jedenfalls. Von den Klippen aus kann man eine ganze Armada in der Bucht sehen. Immer wieder setzen von ihnen Beiboote nach Castletownbere über. Manche sehen aus wie U-Boote, rostfarben, die Aufbauten an Deck mit kleinen Bullaugen. Pechschwarze Rauchfahnen ausstoßend, nähern sie sich dem Hafen von Castletownbere. Die Boote bringen Matrosen – mit ein paar Dollar Heuer ausgestattet. Ihre Finanzkraft ist mäßig, wie der Inhalt der Einkaufswagen zeigt. Aber in ihren Gesichtern zeigt sich weder Gier noch Neid, vielmehr kindliches Staunen über die Warenvielfalt der hiesigen Läden. Ich überlege, wie das ist, wenn man von irgendwo weit weg herkommt und an Land geht und zum ersten Mal sieht, wie die Leute hier leben. Na ja, ein bisschen so ging es mir ja auch, als ich das erste Mal One The Green betreten habe, das Haus mit den dünnen Wänden, den alten Tapeten und der runtergerockten Küche. Darüber grüble ich auch, als ich abends auf einem Barhocker in der Fisherman's Lounge sitze.

Der Pub ist gut besucht. Auf der Bank neben der Tür zum Hinterzimmer sitzt ein altes Ehepaar. Er bedient eine Knopfharmonika, sie bearbeitet die traditionelle Handtrommel. Sein kehliger Gesang wird vom Grummeln und Gurgeln seiner Frau untermalt. Neben der Eingangstür drängt sich eine Gruppe junger Leute um einen Stehtisch und steckt die Köpfe zusammen. Ein mittelaltes Touristenpärchen sitzt Händchen haltend an einem der Fenstertische, der Tresen ist von Fischern und Farmern belagert, deren Augen immer wieder zum lautlosen Fernseher über dem Tresen wandern – dort wird ein Pferderennen übertragen. Und dann sind da zwei Damen um die siebzig. Auf ihrem Tisch stehen zwei Gläser, eines mit Whisky, eines mit braunem Likör. Stammpublikum, so selbstverständlich sitzen sie auf der Bank beim offenen Kamin. Eine hat die Füße auf einen Hocker gelegt, um sich die Beine zu wärmen, der anderen dient die Handtasche als Armstütze. Sie lächeln und lauschen der Musik. Ich sitze an einem Katzentisch und trinke mein Bier, höre der Musik zu und beobachte die Leute. Was für Lebensläufe sie wohl haben? Sind sie zufrieden mit dem, was sie machen, wie sie leben? Was ist mit mir, bin ich zufrieden? Ja, sicher, im Moment schon. So viel Freiheit. Da ist niemand, der auf mich wartet, es gibt keine Uhrzeit, zu der ich irgendwo sein muss. Ich bin ohne festes Ziel.

Auch in den nächsten Tagen bin ich unterwegs, kühler Meereswind pfeift durch mein offenes Visier, der Motor bollert. Die schmale Uferstraße windet sich zwischen riesigen Felsbrocken auf der einen und windgebeugten Kiefern auf der anderen Seite. Bantry-Bay, Kenmare, Molls Gap, Ladies View, die Killarney-Seen, Muckross. So viele Eindrücke.

Heute wälzt sich kein Feierabendverkehr aus Dublin durch die Main Street, es ist Sonntag. Die Läden sind bis auf den Newsagent geschlossen. Die Saatgutfabrik verströmt den gewohnt ekelhaften Geruch. One The Green liegt im Dunkeln. Kein Licht in den Fenstern. Keiner da? An einem Sonntag? Die Vorstellung fällt mir schwer. Ich stelle die XT vor dem Haus ab und schließe auf. Bevor ich den Schalter betätige, sehe ich den Lichtschein am Ende des Gangs. Ich öffne die Küchentür. Die ganze Mannschaft ist versammelt. Andrew sitzt am Küchentisch über die Sportseite der *Irish Times* gebeugt, Lukas und Patrick versuchen sich am Herd als Bocuse und Witzigmann, John und David machen keine Anstalten, ihre politische Diskussion über Nordirland zu unterbrechen. Am Kühlschrank lehnt Matthew und versucht dem Gespräch zu folgen.

Lukas schenkt mir kurz seine Aufmerksamkeit. »Shepherd's Pie. Gleich fertig.«

»Na, rumgekommen?«, fragt Patrick.

»Ja. Ihr habt es wirklich schön – Bearra, Killarney.«

»Ah, Killarney – hast du die großen gepunkteten Schnecken gesehen?«, schaltet sich David ein und blubbert los. Ein Stichwort genügt, um bei David exotisches Wissen zu aktivieren, das er sich in irgendwelchen alten Zoologie- oder Botanikbüchern angelesen hat. Er beginnt von einem Buch mit dem Titel *The Slugs of Ireland* zu schwärmen.

»Keine Schnecken, aber viel Sonne und viel Regen«, sage ich. »Und was gibt's hier Neues?«

David zeigt auf John. »Darf ich vorstellen? John Drennan, unser Präsidentschaftskandidat!«

John grinst. »Ich freue mich sehr, Sie und Ihre Freunde heute Abend in der Students' Union zu Wein und Käse einzuladen.«

»Sehr gern«, sage ich. »Präsident für was, von wem?«

»Von euch allen. Also von allen Studenten.«

»Das Ding ist fertig«, vermeldet Lukas. Er sagt es, als hätte er gerade eine Bombe entschärft. Patrick testet mit einem Messer die Konsistenz des Shepherd's Pie und nickt zustimmend. Der Auflauf wird in sechs Portionen geteilt und serviert. Matthew wird nicht bedacht, woraufhin er Leine zieht.

»Nicht dass die Pie seine Verdauung durcheinanderbringt«, murmelt David.

Das Gericht ist geschmacklich grenzwertig. Was egal ist, da ich großen Hunger habe. Nach wenigen Minuten ist von der riesigen Pie nicht mehr übrig als ein paar schmutzige Teller. Ich übernehme freiwillig den Abwasch. David kocht derweil türkischen Mokka. Wir hören die Dave-Fanning-Show im Radio. John ist in seinem Zimmer. Die Tür zur Küche steht halb offen. John wühlt in seinem Schrank und stößt immer wieder Flüche aus. Schließlich kommt er heraus – mit frischem Hemd, blauer Krawatte und dunklem Sakko. Die graue Hose kann mit dem edlen Sakko nicht ganz mithalten, die hätte dringend ein Bügeleisen nötig. Während John sich die dünnen Haare mit Pomade anlegt, fragt er in die Runde: »Na, was sagt ihr, wie sieht euer zukünftiger Präsident aus?«

Unsere Urteile reichten von smart (ich), vertrauenswürdig (Patrick), ganz anders (Andrew) über brillant (David) bis zu auch nicht anders als sonst (Lukas).

»Und wer von den Gentlemen gibt dem zukünftigen Präsidenten Geleitschutz zum öffentlichen Empfang?«

Johns Frage geht in erster Linie an Lukas, David und mich, weil Patrick sich für gewöhnlich von unseren Unternehmungen fernhält, und Andrew noch von seinem Bruder aus Dublin abgeholt wird. Ich bin dabei, David sowieso, Lukas braucht noch eine sakrale Denkminute. Die nutze ich und gehe nach oben, um die Motorradhose gegen eine Jeans zu tauschen.

Als ich wieder herunterkomme, wartet David schon rauchend vor dem Haus.

»Was ist mit Lukas?«, frage ich.

»Der bleibt lieber hier.«

»Warum?«

»Er will meditieren.«

»Aha. Respekt. Hoffentlich hilft's.«

Wir setzen uns zur Students' Union in Bewegung. In der Bibliothek nebenan brennt noch Licht.

»Asun und Begone sitzen vielleicht noch über ihren Essays«, sage ich zu David. »Sollen wir schauen, ob sie da sind und mitkommen wollen?«

»Nein, heute Abend nicht. Nunc est bibendum.«

»Du stehst doch auf Begone, oder?«, sage ich.

»Sie steht auf mich«, stellt David klar. »Und heute Abend will ich Spaß haben.«

Students' Union und Sports Centre sind in einem gemeinsamen Gebäude untergebracht. In der Turnhalle wird noch Badminton gespielt, durch die offene Tür quietschen Turnschuhsohlen und ploppen Federbälle. Die Bar der Students' Union ist mit speckigen Plüschsitzecken in Grün und Rot möbliert. Sie verlieren sich in dem großen Raum, der exakt dieselben Ausmaße hat wie die angrenzende Turnhalle.

An der rechten Längsseite befindet sich eine Leinwand, auf die gerade eine Folge der TV-Serie *Neighbours* projiziert wird. Der Tresen befindet sich an der vorderen Stirnseite, eine Massenabfüllstation mit fünf Zapfbatterien. Außer uns und dem Barkeeper ist noch niemand hier. Wir setzen uns auf eine der Couchgarnituren, und John wechselt ein paar Worte mit dem Barkeeper. Johns kreisende Handbewegung bedeutet offenbar, dass wir heute Abend seine Gäste sind. Er bringt drei Guinness.

Wir prosten einander zu.

»Auf einen guten Wahlkampf!«, sagt David.

»Auf unseren nächsten Präsidenten!«, sage ich.

John steht auf. »Da kommen die anderen Wahlhelfer. Ihr entschuldigt mich.«

Unter den Neuankömmlingen ist auch Jack, der als Johns Vizepräsident kandidiert, ein nicht allzu heller Schönling. Na ja, schön ist er eigentlich nicht. Aber seine chronisch eifersüchtige Freundin sorgt für den Eindruck seiner Begehrlichkeit. Wir beobachten die hereinplätschernden Gäste. Die Sportler haben das Federballspiel eingestellt und stehen im Trainingsanzug an der Bar. Zwei DJs bauen die Anlage für den Discobetrieb auf. Nach dem dritten Bier steigen wir auf Wein um, denn der kommt von selbst. Auf Tabletts zusammen mit durchweichten Käsecrackern. Grauenhafte Liebfrauenmilch entfaltet schnell ihre Wirkung. Vier oder fünf Gläser später sind wir enthemmt genug, den DJ mit unseren Musikwünschen zu drangsalieren. Jack zieht auf der Tanzfläche zu »Unbelievable« von EMF blank. Sein haariger Hintern wird von beiderlei Geschlecht mit Jubel bedacht. Meine Fresse! Als die Liebfrauenmilch erschöpft ist, bringt John drei randvolle Gläser Wodka. Wir stoßen an und lassen den edlen Spender hochleben. Der Wodka benebelt mich völlig. David bringt noch zwei Bier, ich halte tapfer mit.

Irgendwann verstummt die Musik, und der Barkeeper gibt uns nichts mehr. Gott sei Dank, denke ich. Wir machen uns auf den Heimweg. In Schlangenlinien. Unterwegs lassen wir aus dem Garten eines Hauses ein For-Sale-Schild mitgehen. Das Schild geschultert, grölen wir durch die Nacht. Als wir One The Green erreichen, brennt bei Lukas noch Licht.

*»The king of meditation is still on duty«,* lallt David.

Wir rammen das erbeutete Schild ins Blumenbeet und machen dabei einen Höllenlärm.

Lukas steckt seinen Krauskopf durchs Fenster. »He, spinnt ihr? Was macht ihr da?«

»Wir verkaufen das Haus«, rufe ich. »Wird Zeit, dass der Haufen Schrott unter den Hammer kommt.«

»Psst, seid leise, ich komm runter.«

»Lukas kommt, Lukas kommt, Lukas kommt ...«, singen wir.

»Wo habt ihr das Schild her?«, fragt er, als er vor die Haustür tritt. »Ihr habt ja 'ne Vollmeise.«

»Das war vorher schon da, stand bloß nicht ordentlich«, erkläre ich.

»Wer's glaubt.«

»Wir verklickern Andrew, dass Fred das Haus verkaufen will«, sagt David. »Und dass er schon einen Käufer an der Hand hat, der erst mal die Mieten kräftig erhöhen will. Was meinst du, was Andrew für Panik kriegt.«

Das gefällt Lukas. Er greift sich den Stein, der tagsüber das Vorgartentor offen hält, steigt auf die Gartenmauer und hämmert das Schild mit wuchtigen Schlägen in den Boden.

Wir feuern ihn an. »Hau ihn, Lukas! Hau ihn, Lukas! Hau ihn, Lukas!«

Ja, Andrew wird Augen machen, wenn er morgen früh aus Dublin zurückkommt. Nach getaner Arbeit hocken wir auf der Mauer und betrachten zufrieden unser Kunstwerk.

»Aber hallo, wer kommt denn da?«, meint Lukas.

John torkelt auf das Haus zu. Die Krawatte hat er in die Hemdbrusttasche gestopft. Das Hemd ist an einem Ärmel weit eingerissen und flattert aus der Hose, die ihrerseits verwegen auf Halbmast hängt und um seine Hüften schlackert. Das Sakko hat er offenbar liegen lassen.

He, da muss in der letzten halben Stunde in der Bar ja noch richtig was abgegangen sein.

In Johns Mundwinkel klebt eine erloschene Selbstgedrehte, und in der linken Hand hat er eine halbvolle Wodkaflasche. *»I am the last to know, I am the last to go«*, johlt er und schüttelt sich vor Lachen. »Wer hat Feuer?«

David gibt ihm Feuer, und John hält ihm zum Dank die Wodkaflasche hin. Reihum nehmen wir jeder einen großen Schluck aus der Flasche.

»Sieht gut aus«, meint John anerkennend zu dem Schild.

»Ohne Lukas hätten wir das nie geschafft«, sagt David und klopft Lukas auf die Schulter. Der grinst zufrieden.

Wir gehen hoch in Lukas' überheiztes Zimmer und leeren den Wodka, musikalisch untermalt von Lukas' Rainbow- und Scorpions-Kassetten. Dann schwanken wir in unsere Zimmer. Ich finde den Lichtschalter nicht. Egal, ich kenne mich aus. Denke ich und stolpere schon über einen großen Gegenstand, der mit markerschütterndem Scheppern umfällt. Ah, der gute alte Heizlüfter. Die Tür wird aufgerissen, und das Licht vom Flur fällt herein.

»Ist was passiert?«, fragt David.

»Nein, alles bestens, alles unter Kontrolle.«

David lacht und schließt die Tür.

Kurz darauf höre ich, wie er sich nebenan im Bad kontrolliert ins Klo erbricht. Als Prophylaxe, damit das nicht später unkontrolliert passiert und man hinterher ewig putzen muss. Habe ich nicht nötig, so blau bin ich nicht. Oder?

Ich sitze im Dunkeln auf dem Heizlüfter und reibe mir das Schienbein. Ich kämpfe mich aus den Stiefeln, streife die Jeans ab und krieche ins Bett. Ich bin hundemüde, aber ich kann einfach nicht einschlafen. Meine Schläfen pochen, mir ist heiß, die Luft ist stickig.

Ich steige auf den wackligen Schreibtisch und mache das kleine Oberlicht auf. Mehr kann man bei dem Fenster nicht öffnen. Ich strecke den Kopf ins Freie. In der kühlen Nachtluft geht es mir sofort besser. Ich sehe nach unten. Der Betongarten, die Schattenpflanzen. Ich habe ein komisches Gefühl im Bauch.

Ganz komisch. Schon würge ich meinen Mageninhalt aus dem Fenster. Sofort fühle ich mich besser. Das musste raus. Zufrieden krieche ich wieder ins Bett.

Morgenlicht. Geräusche. Im Zimmer unter mir. Ich brauche ein bisschen, bis ich kapiere, was das bedeutet: Fred ist da! Er muss heute Morgen aus England gekommen sein. Mein Schädel brummt. Da war doch gestern was. Scheiße, das Schild im Vorgarten! Und war da nicht noch was? In der Nacht. Das Fenster! O Gott, hoffentlich habe ich das nur geträumt! Ich stehe auf. Staune über meinen Aufzug: Tennissocken, Unterhose, Lederjacke, kein T-Shirt. Konzentration: Ich steige auf den Schreibtisch und schaue aus dem Oberlicht. Das Ganze war kein Traum. Ein breiter Rallyestreifen aus Käsecrackermatsch und einer Mousse aus Hackfleisch und Kartoffelbrei ziert die Hauswand und das Fensterbrett von Freds Wohnzimmer. Ich bete, dass Fred gleich einkaufen geht, damit ich das Fensterbrett unbemerkt säubern kann. Natürlich verlässt er das Haus nicht. Der alte Zausel tritt aus der Küchentür und steigt die drei Stufen in den Garten hinunter. Ich spähe aus dem Fenster und wünsche mir, dass er beim Hineingehen nicht mein Missgeschick sieht. Er inspiziert die Kohlköpfe. Na komm, alles gut, geh einfach wieder rein! Nicht nach links gucken! Als er die drei Stufen zur Küchentür hochsteigt, fällt sein Blick auf das Fensterbrett seines Wohnzimmers. Prüfend zieht er den Zeigefinger durch das Feuchtbiotop und riecht daran. Angewidert blickt er hoch, mein Kopf schnalzt nach oben, trifft die Oberlichte, die jetzt scheppernd zufällt. Das Glas klirrt, bleibt aber heil. Scheiße! Ich muss sofort runter in die Küche und die Sache bereinigen. Ich springe in meine Adiletten und haste die Treppe hinunter. Zu spät, ich kann nur noch zusehen, wie Fred gerade den Schwamm auswäscht, mit dem er das Erbrochene abgewischt hat. Ich stehe in der Küche und stammle: »*Sorry, I am so sorry ...*«

Fred mustert mich mit hartem Blick. Oder? Nein, er sieht mich an wie ein pensionierter Hauptfeldwebel, der altersmilde geworden ist. Warum so soft? Jetzt werde ich mir meines abenteuerlichen Bekleidungszustands bewusst. Offensichtlich bereitet Fred mein Aufzug Vergnügen, jedenfalls schickt er mich mit der knappen Anweisung, die *leftovers* auch oben zu beseitigen, zurück auf mein Zimmer. Selig, dass es keinen größeren Ärger gibt, steige ich wieder die Treppe hoch.

Ich überlege, wie ich das mit dem Putzen der Außenseite meines Fensters durch die kleine Oberlichte machen soll, da höre ich ein Donnergrollen. Der Himmel verdunkelt sich. Das Putzen kann ich mir sparen. Der Regen wird das Fensterbrett schon sauber kriegen. Wäre schön gewesen, wenn sich das Gewitter eine halbe Stunde vorher entschieden hätte niederzugehen. Ich gehe ins Bad und bringe mich auf Vordermann. Der Regen peitscht gegen das Badezimmerfenster. Gut so.

Das Gewitter ist vorbei, und ich horche, ob Fred unten zugange ist. Nichts, offenbar hat er das Haus verlassen. Ich traue mich in die Küche hinunter. Ein paar Scheiben Toast werden nach der durchzechten Nacht schon wieder gehen. Von John und David ist nichts zu hören. Schlafen sie noch? Die anderen sind bestimmt längst an der Uni. Ich sitze allein in der Küche, lausche dem Radio, und der Nebel in meinem Kopf lichtet sich nur sehr langsam. Was für ein Start in die Woche!

Montag – da ist doch was? Oje, um eins habe ich Deutschunterricht. Ich sehe auf die Uhr. Mir bleibt noch eine knappe Viertelstunde. Ich verlasse das Haus im Laufschritt. Sehe, dass das Schild nicht mehr im Vorgarten ist. Hat Fred es gesehen? Muss ich nachher Lukas fragen. Ich haste ins Institut und suche ein paar Hörspiel-CDs und Videofilme heraus, mit denen ich die Schüler ruhigstellen kann.

Ich warte auf meine Klasse. Aber niemand kommt, nur Deirdre, die Chefin vom Sprachlabor.

»Na, schlimme Nacht gehabt?«, sagt sie.

»O ja. Der letzte Drink hatte es in sich. Wie spät ist es denn?«

»Viertel nach eins. Bei mir sind heute auch nur zwei zum Kurs gekommen.«

»Aha? Warum?«

»Mittwoch sind Prüfungen. Die pauken alle.«

»Sehr vernünftig«, meine ich und gähne. »Dann kann ich mich ja noch ein bisschen hinlegen.«

Gegen Abend füllt sich unser Haus allmählich mit Leben. Ich liege im Bett und lausche den Geräuschen von Kochtöpfen und Besteck. Endlich raffe ich mich auf und gehe nach unten. Andrew löffelt schweigsam Baked Beans und Kartoffelbrei in sich rein. David rührt sein Curry im Topf, und Matthew lehnt wie meistens am Kühlschrank. Andrew beendet sein Essen und verlässt die Küche, ohne einen Ton zu sagen. Ich sehe David an.

Der zuckt mit den Achseln. »Andrew ist sauer.«

»Wegen der Geschichte mit dem Schild?«

»Er hat's am Morgen gesehen und Lukas gefragt.«

»Und was hat Lukas gesagt?«

»Dass wir einen neuen Vermieter kriegen, der sicher die Miete raufsetzen wird.«

»Und dann?«

»Er hat's geglaubt und gefragt, was er machen soll.«

»Was hat Lukas ihm geraten?«

»Sich bei Miss Kelly zu beschweren, weil fünfundsechzig Pfund im Monat ausgemacht sind.«

»Und dann?«

»Andrew ist zu Miss Kelly und hat sie vollgejammert. Du weißt doch, wie knapp er haushaltet.«

»Aha. Was ist dann passiert?«

»Sie hat ihm nicht geglaubt. Weil er aber darauf bestanden hat, ist sie mit hierhergekommen.«

»War da das Schild noch da?«

»Natürlich nicht. Lukas hat das Schild weggebracht, als Andrew aus dem Haus war.«

»Kluger Lukas. War das vor Freds Ankunft?«

»Offenbar. Sonst hätte es Ärger gegeben. Um elf Uhr marschiert jedenfalls Miss Kelly hier rein und stellt Fred zur Rede. Ich steh gerade im Bademantel in der Küche und mach Kaffee. Miss Kelly ist zu Fred ins Zimmer.«

»Na wenigstens haben sie da das Fensterbrett vor seinem Wohnzimmer nicht gesehen.«

»Was war damit?«

»Ach, nichts. Und dann?«

»Keine Ahnung. Sie ist wieder gegangen. Vielleicht hat Fred gesagt, dass Andrew betrunken war.«

»Andrew? Betrunken? Wie soll das gehen?«

Wir lachen.

Die Tür fliegt auf. Lukas und John tragen zwei schwere Kartons herein und stellen sie auf dem Küchentisch ab. John mustert den immer noch am Kühlschrank klebenden Matthew mit stechendem Blick. Matthew verzieht sich in sein Zimmer. John öffnet einen der Kartons und holt einen blassgrünen, zweifach gefalteten Bogen heraus. Ein Wahlplakat mit Schwarz-Weiß-Fotos von ihm und Jack. Es sieht verdächtig nach Steckbrief aus: *Tot oder lebendig!* Der Slogan verkündet etwas anderes: *You're Vote for a better Future: John Drennan and Jack McGregor. First Choice for Maynooth 1990.*

»John?«, sage ich. »Wir haben 1991.«

»Ich weiß, der Typ in der Druckerei ist schuld. Hat dafür nur die Hälfte gekostet.«

John zieht aus der Jackentasche ein paar dicke schwarze Filzer. »Ich finde, das ist eine interessante Tätigkeit für meine Wahlkampfhelfer.«

Geschickt eingefädelt, erst einen Abend lang aushalten und dann gleich einspannen. So sitzen wir am Küchentisch in unseren Zimmern auf dem Fußboden und ändern vierhundert Nullen in Einser. Gelegentlich ziehen wir bei den Kandidaten die Augenbrauen nach oder fügen einen Schnauzbart hinzu. Wir sind gut beschäftigt, sodass es gerade noch für *last orders* in Caulfield's Bar reicht.

Wir bestellen jeder zwei Bier, weil John noch einiges mit uns zu besprechen hat. Er holt einen zerknitterten Zettel aus der Jackentasche und glättet ihn mühsam auf der Tischplatte.

»Mein strategischer Plan für die nächsten Tage. *The way to success* – genauestens ausgearbeitet. Erstens: Das Erfolgsrezept eines guten Politikers ist die bedingungslose Unterstützung durch seine Wahlkampfhelfer.«

Wir prosten uns zu.

»Zweitens: Nur wenn alle an einem Strang ziehen, hat der Mann an der Spitze eine Chance.«

Wir prosten uns wieder zu.

John hat noch ein paar weitere Binsenweisheiten auf Lager. Schließlich klärt er uns im Detail über unsere Jobs für die nächsten Tage auf. Lukas, David und ich sollen die Plakate morgen überall in der Stadt anbringen, vor allem an neuralgischen Punkten wie Mensa, Students' Union, Bahnhof und Busstation. Nachmittags sollen wir dann auf dem Campus Flyer verteilen und die Studenten bequatschen.

Am folgenden Morgen sitze ich um halb elf im Bett, schlürfe meinen Kaffee und lausche der Gerry-Ryan-Show. Thema heute: Körperpflege bei Männern. Ein Typ am Telefon preist die Vorzüge eines Nasenhaarrasierers. Wunderbar. Soll ich mir auch so was zulegen? Nein, wo doch mein Bartwuchs schon so spärlich ist. Es klopft. Bevor ich etwas sagen kann, streckt Lukas den Kopf durch die Tür. Er ist wie immer unverschämt gut gelaunt. »Guten Morgen! Schon auf? Los, komm in die Puschen! Wahlkampf! Und bedenke: Der Meister hat heute schon vierzehn Pfund verdient. Ich geh noch aufs Klo, dann geht es los!«

Oh Mann, Lukas hat seine Studenten bereits am frühen Morgen mit seinem Peter-Bichsel-Buch gequält. Die Armen. Neulich erst hat sich einer seiner Studenten bei mir beklagt, dass das Buch sie über alle Maßen langweile. Als ich fragte, warum sie das Lukas nicht sagen würden, bekam ich eine bemerkenswerte Antwort: *»Lukas seems to enjoy himself so much.«*

»Kommst du jetzt endlich?«, sagt Lukas, als er vom Klo wieder zurück ist.

Wir ziehen mit den Plakatkartons los und stellen fest, dass die Wahlhelfer der anderen Kandidaten früher aufgestanden sind als wir. Maynooth ist bereits flächendeckend plakatiert. Egal, wo kein Platz ist, überkleben wir einfach die anderen Plakate und ergattern somit die besten Plätze für John und Jack. Natürlich wird das Ärger geben, aber Wahlkampf ist halt nichts für Warmduscher. Definitiv nicht, denn jetzt kommt ein blauer Ford Transit mit einer riesigen Lautsprecheranlage auf dem Dach, aus der Freddie Mercury *»We are the champions«* brüllt, die Main Street herunter. Alle paar Takte wird das Musikprogramm von Wahlkampfparolen unterbrochen, damit alle Welt weiß, dass Callaghan und Murphy die besten Kandidaten sind. Gegen diese Art von Wahlwerbung sehen wir blass aus.

Nachdem die Plakate verklebt sind, kehren wir zur Lagebesprechung nach Hause zurück. John lässt nichts anbrennen. Auf dem Küchentisch liegen zwei Lautsprecher und meterweise Kabel. Wir warten auf Anweisungen, aber der Moment ist ungünstig, weil John in seinem Zimmer gerade eine Auseinandersetzung mit Jack hat. Trotz verschlossener Tür verstehen wir sie bestens. Es geht um Geld, das sie für den Wahlkampf bei der Bank aufgenommen haben. Wir stellen das Radio an – wir müssen ja nicht alles hören – und machen Tee. Schließlich kommt Jack mit hochrotem Kopf aus Johns Zimmer, sieht uns verärgert an und verlässt das Haus. Auftritt John. Mit schiefem Lächeln hebt er die Arme wie ein Boxer, Sieg durch K. o. Wir klatschen.

»Das Ding da«, sagt er und deutet auf den Kabelwust und die Lautsprecher. »Das montieren wir auf Lukas' Wagen.«

Mit einer Gepäckspinne und viel Klebeband befestigen wir die beiden Lautsprecher auf dem Dach des VW-Bus. Erste Sprechproben fallen enttäuschend aus. Die Lautsprecher verzerren wie Hölle. John findet das nicht tragisch. Hauptsache laut.

Wir fahren zu »The Final Countdown« von Europe die Main Street rauf und runter, über den Campus und durch die *housing estates*. Abwechselnd brüllen wir unseren Slogan über der Musik ins Mikro: *»John and Jack! Vote the best! Forget the rest!«*

Auf dem College-Vorplatz kommt es zum Showdown mit dem blauen Transit.

»He, ihr Heinis, macht die Fliege!«, ballern wir die Gegner an. *»John and Jack! Vote the best! Forget the rest!«*

»Verpisst euch!«, kommt es postwendend zurück. »Mit Callaghan und Murphy in die Zukunft!«

*»Vote the best! Fuck the rest! John and Jack!«*

»Sind voll die Arschgeigen!«, ergänzt das Transit-Team.

»Und ihr seid die letzten Wichser!«

»Selber Wichser, Arschgeigen!«

»Volltrottel! Dumpfbacken!«

Und so weiter. Alles in voller Lautstärke. Die Flut der Schimpfwörter bricht sich an den Collegemauern. An den Fenstern und vor der Mensa bilden sich Menschentrauben. Klatschen, Lachen, Zurufe. Und dann: Entzug der Sendeerlaubnis. Der Wachmann vom Haupteingang verweist beide Teams vom Campus und droht mit der Beschlagnahme der Fahrzeuge. Wir trollen uns, aktivieren die Anlage aber wieder, kaum dass wir das Haupttor hinter uns gelassen haben. Zwischen den Parteien *Callaghan & Murphy* – vertreten durch das Transit-Team – und *Drennan & McGregor* – unser Bully-Team – steht es unentschieden. So meine Einschätzung der Lage.

Am Abend steht ein weiterer Höhepunkt im Wahlkampf an – die *debating competition* im Audimax. Ich bin skeptisch, ob sich da ein Besuch lohnt. Die Typen von der Literary & Debating Society, die ich bisher kennengelernt habe, sind bleiche, pickelige Schnösel. Aber David versichert mir, dass die Sache einen hohen Unterhaltungswert habe, wenn gute Redner teilnähmen. Und John ist zweifellos ein guter Redner, zumindest für meine Ohren. Um halb acht begleiten wir ihn ins Audimax. Der Saal ist bereits so rappelvoll, dass David und ich nur noch Stehplätze bekommen.

Die Präsidentschaftskandidaten sitzen aufgereiht auf der Bühne. Die Moderation übernehmen der noch amtierende Präsident und sein Vize. Punkt acht Uhr tritt der Amtsinhaber ans Rednerpult und erinnert die Kandidaten an die Spielregeln: fünf Minuten freie Rede für jeden, den Konkurrenten nicht persönlich angreifen, fair bleiben – und solche Sachen. Hält sich der erste Kandidat noch an die Spielregeln, habe ich bei Callaghan schon meine Zweifel. Callaghan ist ein dürrer Intellektueller, zwei Meter groß, stechende Augen, lange Nase und das schwarze, wellige Haar zu einem strengen Zopf gebunden – eine unangenehme Erscheinung. In schneidendem Ton betet er den Katalog seiner Wahlversprechen herunter. Danach geht es Schlag auf Schlag.

Direkter Angriff auf John: »Wollt ihr eure Stimme ernsthaft einem Kandidaten geben, der den Pub mit dem College verwechselt? Man nennt John Drennan auch Long John.«

Ein Raunen geht durch die Menge. John zeigt keine Regung. Der Moderator schreitet nicht ein.

»Long John – nicht weil sein Ding so groß wäre, sondern weil er den langen Zug hat, den ganz langen Zug, wenn ihr wisst, was ich meine.« Callaghan hebt die Hand und macht eine Saufbewegung.

Die Menge jubelt.

Callaghan winkt ab. »Ja, Iren müssen was vertragen, klar. Mal einen über den Durst trinken, alles okay. Aber nicht jeden Abend, und vor allem nicht, wenn man euer Präsident werden will. Wählt mich, den Mann mit dem richtigen Maß.«

Johns Miene ist tiefgefrostet. Callaghan strahlt. Irgendein Arsch klatscht und dann noch einer und noch einer. Jetzt klatscht der ganze Saal. Wir natürlich nicht. Scheiße noch mal. Los, John, reiß es raus!

John geht mit keinem Wort auf die Schmähungen ein, sondern erläutert in klaren Sätzen sein Wahlprogramm. Kurz bevor Langeweile um sich greift, holt er zum Tiefschlag aus.

»Callaghan ist ein Kind reicher Eltern. Meine Eltern sind arm. Wir sind aus der Gegend hier. Callaghan wohnt in Dublin, ich wohne in Maynooth. Er spricht nur Englisch, ich spreche auch Gälisch.« – Vereinzeltes Klatschen.

»Callaghan wollte unbedingt aufs Trinity College.«

Lautes Pfeifen und Buhen im Saal.

»Warum es nicht geklappt hat, weiß ich nicht. Am Geld wird's nicht gelegen haben, vielleicht am ...« John tippt mit dem Finger an die Schläfe.

Gelächter, Pfiffe, Johlen.

Callaghan springt wutentbrannt auf und packt John an der Jacke. Das ist offenbar genau das, was John beabsichtigt hat, denn als man sie trennt, sagt er grinsend ins Mikro: »Wollt ihr wirklich jemandem die Stimme geben, der sich so wenig im Griff hat? Wählt mich, und ich verspreche euch, mich mit aller Kraft für eure Belange an diesem College einzusetzen. Stimmt für Maynooth, stimmt für den Mann aus eurer Mitte, für John Drennan und seinen Vize Jack McGregor. Danke.«

Donnernder Applaus.

Dann folgen die anderen Kandidaten, deren Ausführungen ich aber nicht mehr recht folge. John hat den Laden gerockt, kein Zweifel. Am Schluss kann man Fragen an die Kandidaten richten. Als die Liste geschlossen ist, beginnt Gregor McNalty, der Chef der *Literary & Debating Society*, mit einem Lamento über den Verfall der Redekultur und greift die einzelnen Kandidaten hinsichtlich ihres Redestils an. Ich mache mich mit David auf den Weg zu Cassidys Roost.

Als wir vom Pub heimkehren, treffen wir John und das Wahlkampfteam in der Küche. Sie malen und beschriften Transparente und Sticker. Nebenbei rollt John noch einmal die Debatte vom Audimax auf. Es sind auch Frauen da. Nicht nur Asun und Begone, auch Linda, Johns dickste Freundin, und Emma mit dem schweren Nord-Dublin-Akzent. Und die schöne Fiona, die David ein hoffnungsvolles Lächeln schenkt. Als ich von einem Klobesuch wiederkomme, ist die Hälfte der Leute weg.

»Wo ist David?«, frage ich John.

»Mit Fiona beschäftigt«, kommt es kurz und ausdruckslos von Emma.

»Aha ...«, sage ich. »Und Lukas?«

»Nimmt den anderen Mädels die Beichte ab.«

»Ja, Begone braucht jetzt bestimmt Trost.«

John gibt letzte Anweisungen für morgen. »Um halb neun müssen wir zum Bahnhof, Flugblätter an die Pendler verteilen. Und danach auf dem Campus, immer in der Nähe vom Wahlbüro. Flyer, Buttons, Plakate, das ganze Programm. Endspurt!«

»Wann schließt denn das Wahlbüro?«, frage ich.

»Um sechs. Um acht beginnt in der Mensa die Auszählung.«

»Öffentlich?«

»Ja. Damit jeder sehen kann, dass nicht beschissen wird.«

»Und wie lange dauert das?«

»Maximum zwei Stunden.«

Von oben höre ich Gelächter. Lukas unterhält die Damen blendend. Mich wundert, dass unser Vermieter Fred noch nicht auf der Bildfläche erschienen ist. Vielleicht ist er schon wieder nach England abgereist, nachdem er gesehen hat, dass hier alles in Ordnung ist.

Lukas kommt mit seinen weiblichen Fans in die Küche. »So Leute, hier sind die Sticker und Buttons. Alles tiptop. Ich hau mich in die Falle.«

Ich betrachte die Dinger. Lauter Smileys. Logisch, das gefällt Lukas. Wie das große, gelbe Lachgesicht auf dem camouflagefarbenen VW-Bus. Ich habe mal versucht, ihm zu erklären, dass so ein Smiley auch für Techno und synthetische Drogen stehe, aber das hat er mir nicht geglaubt. Für ihn steht er für Love and Peace. Ausschließlich. Ich will ins Bett und gehe nach oben. Aus Davids Zimmer höre ich Musik und Gekicher. Vielleicht zeigt er Fiona gerade seine gepunktete Schnecke.

Am nächsten Tag empfangen wir die Pendler mit unserer mobilen Soundanlage und verteilen Flugblätter, Buttons und Sticker. Die gleiche Aktion vollführen wir später vor dem Tor zum Campus. Ich frage David, wer da gestern noch bei ihm gewesen sei.

»Fiona.«

»Aha. Und, wie war das so?«

»So ein Hühnchen.«

»Wie?«

»Hühnchen. Viel gackern, aber nichts dahinter.«

»Wollte nicht so wie du?«

»Hast du 'ne Ahnung. Ich wollte nicht so wie sie!«

Die Blödheit der Aussage scheint ihm selbst einzuleuchten, jedenfalls lacht er mit mir.

»Du solltest es mit Miss Tight-Jeans probieren«, schlage ich vor.

»Mit wem?«

»Miss Tight-Jeans, die Amerikanerin mit den engen Jeans. Tolle Figur, braune, lange Haare. Aus Boston.«

»Ach die. Ist die nicht ziemlich blöd?«

»Ja, die Hellste ist sie nicht. Aber: *She goes all the way.*«

»Wer sagt das?«

»Linda.«

»Interessant. Merk ich mir.«

Wir verteilen unsere Flyer. Kurz vor fünf geben wir unsere Stimme ab und gehen ohne Umschweife in den Pub. John hat das Team schon um sich versammelt. Freibier für alle. So richtig Stimmung will aber nicht aufkommen, zu angespannt sind unsere beiden Kandidaten.

Um halb neun finde ich mich in der Mensa ein. John sitzt hinten beim Kaffeeautomaten und starrt auf die große Wandtafel, auf der die Strichlisten mit den bereits ausgezählten Stimmen zu sehen sind.

»Zwei sind schon draußen«, sagt er. »Wir sind noch drin, aber es sieht nicht besonders gut aus. Mit Callaghan sind wir gleichauf. Dass Miller und Graham so gut abschneiden, hätte ich nicht gedacht.«

Ich habe keine Ahnung, wer Miller und Graham sind. Ich habe mir bisher keine Gedanken gemacht, dass es mehr als zwei aussichtsreiche Kandidatenpaare geben könnte.

»Jetzt hätten wir noch eine Chance, wenn Callaghan keine Stimmen mehr bekommt«, erklärt John. »Obwohl das nicht sehr wahrscheinlich ist.«

Ich sehe an die Tafel. John Drennan und Jack McGregor fallen immer weiter zurück.

»Das war's dann wohl«, meint John zehn Minuten später. »Sogar Callaghan ist besser.«

»Aber es wird doch noch weiter ausgezählt, oder?«, sage ich.

»Vergiss es. Selbst wenn wir den gesamten Rest bekommen, reicht es nicht.«

Ich überschlage die Zahl der Striche an der Tafel und schaue zu den verbliebenen Zettelhaufen. John hat recht. Das wird nichts mehr. Er will noch bis zum bitteren Ende bleiben. Ich nicht. Ich gehe schon zur Students' Union vor.

Die anderen vom Wahlkampfteam sind bereits dort. Sie haben sich von vornherein vom Ort der Niederlage ferngehalten. Ich suche den Saal nach David ab. Schließlich sehe ich ihn in einer der hinteren Sitzecken mit Begone, die an seinen Lippen hängt. Buchstäblich. Wenige Meter weiter sitzt Fiona mit ihren Freundinnen und wirft ihm gehässige Blicke zu.

Linda winkt mich zu sich. »Und? Wie läuft es?«

»Schlecht«, sage ich. »Das wird nichts mehr.«

»Hätten wir mehr tun sollen?«

»Was denn noch?«

»Vielleicht war es ein Fehler, so knallig aufzutreten.«

»Ach Quatsch.«

»Hat es dir wenigstens Spaß gemacht?«, fragt sie mich.

»Klar.«

»Ehrlich?«

»Logo.«

»Ich frage ja nur.«

»Mhm.«

»Man weiß nie so genau, was du denkst.«

Sie sieht mich treuherzig an. Mir wird der Boden zu heiß, deshalb gehe ich zu Lukas hinüber, der durch den ganzen Saal zu hören ist. Er erzählt mal wieder deutsche Witze in sperrigem Schulenglisch. Jetzt kommt David dazu.

»Na, Madame ist schon zu Bett?«, frage ich.

»Ja. Sie will morgen fit sein.«

»Aha?«

»Hast du's etwa vergessen? Wir fahren morgen.«

»Wer wir?«

»Na, wir beide und die Spanierinnen.«

»Aha? Wohin?«

»Nach Donegal.«

»Donegal? Morgen?«

»Haben wir doch ausgemacht!«

»Äh ... Das hab ich tatsächlich vergessen.«

»Der Zug geht um acht nach Dublin, und um neun Uhr geht's mit dem Bus weiter nach Donegal Town.«

»Der Zug geht um acht? Da bist du doch selbst noch im Tiefschlaf.«

»Morgen nicht.«

»Na super.«

»Kannst du mir einen Gefallen tun, Hans?«

»Ungern. Aber sprich nur.«

»Kannst du dich unterwegs vielleicht ein bisschen um Asun kümmern?«

»Soll auch ich Gefährte sein einer einsamen Spanierin?«

»Das kannst du machen, wie du willst. Hauptsache, du hältst mir Asun ein bisschen von der Pelle.«

»Sie will auch was von dir?«

»Nein. Wegen Begone. Die beiden sind unzertrennlich. Das nervt. Wir sind nie unter uns.«

»Fang doch mit beiden was an, das erleichtert die Sache.«

»Sehr witzig. Du bist eine große Hilfe.«

»Gib mir ein Bier aus, und ich denk darüber nach.«

Er zieht in Richtung Tresen von dannen.

Wir trinken noch ein paar Bier, David preist Begones Vorzüge, am Tresen randalieren John und Callaghan, Lukas sorgt für Stimmung mit seinen Trinkspielen, Linda ist offensichtlich schon heimgegangen. Irgendwann stellt der DJ den Betrieb ein. Ich bin müde und froh, dass der Wahlkampf vorbei ist, wenn auch ohne Erfolg für John.

Als wir auf die Straße treten, tanzen Flocken im gelben Laternenlicht. Der erste Schnee. Das Jahr geht zu Ende. So viel ist passiert. Und ich habe das Glück, hier zu sein. Ich singe leise: »*I have the time of my life …*«

»Was für ein blöder Film«, sagt David. »Außerdem heißt es: *I've had the time of my life.*«

»Wo ist da der Unterschied?«

»Vergangenheit, mein Lieber. Nostalgie.«

»Mir doch egal.«

Kürzlich waren wir im Studentenkino in der Mensa und hatten viel Spaß bei einem schrecklichen Doublefeature mit Patrick Swayze: *Ghost* mit der abgefahrenen Erotikszene an der Töpferscheibe und das kitschige *Dirty Dancing*. Der Song »The Time of My Life« ist aus dem Tanzfilm und ein gnadenloser Ohrwurm. Und egal ob in der Gegenwart oder im Rückblick, ich habe gerade die Zeit meines Lebens. Da bin ich mir sicher. Ich schaue in den schwarzen Himmel. Nur noch ein paar Flocken. Die Sterne glitzern kalt. Meine Gedanken sind ganz klar. Nichts könnte jetzt besser sein. Nichts.

## Einsame Herzen

Castletownbere, ein verschlafenes Nest auf der Halbinsel Bearra im Südwesten Irlands. Ein paar bunte Häuserzeilen, ein kleiner Fischereihafen in der tief eingeschnittenen Bucht. Postkartenidylle. Die osteuropäischen Frachtschiffe, die in der Bucht Station machten, waren für die Einheimischen eine willkommene Abwechslung. Sie beäugten die Matrosen auf Landgang mit unverhohlener Neugier. Gelegentlich waren Musiker unter ihnen, die sich mit Akkordeon oder Balalaika in den Kneipen etwas Geld verdienten. Auch im Castle Inn gab es solche Gastspiele.

1954, ein kühler Novembernachmittag. Der Pub war menschenleer. Die Wirtstochter Rose McKennan stand hinter dem Tresen und trocknete Gläser, als ein junger Matrose mit einem Holzkoffer unter dem Arm die Wirtsstube betrat. Er stolperte an der Schwelle und fiel über seinen Koffer. Rose eilte herbei und half ihm auf. Der Matrose setzte sich auf einen der Stühle, rieb sich das Knie und grinste entschuldigend. Der Koffer war aufgesprungen und gab sein Inneres preis: ein Akkordeon. Der Matrose sah Rose fragend an, sie zuckte mit den Achseln.

Der Matrose deutete auf sich und nannte ihr seinen Namen. »Paolo.«

Rose musterte ihn. Wie ein Italiener sah er nicht aus. Aber zweifellos sehr gut.

»Künstlername?«, fragte sie.

Der Angesprochene verstand sie nicht, nickte aber heftig. Er nahm das Akkordeon und begann zu spielen. Er spielte gut. Nicht langsam und schwermütig, wie sie es schon von anderen Seeleuten gehört hatte, sondern einen frechen Walzer. Paolo bewegte sich tänzelnd zu dem Walzerrhythmus und verdrehte die Augen, bis nur noch das Weiße zu sehen war. Rose lachte. In diesem Moment öffnete sich die Tür des Pubs. Rose' Vater trat ein. Das fröhliche Bild von Musik und Tanz erstarb.

Rose setzte ein ernstes Gesicht auf und verschanzte sich hinter dem Tresen. »Hallo, Dad, bist du schon zurück?«

»Gut, dass ich schon zurück bin. Wer ist das, Rose?«

»Ein russischer Matrose, der bei uns spielen möchte.«

»Das sehe ich, aber möchte er wirklich nur spielen?«

Frank McKennan ließ sich an einem der Tische nieder und forderte Paolo mit einer Geste zum Weiterspielen auf.

Paolo gab ein weiteres Stück zum Besten. Seine Finger flogen über die Tasten und Knöpfe des Akkordeons.

Als Paolo fertig war, fragte Frank in Richtung Tresen: »Was meinst du, Rose, können wir einen Musiker gebrauchen?«

»Das musst du wissen, Dad.«

»Ein bisschen Stimmung im Laden kann nicht schaden.«

Paolo lauschte angestrengt und war sich offenbar nicht sicher, ob die Sache gut oder schlecht für ihn stand.

Schließlich stand Frank auf, ging zum Tresen und nahm eine Flasche Whiskey und zwei Gläser aus dem Regal. »Du bist engagiert.« Paolo sah ihn zweifelnd an. Frank machte mit den Armen eine

Fächerbewegung und schickte zwei anerkennend nach oben gestreckte Daumen hinterher. Paolo lachte.

Um sechs Uhr trafen die ersten Gäste ein. Als die Wirtsstube um sieben voller Menschen war und Stimmengewirr und Gelächter von den Wänden widerhallte, öffnete Paolo zum zweiten Mal an diesem Tag seinen Koffer. Die Musik beflügelte den Bierkonsum, die Bestellungen prasselten nur so auf Rose ein. Die Fischer sangen irische Lieder zu russischen Melodien, und tosender Applaus beendete jedes Stück von Paolo. Die Sperrstunde nahte, und das Akkordeon war kaum mehr zu vernehmen, gab nur noch den Rhythmus für den grölenden Gesang der betrunkenen Gäste vor. Kurz vor elf packte Paolo eilig zusammen, warf Rose eine Kusshand zu und verschwand in der Nacht.

Nachdem die letzten Gäste gegangen waren, sammelte Rose die Gläser ein. Ihr Vater war an einem der Tische betrunken eingeschlafen. Sie setzte sich an den Kamin und starrte in die glimmenden Torfballen. Fröhliche Musik, ausgelassene Gäste und ein Fremder – Matrose und Musiker, gutaussehend. Zu gut für sie, fand Rose, als sie sich im Spiegel über dem kleinen Waschbecken in der Toilette betrachtete. Nein, schön war sie nicht. Hässlich aber auch nicht. Dünnes, welliges, kastanienbraunes Haar, helle, sommersprossige Haut, blassgrüne Augen, ein schmaler Mund, eine unscheinbare Nase. Nichts Besonderes. Leider. Wie gern hätte sie volle Lippen und dunkle, geheimnisvolle Augen. Sie verwünschte den Spiegel und brachte ihren Vater ins Bett. Als sie sich selbst hinlegte, tanzten ihre Gedanken Walzer. Den Paolo für sie spielte. Sie staunte über sein Fingerballett auf den Tasten und Knöpfen der Harmonika. Der Blasebalg fächelte ihr Luft zu, ihre Gedanken flogen durch die Nacht.

Erst das Klopfen ihres Vaters weckte sie. Er müsse los, habe in Bantry Dinge zu erledigen. Rose blieb noch etwas liegen. Ob

Paolo heute wohl wiederkommt?, fragte sie sich. Hoffentlich! Sie wischte mit dem Ärmel über das beschlagene Fensterglas und schaute auf die Bucht und die Frachter. Beiboote stachen mit langen Ruderschlägen über das spiegelglatte Wasser. Ist er dabei? Noch kurz hing sie ihren Träumen nach, dann stand sie auf und ging in die Wirtsstube hinunter. Die Gläser waren gespült und aufgeräumt, die Tische hatte sie gestern noch abgewischt. Trotzdem stank es nach Bier und Rauch. Sie öffnete die Vorder- und Hintertüre und entließ den vergangenen Abend. Mit einem Tee setzte sich an den Küchentisch und blätterte durch die *Irish Times*. Der eintreffende Brauereiwagen erinnerte sie daran, dass eine Menge zu tun war. Leergut bereitstellen, neue Fässer anzapfen, ein paar einfache Speisen zubereiten. Um zwölf Uhr kamen die ersten Gäste.

Nach dem Mittagsgeschäft setzte sich Rose vors Haus, blinzelte in die Sonne, schloss die Augen. Die Sonne brannte sanft auf den Lidern. Plötzlich war Paolo wieder da. Er lächelte. Sie wurde rot. Sie bot ihm einen Platz auf der Bank an und holte ihm ein Bier. Er leerte das halbe Glas mit einem großen Schluck, wischte sich den Mund, strahlte sie an und deutete auf seinen Koffer. Sie nickte, und Paolo begann zu spielen. Nur für sie. Rose wiegte sich im Takt der Musik. Nach dem ersten Stück legte Paolo das Akkordeon in den Koffer zurück und küsste sie.

»Wann musst du wieder weg?«, fragte sie und deutete auf die Frachter in der Bucht.

Paolo setzte ein sorgloses Grinsen auf. Anstatt ihr zu antworten, küsste er sie noch einmal. Auf der Hauptstraße fuhr der Bus aus Bantry ein. Rose machte sich von Paolo los und ging ins Lokal. In der Toilette betrachtete sie wieder ihr Gesicht im Spiegel. War es noch dasselbe wie gestern? Ein Mann hatte sie geküsst. Paolo! Ihre Wangen waren gerötet. Das gefiel ihr. Er hatte ihr in die Augen gesehen. Sie fand sich schöner als sonst. Ihre Gedanken wurden jäh unterbrochen, weil ihr Vater aus der Wirtsstube rief, ob für den Abend alles vorbereitet sei. Nein, war es nicht. Sie eilte in die Küche und kümmerte sich um das Essen für den Abend. Bald hörte sie Paolos Gesang und sein Akkordeon. Sie hatte keine ruhige Minute. Bier ausschenken, Mahlzeiten servieren, dazu die derben Späße der angetrunkenen Gäste. Aber ein gelegentlicher Blick von Paolo entschädigte für alles. Kurz vor elf stahl sich Rose nach draußen, um Paolo auf seinem Weg zum Schiff abzupassen. Eine Umarmung, ein langer Kuss. Und schon war er weg, die Straße hinunter zum Hafen.

Im Lokal malte der Alkohol ein Bild ausgelassener Verwüstung. Ihr Vater versuchte unter dem Johlen der Gäste auf einem der Tische einen Kopfstand. Rose beendete das unwürdige Schauspiel und brachte ihren Vater nach oben. Als die letzten Gäste an der frischen Luft waren, fegte, wischte und räumte sie, länger und genauer, als es sein müsste. Sie zündete sich eine Zigarette an und ging nach draußen. Sie sah zu den Schiffen mit den glimmenden Bullaugen. Auf einem ist Paolo. Er könnte einfach hierbleiben. Was würde Vater sagen?

Rose ging mit Paolo Hand in Hand am Hafenkai entlang. Castletownbere war wie ausgestorben. Kein Mensch weit und breit. Merkwürdig. Bei dem Wetter? Die Sonne stand hoch am Himmel. Es war ein herrlicher Sommertag. Wirklich? Plötzlich schwarze Wolken, Wind blies ihr scharf ins Gesicht, die See war aufgepeitscht. Eine gewaltige Bö fuhr zwischen sie und riss ihre Hände auseinander. Die Wellen brachen über die Kaimauer. Sie bekam etwas zu fassen und klammerte sich daran. Wellen, Wind und Regen umtosten sie. Salzwasser brannte in ihren Augen. Dann: aus, vorbei, kein Wasser mehr, kein Regen, kein Sturm.

Die Sonne stand strahlend am wolkenlosen Himmel. Die See lag spiegelglatt da. Als wäre nichts geschehen. Nur langsam löste sich ihr Griff von der Laterne. Paolo? Jetzt erklang ein dumpfes Tuten. – Rose schreckte aus dem Schlaf hoch. Das Tuten war immer noch zu hören. Sie riss das Schlafzimmerfenster auf und schaute auf die Bucht. Der Schornstein eines der Schiffe stieß schwarzen Qualm aus. Wieder erklang das dumpfe Tuten. Rose schlüpfte in ihre Kleider und stürzte die Treppe hinunter. Sie schnappte sich das Fernglas ihres Vaters und kam erst unten am Hafen keuchend zum Stehen. Am Bug des auslaufenden Schiffs stand der Name *Odessa*. Ob Paolo an Bord ist? Sicher ist er an Bord. Er hat es genau gewusst! Nein, es muss ja nicht sein Schiff sein, das da gerade ausläuft. Bestimmt kommt er heute wieder. Er fährt nicht einfach fort, nicht nach allem, was zwischen uns passiert ist. Aber was ist schon passiert? Ein paar Küsse, Umarmungen, ein bisschen Händchenhalten. Bestimmt ist es nicht sein Schiff! Rose richtete das Fernglas auf die Matrosen an Deck. Zu weit, sie konnte keine Gesichter erkennen.

Paolo kam an diesem Abend nicht. Auch am nächsten und übernächsten nicht. Wochen, Monate vergingen. Rose blickte jedem Matrosen im Ort prüfend ins Gesicht und vermerkte das Eintreffen neuer Frachtschiffe in ihrem Notizbuch. Mit den Jahren kannte sie viele Schiffe mit Namen, konnte die kyrillischen Schriftzüge entziffern und wusste genau, wann welches Schiff in der Bantry Bay vor Anker ging. Die *Odessa* lief Castletownbere nicht mehr an. Vielleicht hat Paolo woanders angeheuert, überlegte sie. Vielleicht fährt er gar nicht mehr zur See. Vielleicht ist er gar nicht mehr am Leben? Trotzdem registrierte sie weiterhin die eintreffenden Schiffe. Ihr Interesse an russischen Frachtschiffen und Matrosen erlahmte erst 1962. Denn die Schiffe ankerten jetzt tiefer in der Bucht, näher bei Bantry. Matrosen waren in

Castletownbere kaum noch zu sehen, und Rose machte sich nicht mehr die Mühe, die Namen der Schiffe auszuspähen und zu notieren. Aber sie hörte nie auf, an Paolo zu denken.

Als ihr Vater starb, war sie selbst bereits dreiundsechzig Jahre alt. Sie wollte nicht mehr arbeiten. Sie verkaufte das Castle Inn, bezog ein kleines Cottage einige Meilen vor den Toren Castletownberes und blieb allein mit ihren Erinnerungen. Im Ort sah man sie nur, wenn sie zweimal die Woche Einkäufe erledigte. Ihr Fenster zur Welt war die *Irish Times,* die der Postbote vorbeibrachte. Dort las sie eines Tages, dass in der sturmgepeitschten See vor der Bantry Bay ein russischer Frachter gekentert sei. Von den zweiundzwanzig Matrosen fehle jede Spur. Der Namen des Schiffes ließ ihren Atem stocken: *Odessa.* Nein, das kann nicht sein, dass Paolo unter den Matrosen ist! So lange fährt niemand auf demselben Schiff zur See. Und bestimmt gibt es noch andere Schiffe, die auf den Namen getauft sind.

Die Nachricht vom Sinken des Schiffs knipste ihre Erinnerung an wie eine Lampe. Im hellen Licht sah sie jetzt Paolo wieder, wie er das erste Mal das Lokal betrat. Lebt Paolo noch? Ist er verheiratet, hat er Familie? Ist er glücklich? Wie lange ist er mit der *Odessa* zur See gefahren? Unsinnige Gedanken geisterten ihr durch den Kopf. Und wenn es doch sein Schiff ist? Ich muss etwas tun!

Im Garten suchte Rose die schönsten Blumen aus und band sie zu einem großen, bunten Strauß. In ihrem Lieblingskleid verließ sie das Haus. Es war ein warmer Maitag. Sie spürte den milden, salzigen Seewind im Gesicht, als sie die Landstraße nach Bantry entlangging. Ihr Ziel lag zwei Meilen von ihrem Cottage entfernt. Sie wollte zu Mary, ihrer besten Freundin. Dorthin ging sie immer, wenn sie Kummer hatte oder in Ruhe über etwas nachdenken wollte, eine Entscheidung fällen musste.

Mary wohnte an der Straße nach Bantry in einer kleinen Grotte, die in einen großen Felsbrocken gehauen war. Mary stand dort in knalligem Türkis und strahlendem Weiß, über dem Haupt ein goldener Schein aus Metall, zu ihren Füßen eine Felsplatte mit den eingravierten Worten *Mary, we pray for you.* Der rissige Betonboden war mit den fransigen braunen Flecken der rostigen Kette verziert, die die Besucher auf respektvolle Distanz halten sollte. Rose nahm die verdorrten Blumen aus dem Gurkenglas und füllte es mit frischem Wasser aus dem Bach. Sie stellte ihren Blumenstrauß vor Mary und freute sich über die bunte Blütenpracht. Sie setzte sich auf einen der steinernen Pfosten, die die rostige Kette hielten. Mit dem Knie brachte sie die Kette in leichte Schwingung, ein heiseres Quietschen ertönte. Rose versank in Erinnerungen, lauschte dem Wind, den Geräuschen der Kette. Sie bemerkte die Frau erst, als die fast bei ihr war. Die Frau war etwas jünger als Rose und hatte ebenfalls einen Strauß Blumen dabei. Rose wollte allein sein, aber es war zu spät, um aufzustehen und zu gehen.

»Hallo, schöner Tag heute«, sagte die Fremde.

Rose nickte zurückhaltend.

»Kommen Sie auch aus Bantry?«, fragte die Fremde.

»Nein, aus der anderen Richtung.«

»Castletownbere?«

»Ganz in der Nähe.«

»Ich bin mit dem Bus bis Adrigole gefahren und den Rest gelaufen. Bei dem Wetter ein Vergnügen.«

Rose musterte die Frau. Ihr drahtiger, etwas zu kurz geratener Körper steckte in einem hellgelben Baumwollkleid, Arme und Gesicht waren sonnengebräunt, das graue Haar kurz geschnitten. Das Auffälligste an ihr war die vorspringende spitze Nase, die ihr zusammen mit den wasserblauen Augen und den ausgeprägten Lachfalten ein burschikoses Aussehen verlieh.

Rose wagte nun auch eine Frage: »Kommen Sie öfter her?«

»Früher schon, jetzt war ich lange nicht mehr hier«, sagte die Frau, während sie ihren Blumenstrauß auffächerte und ihn in einem Einmachglas neben dem Strauß von Rose platzierte. »Schöne Blumen«, meinte sie anerkennend zu Rose's Strauß.

»Ihre auch«, sagte Rose.

Die Fremde wusch sich die Hände im Bach und wischte sie am Kleid ab. »Verzeihen Sie, ich hab mich gar nicht vorgestellt. Deirdre Mulligan, aus Bantry.«

»Rose McKennan, aus Castletownbere.«

»Ein Trauerfall?«, fragte Deirdre und deutete wieder auf die Blumen von Rose.

»Nicht direkt.«

»Bei mir auch nicht. Ich weiß eigentlich gar nicht genau, warum ich hergekommen bin. Es war einfach das Erste, was mir eingefallen ist.«

Rose sah sie fragend an.

»Nachdem ich von dem Unglück gelesen habe.«

Rose stutzte. »Welches Unglück?«

»Haben Sie es denn nicht gelesen, die Sache mit dem russischen Frachter?«

»Was haben Sie damit zu tun?«

Deirdre zuckte mit den Achseln. »Eigentlich nichts. Es ist nur eine Erinnerung. Ich kannte jemanden, der auf diesem Schiff zur See gefahren ist. Also auf einem Schiff mit dem gleichen Namen. Aber das ist lange her. Das war Mitte der Sechziger, als die *Odessa* immer in der Bantry Bay festmachte.«

»Mitte der Sechziger? Sind Sie sich da sicher?«

»1966, im Frühsommer.«

»Das muss gewesen sein, nachdem der Ankerplatz für die Frachtschiffe weiter in die Bucht hinein verlegt worden ist.«

»Jedenfalls kannte ich einen Matrosen von einem der Schiffe. Er hieß Paolo und spielte Akkordeon.«

Rose wurde bleich.

»Ist Ihnen nicht gut?«, fragte Deidre.

Rose antwortete nicht.

»Kann ich Ihnen helfen? Hab ich etwas Falsches gesagt?«

»Paolo«, flüsterte Rose, und vor ihren Augen drehte sich alles. Die Blumen, Mary, die Wolken. Sie sank zu Boden.

Rose wachte erst wieder auf, als sie ein feuchtes Tuch auf der Stirn spürte.

»Alles in Ordnung?«, fragte Deidre.

»Lassen Sie das! Es geht schon wieder.« Mühsam richtete sich Rose auf. »Ich muss gehen«, sagte sie schroff und ging.

Abends saß sie in ihrem Cottage und starrte in die Kaminglut. Das war nicht klug gewesen und dazu sehr unhöflich. Sie brannte darauf, zu erfahren, was die Frau über Paolo wusste. Ist es mein Paolo? Paolo und eine andere Frau? Warum? Eine Frau im fernen Russland, das würde ich ja verstehen, aber hier, im nächsten Ort, einfach so? Sie rechnete: Zwischen seiner Abfahrt und seiner Rückkehr nach Irland lagen zwölf Jahre. Eine Ewigkeit, oder? Aber was sind schon zwölf Jahre, wenn man sich liebt?

Rose war gar nicht so erstaunt, am nächsten Vormittag die Staubfahne eines Taxis zu sehen, das den Feldweg zu ihrem Haus hochfuhr, und dass dann Deidre aus dem Taxi stieg.

»Tut mir leid, wenn ich einfach so hierherkomme«, sagte Deidre. »Ich habe mich im Ort erkundigt, wo Sie wohnen.«

Rose gab ihr die Hand. »Ich muss mich bei Ihnen entschuldigen. Gestern war das alles einfach zu viel für mich.« Sie deutete auf die Bank vor dem Haus. »Setzen Sie sich doch, bitte. Ich mache uns Tee.«

Deirdre ließ sich nieder und betrachtete den prächtigen Garten. Weiter unten war die Straße nach Bantry zu sehen. Die wenigen Autos krabbelten wie bunte Käfer über das graue, gewundene Band. Dahinter glitzerte silbern das Wasser. Ein großer Frachter mit bunten Containern schlich aus der Bucht auf das offene Meer zu.

Rose brachte ein Tablett mit Tee und Geschirr und reichte Deirdre einen Teller mit Gebäck.

Nachdenklich tauchte Deirdre einen Keks in ihren Tee. »Haben Sie Paolo geliebt?«

»Und wie ich ihn geliebt habe!«

»Ich auch. Als er damals plötzlich mit seinem Musikkoffer in unserer Bäckerei stand und nach dem Weg fragte, da wusste ich einfach nur: Das ist der Mann, auf den ich gewartet habe. Ich habe ihm den Weg zu einem Pub gezeigt, von dem ich wusste, dass Matrosen von den Schiffen dort spielen durften. Er spielte vor und man hat ihn sofort engagiert. Ich war jeden Abend dort. Er war richtig gut.«

»Hat er Sie geküsst?«

»Ich würde eher sagen, dass ich ihn geküsst habe. Und er hat es sich gefallen lassen. Ich war völlig vernarrt in ihn. Ich hätte ihn geheiratet. Ich wollte unbedingt, dass er bleibt. Aber von einem Tag auf den anderen war er weg. Ohne Verabschiedung.«

»Und dann haben Sie gewartet?«

»Ich habe gewartet und gebetet, dass er wiederkommt.«

Rose sah auf die Bucht hinunter. »Glauben Sie, dass er auf dem verunglückten Schiff war?«

»Nein, ich glaube nicht, dass Paolo überhaupt noch zur See fährt. Wahrscheinlich lebt er gar nicht mehr. Angeblich haben

Männer in Russland eine Lebenserwartung von gerade mal sechzig Jahren.«

Rose runzelte die Stirn. »Ist das so?«

»Habe ich irgendwo gelesen. Sagen Sie, haben Sie ein Bild von ihm?«

»Ein Bild?«, sagte Rose.

»Ein Foto.«

»Nein.«

»Wollen Sie eines sehen?«

»Sie haben ein Bild von Paolo?«

»Ich habe damals lange auf ihn eingeredet, bis er sich beim Fotografen eines hat machen lassen. Ich trage es seitdem in der Geldbörse. Wollen Sie es sehen?«

Rose schüttelte den Kopf. »Nein, lieber nicht.«

»Ach, kommen Sie! Ich zeig's Ihnen.« Deirdre holte ihr Portemonnaie aus der Handtasche und förderte ein vergilbtes Passfoto zutage. »Hier, schauen Sie.«

Rose betrachtete das Foto skeptisch. »Das soll Paolo sein?«

»Natürlich. Erkennen Sie ihn nicht?«

»Ich weiß nicht ... Also, Paolo sah ganz anders aus. Jünger, schmaler.«

»So wie auf dem Foto sah Paolo jedenfalls aus, als ich ihn kennengelernt habe. Ein volles Gesicht und von kräftiger Statur.«

Rose war verunsichert. Das Gesicht auf dem Foto deckte sich nicht mit ihrer Erinnerung. Das war nicht das Gesicht eines jugendlichen Matrosen und Musikers, eher das etwas biedere Gesicht eines korpulenten Mannes im mittleren Alter. Wenn das Paolo ist, dann hat er sich in den Jahren nach ihrer Begegnung stark verändert. Dieser Paolo ist gar nicht ihr Typ.

Sie sah Deirdre an. »Vielleicht meinen wir beide gar nicht denselben Paolo?«

»Sie glauben, dass wir verschiedene Männer unter demselben Namen kennengelernt haben?«

»Paolo ... Künstlername für russische Seeleute ...«

»... die Jagd auf einsame Herzen machen.«

Rose und Deirdre lachten.

Die beiden wurden Freundinnen. Einträchtig saßen sie jeden Sonntag im Pub beisammen, lauschten der Musik, wechselten ab und zu ein paar Worte, sahen zu dem Musiker. Der Blasebalg seines Akkordeons atmete schwer. An der Seite des Instruments stand in silbernen Lettern der Markenname: *Paolo Soprani.*

# Einfache Geschichten

»Hast du den Arsch offen?«, zischt Oli durchs Telefon, nachdem ich endlich abgehoben habe.

»Was willst du?«, frage ich genervt. »Ich koche gerade.«

»Ich auch. Der Kitsch mit den zwei alten Grazien und dem Matrosen! Hans, verarschst du mich?«

»Nein, eigentlich nicht«, sage ich.

»Eigentlich nicht? Dass ich nicht lache. Der Herr Germanistikstudent ist sich wohl zu fein für Romanhefte, was? Ganz toll. Jetzt hör mir mal zu. Ich verlege diese Romanhefte. Weißt du, was verlegen bedeutet? Das kommt von vorlegen, vorstrecken. Ich bin der Heini, der das Geld auf den Tisch legt, das Geld für den Drucker, den Setzer, die Redakteure, die Autoren.«

»Bist du fertig?«

»Ich lasse fünfzigtausend Exemplare von jedem dieser Titel drucken, und ich will, dass die dann auch am Kiosk verkauft werden. Verstehst du das?«

»Du sagst doch selbst immer, dass die so viel zurückschicken.«

»Das mag schon sein. Viele kommen aber auch nicht zurück. Und wenn die Geschichten den Leserinnen nicht gefallen, dann verkaufen wir am Ende gar nichts mehr. Ich will einfache Geschichten, bei denen man nicht nachdenken muss. Herz und Schmerz. Ein bisschen Sex. Keine Storys, in denen sich irgendwelche Mauerblümchen im Spiegel tief in die Augen schauen und dann anfangen, über ihr Leben nachzudenken. Das muss zack, zack gehen! Zwei sehen sich, sind sofort verknallt, springen in die Kiste, dann stellt sich raus, dass sie verheiratet ist, der Ehemann tritt auf den Plan, es gibt einen Showdown ...«

»Das ist jetzt nicht dein Ernst, oder?«

»Und wie das mein Ernst ist. Schreib mir was Konkretes! Nicht so einen Scheiß im fernen Irland. Was Lebensnahes, hier in good old Germany. Verstehst du das, Hans?«

»Heißt das, du kaufst die Geschichte nicht?«

»Warum sollte ich für den Schmus bezahlen? Natürlich kaufe ich die Story nicht. Wenn du Geld verdienen willst, dann setz dich auf den Hosenboden und schreib mir bis morgen was Neues. Was Einfaches. Und ein Hund soll auch vorkommen.«

»Eine Liebesgeschichte mit Hunden?«

»Du weißt genau, was ich meine.«

Es klickt in der Leitung. Ja, ich weiß genau, was er meint. Verdammt, das hat sich so gut angelassen. Ich habe schon fünfzehn Geschichten verkauft. Der letzte Schrott, klar, ganz nach Olis Wunsch. Er mailt mir ein paar Schlüsselbegriffe, und ich schreibe drauflos. Und bisher hat alles gut geklappt. Besonders gut gelungen ist mir die Geschichte, die im Karneval von Venedig spielt. Eine Erotikstory mit Maskenball. *Der Junge mit der Zebramaske.* Der Titel war ein bisschen ambitioniert, aber Oli hat ihn einfach durchgewinkt. Er fand die Story richtig gut.

»Ja, genau das wollen die Ladys – ein mittelloser Jüngling und eine einsame reiche Frau in den besten Jahren, die sich nach der wahren Liebe sehnt.« Zu der Geschichte gingen im Verlag sogar Zuschriften von Leserinnen ein. Das hat es angeblich vorher noch nie gegeben. Ich war schon irgendwie stolz und schrieb also weitere Schmalzgeschichten für die Zeitschrift *Echte Liebe*. Das mit Paolo Soprani ist meine erste ernstgemeinte Story, in der eben nicht tausend Klischees bedient werden. Und schon stößt sie auf Ablehnung. Aber was erwarte ich auch? Solche Geschichten sind ja Perlen vor die Säue. Oder ist die Story vielleicht doch ein bisschen *overdone?* Aber mehr oder weniger so haben sie mir die zwei älteren Damen in dem Pub in Castletownbere erzählt. Tja, nichts ist so unwahrscheinlich wie die Wahrheit. Oder haben die beiden mir am Ende einen Bären aufgebunden?

Seit einem halben Jahr bin ich zurück in München. Die Eingewöhnung fiel mir schwer. Aber allmählich kriege ich Struktur in meine Tage. Alles ist anders. Ich habe eine neue Freundin. Schuld ist der Studiservice. Ich war blank und konnte einen Job als Statist beim Theater ergattern. Das Musical *Annie Get Your Gun* sagte mir nichts, aber Songs wie »There's No Business Like Showbusiness« kannte ich natürlich. Wir probten im Circus Krone, wo das Ganze auch aufgeführt wurde, weil echte Pferde mitspielten. Ich trug eine feuerrote Livree – wie die fleißigen Helfer im Zirkus. Die in ihren Uniformen allerdings definitiv besser aussehen, als ich das tat. Vor allem die schwarze Perücke mit den gelackten Haaren nervte. Ich kam mir damit vor wie ein Affe. Aber ein richtig guter Job für achtzig Mark am Tag. Auf einen Schlag lernte ich jede Menge neue Leute kennen. Andere Studenten und vor allem Theaterleute. Die vom Theater waren laut, lustig, empfindlich – auf einer ständigen Berg- und

Talfahrt der Emotionen. Und die ganze Action fand in der schneidigen Zirkusluft statt, die nach Sägemehl, Tierkot und Schweiß roch. Großartig! Jeden Abend nach der Vorführung machten wir Party, und ich ließ tags drauf die Uni ausfallen, damit ich abends um sechs wieder fit im Zirkus erscheinen konnte. Dabei lernte ich auch Mathilda kennen. Sie trug ein bäuerliches Puffärmelkostüm, und wir grüßten uns immer freundlich. Mehr war da nicht. Bis wir uns in der Mensa mal in Zivil sahen. Wir verratschten den ganzen Nachmittag im Park. Obwohl wir uns abends eh trafen. Jetzt gefielen mir die Vorstellungen noch besser. Und ich bekam schon Angst vor dem Tag, wo der ganze Zirkuszauber vorbei sein würde. Aber auf der Abschlussfeier gestanden wir einander unsere Liebe. Dass das nur eine der flüchtigen Liebeleien am Theater sein könnte, wie ich in den letzten Wochen immer wieder welche beobachtet hatte, kam mir überhaupt nicht in den Sinn. Wir haben einen ähnlichen Musikgeschmack, und Tango mag sie auch nicht. Ich bin mir völlig sicher, dass das ewig hält.

Jetzt ist Mathilda im Referendariat als Lehrerin in Nürnberg. Das bedeutet Wochenendbeziehung. Ist mir im Moment gar nicht so unrecht, da bringe ich wenigstens mal ein paar eigene Dinge voran. Ich will mir nämlich neben dem Studium ein zweites Standbein schaffen und mit dem Schreiben Geld verdienen. Klar, die ganz große Nummer sind die abgeschlossenen Kurzromane für *Echte Liebe*, *Der goldene Spiegel* oder *Romance & Royals* nicht. Aber es gibt ein bisschen Geld, und für die Schreibdisziplin sind die Geschichten gar nicht schlecht. Mein Plan scheint aufzugehen, seit kurzem habe ich nämlich noch weitere Schreibjobs. Den einen habe ich über Peter bekommen, einer Bekanntschaft aus dem Schellingsalon. Ich war mit unserem Stammtisch dort, und ein Typ am Nachbartisch – Peter –

kriegte mit, dass ich für diese Romanhefte arbeite. Er hat mich angesprochen und mir von seiner Produktionsfirma erzählt, die momentan an einer Vorabendserie dran sei und dringend Ersatz für einen ausgefallenen Autor brauche. Ob das was für mich wäre? Ich sagte spontan zu. Ich sollte ein paar Szenen für einen Krimi schreiben, der in Niederbayern spielt. Passt ja wie die Faust aufs Auge, dachte ich. Ist ja meine Gegend. Das Ganze sollte so ein bisschen unkonventionell sein. »Genau meins«, sagte ich zu ihm und machte mich mit Feuereifer an die Arbeit. Fiel mir ganz leicht. Ich dachte mir eine schräge Story von zwei etwas minderbemittelten Truckern aus, die einen Auftrag annehmen, von dem sie lieber die Finger hätten lassen sollen. Jetzt warte ich gespannt auf das Feedback. Heute haben wir einen wichtigen Termin bei dem Sender, der Peters Firma mit dem Piloten für die Serie beauftragen will, wenn Treatment und die ersten Szenen überzeugen.

Als ich vom Einkaufen komme, blinkt der AB. Ich höre ihn ab. »He, Hans, ich weiß, dass du da bist. Heb ab ... Du, ich hab einen Riesenstress. Warum hast du den neuen Text direkt an den Rohner geschickt und nicht erst an mich? Der hat mir das Ding um die Ohren gehauen. Er findet's beschissen. Das mit den Tauchern – völlig gaga ... Da musst du noch mal ran. Wir haben heute den Termin. Das ist wichtig! Bis heute Nachmittag um vier steht das Ding. Ist das klar? Ruf mich an!«

»Ach, leck mich, Peter«, murmle ich. Wir hatten vereinbart, dass ich die überarbeitete Version so schnell wie möglich an den Sender schicke. Und jetzt passt das nicht. Das nervt. Erst findet Peter das mit den Tauchern superlustig, aber sobald einer beim Sender hustet, zieht er den Schwanz ein. Das werde ich ihm gleich an den Kopf knallen. Ich rufe Peter zurück. Und komme kaum zu Wort, so erregt redet er auf mich ein. Offenbar steht er mächtig unter Druck. Seine Ansage ist eindeutig. »Das mit den Tauchern geht gar nicht, Hans. Auf keinen Fall! Auch nicht, dass der Chef von der Drogenfahndung immer in eine Bar geht, die Big Tits heißt. Big Tits. Das ist nicht lustig! Ein bisschen mehr Niveau, ein bisschen mehr Psychologie. Das ist schließlich ein öffentlich-rechtlicher Sender. Schreib das um, sonst kriegen wir das nie durch.«

Alles umschreiben – kein Problem, ist ja nur ein Job. Für Geld. Wobei Peter sagt, dass es erst mit Auftragserteilung vom Sender Kohle gibt. Na gut, ich werde das Ganze ein bisschen entschärfen. Mehr Psychologie: Die beiden Taucher bleiben kühl und professionell, der Kripochef geht nur mit verhuschtem Blick an dem Stripschuppen vorbei, er wagt es kaum, die Getränkekarte genauer anzusehen. Eine Cola vielleicht? Ob die überhaupt Cola haben? *Mehr Niveau!* Ich grüble über Sein oder Nichtsein als Autor. Nein, ich bin kein Autor, noch nicht, ich bin ein Auftragsschreiber. Aber ich wäre so gern mehr. Doch für meine eigenen Geschichten interessiert sich niemand so richtig. Was allerdings eher eine Vermutung ist, weil ich das Verschicken von Exposés und Leseproben an Verlage nach fünf Standardabsagen eingestellt habe. Ich kann ja verstehen, dass die auf unaufgefordert eingeschickte Manuskripte nicht heiß sind. Das ist aussichtslos. Und meine Bewerbungen für das städtische Literaturstipendium sind auch nur ein leerlaufendes Ritual. Den Wunsch nach Bedeutung, den ich hinterher aus den Urteilsbegründungen für die Preisvergabe herauslese, kann ich nicht erfüllen. Das ist mir zu anstrengend. Trotzdem schicke ich jedes Mal aufs Neue was hin. Aus Trotz. Dieses Jahr auch. Ich sehe auf die Uhr. Halb eins. Höchste Zeit, mit der Arbeit zu beginnen.

Ich öffne die Postsendung. Puh, auch das noch! Das Manuskript von *So werden Sie Ihren Ehemann los – Scheidungsrecht für*

*Frauen.* Ein Papierausdruck. Hatte ich ganz vergessen, dass ich den Job auch noch am Laufen habe. Aber kein Problem. Das ist Easy Money, so Ratgeberzeugs. *Bitte umgehend bearbeiten!,* schreibt die Tante vom Verlag in ihrer Mail mit dem Dateianhang. Und: *Diesmal ein bisschen mehr Sorgfalt. Ich erwarte den ersten Teil übermorgen.* Übermorgen! Und mehr Sorgfalt! Die macht mir Spaß. Ich gebe mir genauso viel Mühe, wie es diese Manuskripte verdienen. Mist! Wenn ich den heutigen Nachmittag brauche, um das Drehbuch für Peter umzuschreiben, haut das mit dem Termin für die Scheidung nie hin. Soll ich die Redakteurin anrufen und um Aufschub bitten? Schon der Gedanke an das sich überschlagende »Ich grüüßße Sieee, Herr Kramer!« lässt mich von der Idee Abstand nehmen. Ach, irgendwie werde ich das schon hinkriegen. Notfalls Nachtschicht. Erst mal das Drehbuch auf Vordermann bringen. Schade, ich dachte echt, dass der Text gut ankommt. Mal was anderes, so von der Anlage, dem Setting, den Personen. Ich öffne das Word-Dokument.

*Die Donau. Lastkähne schieben sich durch den Nebel, graubraune Felder, Autolichter schleichen über Straßen, Höfe, Häuser, eine qualmende Fabrik, die große Autobahnbrücke, der Donau-Hafen in Deggendorf. Ganz nah: Narbenteer, Ölpfützen. Zwei grobe schwarze Stiefel. Tipptipptipp vor Ungeduld. Verwaschene Blaumannbeine, eine schwielige Hand kratzt am Feinrippunterhemd über dem Wanst. Hansi. Ein freundlicher Koloss, große Augen, pausbäckig, Stupsnase, Halbglatze und Mitte dreißig. Hansi sieht missmutig zu der Zugmaschine, die am Kai steht.*
*Die Beifahrertür des Führerhauses öffnet sich. Auftritt Freddie, Hansis »kleiner« Bruder. Er ist Ende zwanzig und schlaksig. Die langen Haare hat er zum Pferdeschwanz gebunden. Unter dem Schirm der roten Baseballkappe befinden sich zwei unruhige Augen*

*und ein hageres Gesicht mit vorspringender Hakennase und flie-*
*hendem Kinn. Der Rest: glänzende blaue Trainingsjacke, enges*
*schwarzes T-Shirt, Stretchjeans und Cowboystiefel aus hellem Wild-*
*leder.*

*Freddie geht zu Hansi.*

FREDDIE: Hansi, ich erklär's dir ...

HANSI: Du erklärst mir gar nichts.

FREDDIE: Aber ...

HANSI: Ich will nichts wissen. Nicht, was in der Kiste drin ist,
  wer sie kriegt und wer zahlt. Ist das klar?

FREDDIE: Ach komm, Hansi ...

HANSI: Hör mir auf mit ›Ach komm, Hansi ...‹ Immer ziehst
  du mich in irgendeine Scheiße rein!

FREDDIE: Wenn die Bullen mir den Schein nicht gezwickt
  hätten, dann ...

HANSI: Was dann?

FREDDIE: Ach ...


*Am Kai liegt ein Frachter. Am Bug steht in blättrigen Lettern* Ludwig. *Glucksend schwappt braunes Wasser gegen rostigen Stahl. Im*
*Wasser treiben zwei alte Fußbälle ... Bälle? Nein. Es sind die Neo-*
*prenköpfe zweier Taucher. Gut getarnt. Wie auf Kommando schie-*
*ben sie gleichzeitig die Tauchermaske nach oben.*

TAUCHER 1: Scheißkalt.

*Der andere schweigt.*

TAUCHER 1: Biste schlecht drauf?

TAUCHER 2: Ja.

TAUCHER 1: Okay ...?

*Schweigen.*

TAUCHER 2: Erika ist weg.

TAUCHER 1: Oh. Das tut mir leid.

*Sie schweigen. Taucher 1 fummelt unter Wasser an seinem Taucher-anzug herum und fördert einen Flachmann zutage. Der Flach-mann schimmert im fahlen Morgenlicht. Mit aufmunterndem Lächeln reicht er ihn seinem Kollegen. Der nimmt einen tiefen Schluck und gibt den Flachmann zurück.*

TAUCHER 2: Die Aktion geht heute über die Bühne?

TAUCHER 1: Sagt der Chef.

TAUCHER 2: Scheißidee mit den Taucheranzügen. Und die Kackfußbälle.

TAUCHER 1: Na ja, mal was anderes. Willste noch ein Tröpfchen? *(hebt den Flachmann)*

HANSI: *(von oben)* Ich sag dir, wenn das wieder für'n Arsch ist!

*Die Taucher drücken sich an die Kaimauer. Eine Pinkelfontäne ergießt sich ins Wasser. Die Taucher sehen sich nervös an.*


*Stickige Luft im Laderaum der* LUDWIG. *Eine einsame 40-Watt-Birne dämmert vor sich hin. An einen Jutesack gelehnt, schnarcht ein Matrose. Im offenen Mund braune Zahnruinen. T-Shirt-Arme voller Tätowierungen: Chopperratte, Busenwunder, Totenkopf. Am Hals eine gestrichelte Linie: - - - Cut hier - - -*

*Die Tür fliegt auf. Der Käpt'n, ganz in Blau: Hose, Pulli, Mütze. Nase und Wangen schnapsgerötet. Der Käpt'n tritt gegen den Jutesack.*

KÄPT'N: He, du Arsch ...

*Der Matrose schreckt aus seinem Schlummer hoch und sieht ihn verwirrt an.*

KÄPT'N: Der Container wird jetzt abgeholt.

*Der Matrose nickt.*

KÄPT'N: Lass ihn rüber!

*Der Matrose setzt sich in Bewegung. Eiertanz. An der Tür stolpert er und hält sich gerade noch am Türrahmen fest. Der Käpt'n kratzt sich an der Schläfe.*

*Himmel inzwischen veilchenblau, Morgensonne wirft kalte Schatten, eine Möwe zischt kreischend vorbei. Der rostig gelbe Container schwebt durch die Luft.*
*In der Kabine des Verladekrans sitzt der Matrose. Der glatte Knauf des Schalthebels in seiner Schwielenhand gefällt ihm. Gutes Gefühl. Er grinst. Ein schöner Morgen.*

*Im Hafenbecken hebt Taucher 1 den Flachmann.*
TAUCHER 1: Auf dich!
*Er trinkt und reicht den Flachmann weiter. Der andere Taucher lächelt. Ihre Gesichter sind jetzt ganz nah. Ein Kuss, eine Umarmung.*

*In der Krankabine brummt eine Biene gegen die milchige Plexiglasscheibe. Der Matrose schlägt nach ihr. Im Zickzack fliegt die Biene durch die Kabine und lässt sich schließlich auf seiner rechten Augenbraue nieder. Er fährt sich ins Gesicht. Sie sticht zu. Hektisch springt er auf und stößt dabei gegen die Schalthebel.*

*Hafenbecken: Die Taucher schmusen, sind ganz vertieft ineinander. Kettenrasseln. Der Container schlägt mit Getöse ins Wasser. Gurgelnd verschwindet er. Von den Tauchern ist nichts mehr zu sehen. Das Stahlseil des Krans hängt schlaff im Wasser. Hansi und Freddie stehen mit offenem Mund am Kai.*

*Der Käpt'n stürmt an Deck der* Ludwig.
KÄPT'N: Scheiße, was ist hier los?
*Er steigt die Leiter zur Krankabine hoch und reißt die Tür auf. Der Matrose dreht sich zu ihm. Sein rechtes Auge ist zugeschwollen. Er hebt entschuldigend die Hände.*
KÄPT'N: Scheiße, Mann! Verpiss dich! Los, raus!

*Der Käpt'n zerrt ihn aus der Kabine. Hastig steigt der Matrose die Leiter hinunter. Er verfehlt eine Sprosse und fällt. Dumpfes Klong! Er bleibt reglos an Deck liegen. Der Käpt'n wirft einen kurzen Blick nach unten, schüttelt den Kopf und widmet sich dem Schaltpult.*

*Das schlaffe Stahlseil im trüben Flusswasser ruckelt, strafft sich. Triefend taucht der Container auf. Freddie gibt Handzeichen, bis der Container sicher auf dem Tieflader liegt. Hansi lehnt am Führerhaus und beobachtet Freddie, wie er die Karabiner vom Stahlseil löst, eins, zwei, dann verschwindet Freddie hinter dem Container. Der dritte Karabiner klickt. Plötzlich ein erstickter Schrei.*

HANSI: Is was?

*Keine Antwort.*

HANSI: Freddie, is was?

*Freddie antwortet nicht. Er ist kreidebleich und starrt auf den Container. Zwischen Befestigungsseil und Container ist ein Arm eingeklemmt, einsam und neoprenummantelt. Zähes Blut läuft am Oberarm heraus. Die Hand umklammert einen Flachmann. Freddie presst die Lippen aufeinander und löst das Seil. Der Arm fällt zu Boden. Freddie sieht sich nervös um und kickt den Arm ins Wasser. Hansi hört das Platschen und kommt nun doch nachsehen.*

HANSI: Wo bleibst du denn?

FREDDIE: Ich, äh ...

HANSI: He, was is?

*Hansi entdeckt den Flachmann am Boden. Er hebt ihn auf und riecht daran.*

HANSI: Freddie, so früh schon?

FREDDIE: Der gehört mir nicht.

HANSI: Nein?

*Freddie schüttelt den Kopf.*

HANSI: Dann gehört er mir.

*Hansi reibt den Flachmann am Ärmel und steckt ihn in die Brust-*
*tasche seines Blaumanns. Freddie zündet sich eine Zigarette an.*
HANSI: Hauen wir ab.
*Sie gehen zum Laster und steigen ein. Hansi lässt den Diesel an und*
*schiebt automatisch eine CD in den Player. Truck Stop mit.* »Wer
kennt die Frau, die nichts anhat als den Gurt auf dem Schild an
der Straße von zu Hause in die Stadt, wo ich so oft langfahr?«
*Freddie sitzt auf dem Beifahrersitz und raucht. Blick starr nach*
*draußen.*


*Der Hafen von oben. Ein schöner Herbstmorgen, das braune Fluss-*
*wasser glitzert, zahlreiche Möwen tummeln sich an der Stelle, wo*
*der Container abgesackt ist. Der Laster fährt den Kai entlang in*
*Richtung Industriegebiet und verschwindet zwischen den Lagerhal-*
*len. Truck Stop spielen immer noch.*
*Der Titel wird eingeblendet:* DER CONTAINER.

Ich weiß gar nicht, was Peter hat. Das ist doch ein schöner Ein-
stieg. Ich mache mir einen Kaffee und denke nach, was man an
der Geschichte mit den Tauchern ändern könnte. Am liebsten
nichts. Ich finde das ganz gut so. Egal, dann schmeiß ich eben
die Kuss-Szene raus. Freddie und Hansi sind auch so ganz pas-
sable Figuren. Das mit dem Flachmann bleibt aber drin!

Nachdem ich zwei Stunden später die überarbeitete Word-
Datei an Peter gemailt habe, fühle ich mich entsetzlich müde.
Jetzt bloß nicht hinlegen, sonst komme ich heute nicht mehr
hoch. Ich starre auf die Postkarte mit Alfred Hitchcock, die an
meinen Monitor klebt. Hitchcock zieht einen Henkersstrick aus
einem Briefkasten mit der Aufschrift *Suggestions.*

Für das Scheidungsmanuskript fehlt mir jetzt die Kraft. Das
mache ich später. Wenn ich vor Energie sprudle, weil der Sender

den Text endlich abgenickt hat und wir den Riesenauftrag in der Tasche haben.

Es ist Viertel vor vier, und Peter ist noch nicht da. Natürlich, warum auch? Peter ist immer zu spät, noch schlimmer als ich. Ich stehe am Fenster und schaue auf die Straße runter, sehe einer Frau zu, die sich mit ihrem Kinderwagen und Einkaufstüten abmüht. Eine Tüte geht zu Boden. Äpfel und zwei Dosen rollen über den Gehsteig. Ein Hund macht sich über die Tüte her, während die Frau sich auf die Äpfel konzentriert. Endlich sehe ich Peters orangefarbenen BMW 2002. Ich gehe runter und steige ein.

»Hi, Peter. Du bist spät dran.«

»Spät?«

»Es ist schon fast vier.«

»Wann haben wir den Termin?«

»Um vier.«

»Na also. Passt doch.«

Peter fährt wie ein Gehirnamputierter durch die Stadt in Richtung Hauptbahnhof. Zweimal touchieren wir die Rückspiegel parkender Autos.

»Rückspiegel werden überschätzt«, meint Peter.

Halb fünf. Wir sitzen in dem staubverwaberten Steinzeitbüro des eigentlich noch jungen, aber ebenfalls schon angestaubten TV-Redakteurs Dr. Rohner. Er hat jetzt bald zwanzig Minuten durch meinen neuen Text geblättert und diverse Stellen mit seinem Leuchtstift angestrichen.

»Also«, sagt Rohner schließlich. »Das Skript ist jetzt sehr viel besser, ein paar Änderungen noch ...«

Ich sehe ihn interessiert an.

»Dass dem Taucher ein Arm abgerissen wird, das geht nicht, das ist geschmacklos«, sagt Dr. Doof.

Aber es ging doch nur darum, dass sich die beiden küssen. Das war doch das Problem, oder? Das will ich schon sagen, sage es aber nicht, sondern nicke nur verständnisvoll. Peter lächelt freundlich und sagt ebenfalls nichts. Unangenehme Stille.

»Haben Sie verstanden, was ich meine?«, fragt Dr. Staub.

Ich sehe Peter an. Der nickt, also nicke ich auch. Logo, alles verstanden. Kein Sex, keine Gewalt, kein Blut. Und am besten trägt der Kapitän Lederhosen. Macht es bayerischer. Warum das Ganze unbedingt ein Krimi sein soll, leuchtet mir nicht ein.

»Dann freue ich mich auf die überarbeitete Fassung.« Rohner schüttelt uns beiden zum Abschied die Hand.

Auf dem Gang sage ich: »Wie lange soll denn das noch so weitergehen?«

»Was?«, fragt Peter.

»Das mit dem ›Dann freue ich mich auf die überarbeitete Fassung ...‹ Das sagt der doch beim nächsten Mal wieder.«

»Ja, klar. Das geht immer so weiter.«

»Im Ernst? Warum schreiben die das dann nicht selber?«

»Weil sie nicht müssen.«

»Aha. Das ist doch total unsinnig.«

»Man merkt, dass du noch neu im Geschäft bist.«

»Und dass du schon ganz schön abgestumpft bist.«

Draußen auf dem Parkplatz brennt sich Peter erst mal eine an.

»Gib mir auch eine«, sage ich.

»Du rauchst doch gar nicht.«

»Jetzt schon. Magische Räucherung.«

»Verstehe.«

»Und nun?«, sage ich. »Wie machen wir weiter?«

»Wir müssen tun, was der sagt. Wer zahlt, schafft an.«

»Noch zahlen die doch gar nicht.«

»Aber wenn, dann.«

»Also, was muss ich tun?«

»Keine schwulen Taucher, keine abgerissenen Arme, nicht so oft Scheiße sagen. Kriegst du das hin?«

»Klar, überhaupt kein Thema.«

Zu Hause verfalle ich in tiefe Grübelei. Sind das die Sachen, die ich machen will? Auftragsarbeiten, Liebesromane mit maximal zehn Seiten, glattgebügelte Storys ohne Ecken und Kanten? Aber es sind ja alles nur Jobs für Kohle. Da muss ich mir doch über Intellekt und Ästhetik keine Gedanken machen. Und ich brauche Geld, also auch Aufträge wie die Bearbeitung von Manuskripten wie *Hildegard Frohmann: So werden Sie Ihren Ehemann los – Scheidungsrecht für Frauen.* Das muss ich mir heute auch noch ansehen.

Das mit der Energie war ein Irrtum. Obwohl – negative Energie habe ich genug. Schlimmer kann's nicht mehr werden. Das ist doch schon mal was. Also werde ich jetzt durchstarten, wer weiß, was morgen wieder alles los ist. Es ist kurz vor sechs. Komisch, mir kommt es vor, als hätten wir stundenlang in dem Büro von diesem Dr. Rohner gesessen. In einem Zeitloch, das alle Kreativität verschlingt. War aber gar nicht so lange. Vielleicht sieht der Rohner deshalb erheblich älter aus, als er ist, weil bei ihm die Zeit so langsam vergeht?

Ich öffne das Scheidungsdokument und gucke in die Dateiinfo. Ist ja immer interessant. Unter Verfasser steht ein Typ. Markus Malte Michelhausen. Kenn ich nicht. Von wegen Hildegard! Ich gehe im Schnelldurchlauf durch den Text, verschaffe mir einen Überblick, denke nach. Ein Autor also. Bestimmt ein Auftragsschreiber. Mit der Info kann ich was anfangen. Viertel nach sechs. Vielleicht ist die Redakteurin noch im Verlag. Ich wähle ihre Nummer.

»Ich grüüßße Sieee, Herr Kramer, wie geht es Ihnen?«, blecht es mir aus dem Hörer entgegen. Schon bereue ich meinen Anruf. »Wie geht es Ihnen denn mit der Scheidung? Hahahaha ...«

»Frau Ostrowski, es gibt ein Problem.«

»Ein Problem?«

»Ja, ein Problem.«

»Ja? Ich höre?«

»Also, wenn ich ehrlich bin ...«

»Jetzt sagen Sie schon. Worum geht es?«

»Na ja, das Buch ist schwierig.«

»Wie meinen Sie das – schwierig?«

»Na ja, um ganz ehrlich zu sein ...«

»Ja, bitte, so reden Sie doch.«

»Das Buch ist Schrott.«

Stille am anderen Ende der Leitung.

»Hallo, Frau Ostrowski, sind Sie noch dran?«

Nach kurzer Wartezeit: »Ja, äh, es ist nur ... Äh, wie meinen Sie das jetzt? Schrott?«

»Ich sag's mal ganz offen. Also, so schlecht ist es auch wieder nicht. Aber was mich wirklich stört, ich hab den dumpfen Verdacht, dass das Buch keine Frau geschrieben hat, sondern ein Typ. Da sind Redewendungen drin, die gehen gar nicht. Die sind von einem Mann. Da bin ich mir ganz sicher. Wie ich das persönlich finde, ist ja egal, aber was sollen denn die Leserinnen des Buches denken?«

Keine Antwort. Stille. Volltreffer.

Ich rede einfach weiter. »Ich krieg das hin. Man muss an ein paar Stellen ein bisschen eingreifen, also an ziemlich vielen. Aber das ist alles machbar. Ich wollte nur zur Sicherheit Bescheid geben, bevor ich damit anfange. Also, ob das auch wirklich erwünscht ist.«

»Ja, äh, also ... Tun Sie, was nötig ist. Bis wann schaffen Sie das denn?«

»Ende nächster Woche.«

»Nächste Woche? Das Buch soll ...«

»Ich weiß, wann es erscheinen soll. Aber Sie sollten wirklich an die Leserinnen denken. Die fühlen sich doch verschaukelt, wenn sie merken, dass das Buch ein Typ geschrieben hat. Es richtet sich doch explizit an Frauen.«

Keine Reaktion.

»Und was jetzt schon in der Erstredaktion gemacht wird, das können wir uns dann bei der Zweitredaktion sparen«, sage ich aufmunternd.

»Okay«, kommt es müde aus der Leitung. »Klappt es bis Donnerstag?«

»Das sollte ich hinkriegen.«

»Gut, bis dann, einen schönen Abend noch«, verabschiedet sie sich mit einem heiseren Klirren in der Stimme.

Hui – die ist ja mächtig unter Druck. Aber sind wir das nicht alle? Immerhin habe ich jetzt ein bisschen Zeit gewonnen. Und bestimmt kann ich auch noch etwas Kohle für meinen Mehraufwand herausschlagen. So einfach ist das. So geht Kommunikation. Ein einziges Telefonat. Ich muss grinsen. Diese Jobs sind nicht verkehrt. Ich kann mir tatsächlich ganz gut was dazuverdienen. Das geht neben dem Studieren. Zumindest jetzt noch. Nächstes Jahr mache ich meinen Magister, da bleibt vermutlich keine Zeit mehr für solche Spielchen. Spielchen ...? Mir fällt siedend heiß ein, dass ich mich als Teilnehmer für einen Leseabend im Literaturbüro hier im Viertel eingetragen habe. Heute Abend, zwanzig Uhr. Cooles Motto: *Spiel 180. Du hast drei Minuten*. 180 Sekunden, das ist ziemlich wenig Zeit, eine ganze Geschichte zu erzählen, eine echte Herausforderung. Ich habe mich angemeldet, aber jetzt passt es mir eigentlich nicht recht. Ich sollte mit der Scheidung beginnen. Gewinnen kann man bei der Poetry-Bühne außer Ehre bestimmt auch nichts. Aber vielleicht lerne ich dort ein paar coole Leute kennen? Meine Neugier siegt.

Am Max-Weber-Platz staune ich. Das kleine Ladenlokal ist rappelvoll. Nicht die typischen Leute hier aus dem Viertel, eher modisch. Männer mit Bart und Tweedsakko oder Lederjacke, Frauen mit dunklen Hornbrillen.

Ich komme mir mit meinem alten Sweatshirt ein bisschen *underdressed* vor.

»Sorry, du, wir sind schon voll«, sagt ein Vollbärtiger zu mir.

»Äh, ich bin auf der Liste.«

»Es gibt keine Gästeliste.«

»Auf der Teilnehmerliste, ich habe mich da letzte Woche eingetragen.«

»Ach so, dann mal rein mit dir. Es geht gleich los.«

Bühne gibt es keine, nur ein Stehpult. Der Bärtige zeigt mir die Liste. Acht Leute. Ich bin der Vierte, der Letzte vor der Pause. Ich überlege, ob der Startplatz gut oder schlecht ist. Na ja, der Erste möchte ich auch nicht unbedingt sein. Ich drücke mich in eine Ecke. Es ist wahnsinnig warm in dem Raum. Schweiß flutet meine Stirn. Nicht nur die. Mein hellgraues Sweatshirt ist keine gute Wahl für das tropische Klima. Ich spüre schon die Nässe unter den Achseln. Nachher nur nicht die Arme heben! Das sieht dann ungut aus. Aber vielleicht muss das bei einem Wettkampf so sein: Schweiß, Tränen, Blut.

Der Typ, der mich reingelassen hat, erklärt die Spielregeln. »Die Eieruhr klingelt nach drei Minuten, dann muss man fertig sein. *Spiel 180* ist Poetry in Highspeed. Also kein Gelaber. In der Kürze liegt die Würze. Drei Minuten sind das Maximum.« Die

Silben perlen von seinen Lippen wie Prosecco. »Ihr, das Publikum seid die Jury. Gemessen wird mit dem Applausometer.« Er hält ein Dezibelmessgerät hoch und macht laut »Buh!« in das Mikro. 107 dB sind auf dem Display zu lesen. »Mögen die Spiele beginnen. Wir starten mit Erika Kusakowska!«

Eine sehr junge Dame in einem strengen schwarzen Rolli beginnt, ohne sich vorzustellen. Sie hat eine erstaunlich kräftige Stimme und spricht wie ein Maschinengewehr. Ich kann ihren Wortkaskaden kaum folgen. Es geht um Zebras und Umweltschutz und Globalisierung. Dann ist es auch schon wieder vorbei. Der Applaus ist heftig. Warum? Sehe ich die Qualität nicht? Bin ich zu doof, zu langsam? Oder nur anti? Jetzt kommt ein Typ, der wie der kleine Bruder von David Bowie aussieht. Sehr cool, die wavige Haartolle, der Kajal. Er kündigt seinen Beitrag als numerische Lyrik an. Und so hört sich das Ganze auch an. Als würden Einzelteile vom Fließband purzeln: Wörter, Silben, Buchstaben. Auch David bekommt starken Applaus. Nicht ganz so laut wie bei der Vorgängerin, aber doch beachtlich. Das Publikum ist zumindest unkompliziert, denke ich. Es applaudiert gern. Keine Gefahr.

Ich entspanne mich und höre der nächsten Aspirantin zu. Helga Gruber ist eine sehr schöne, aber auch sehr stark geschminkte Frau um die vierzig mit langem, schwarzem Haar und einem Kleid von derselben Farbe. Sie liest einen bedrückenden Text über einen Mann im Pflegeheim, der sein Gebiss nicht findet und leise vor sich hin nuschelt – Erinnerungsfetzen aus einem langen Leben, das mit einem Röcheln endet. Dröhnender Applaus. Bisher der beste Wert. Nicht schlecht, mir persönlich aber etwas zu düster. Zeit, die Stimmung ein bisschen zu heben. Jahreszeitgemäß habe ich einen passenden Text mitgebracht. Ich starte ohne Anmoderation.

Plüschbierfässer auf dem Kopf
Haferlschuh und schwarze Wadl-Haare

Trachtenhundehalsband ziert den Kropf
Stöckelpumps und Pornoware

Was hat die ois ins Dirndl presst?
I glaub, mei Lederhosn nässt

Ich singe, lache, tanz am Tisch
Stink krass nach Hendl, Radi, Steckerlfisch

Ein Prosit der Gemütlichkeit
O lecko mio, bin i breit

Jaja, so klingt's und schmeckt's
Oktoberfest, Oktoberfest

Ich wollte nur ein Stündchen wandeln
Schnuppern Hendl, Ochsen, Mandeln

Fand mich voll mit Bratensoße
Oder andrem in der Lederhose

Hackedicht im trüben Lampenlicht
Mit reichlich eingeschränkter Sicht

Gelehnt an die Bavaria
»He, was macht die Drecksau da?«

Biselt an die Marmorsäulen
Irgendwo hör ich zwei Trachtler heulen:

»Wo san all die Weiber hin? Mir san so allein!«
»Beda, geh auf d' Seitn, i muss speim.«

Irgendwie bin ich dann heimgekrochen
Hab noch immer streng gerochen

*Dezent mich aufs Parkett erbrochen*
*Meiner Frau ganz fest versprochen:*

*»Ich geh nie wieder hin, mach dir keine Sorgen*
*Zumindest heut nicht, vielleicht morgen.«*

*Ich singe, lache, tanz am Tisch*
*Stink krass nach Hendl, Radi, Steckerlfisch*

*Ein Prosit der Gemütlichkeit*
*O lecko mio, bin i breit*

*Jaja, so klingt's und schmeckt's*
*Oktoberfest, Oktoberfest*

Stille. Seht ihr mal, das geht sogar in weniger als drei Minuten! Immer noch kein Mucks. Ich sehe in ausdruckslose Gesichter. Äh …? Ich hatte schon auf halber Strecke gemerkt, dass irgendwas komisch ist. Die Stille hatte ich als Konzentration gedeutet. Fehlgedeutet? Offenbar. Das, was ich hier und jetzt spüre, ist schlicht und einfach Ablehnung. Die Applausometermessung ergibt 47 dB. Das ist gerade mal das Grundrauschen der Atemluft des Publikums. Der Moderator lächelt kühl und weist auf die Pause hin, die wir uns jetzt alle verdient hätten. Ich mache unauffällig den Abgang.

Als ich durch das dunkle Viertel gehe und mein Blick durch die Auslagen der beleuchteten Schaufenster wandert, muss ich grinsen. Trotz allem. Das war doch gar nicht schlecht. So generell. Volles Haus bei der ersten Lesung. Vielleicht könnte ich aus dem Gedicht mit der richtigen Musik ja einen Wiesnhit machen, und dann stehen alle auf den Bänken und grölen: »Ein Prosit der Gemütlichkeit, o lecko mio, bin i breit!« Nur die blöden Leute von eben nicht. Die gehen eh nicht aufs Oktoberfest.

# Unentschieden

Ich sitze wie fast jeden Tag in der Germanistenbibliothek und sehe durch das schmutzige Fenster auf den Vorplatz hinunter. Kein schöner Anblick. Der ganze Siebzigerjahrebeton, die weitläufige Terrasse der Cafeteria, die wackeligen Biertische. Alles ziemlich verlottert. Das war schon damals so, als ich mit dem Studium angefangen habe. Andere Sachen haben sich in den letzten Jahren allerdings verändert. Handys waren noch etwas Besonderes, die Leute waren noch nicht so aufgecheckt – Jeans und T-Shirt und Doc Martens oder Chucks reichten modisch vollkommen aus. Und so zielstrebig wie die Erstsemester heute war ich definitiv nicht. Keine Ahnung, ob das gut oder schlecht ist, wie es heute läuft. Leistung ist ja nicht prinzipiell verkehrt. Gilt auch für mich. Im letzten Studienjahr hatte ich mich noch richtig reingehängt. Vor allem wegen der Panik mit einem mäßigen Studienabschluss keine guten Aussichten auf dem Arbeitsmarkt zu haben.

Das mit dem Schreiben ist ja leider keine sichere Nummer, wie ich schnell gemerkt habe. Die Fernseh-Geschichte hat nach sehr vielem Hin und Her dann doch nicht geklappt, und auch nach der zwanzigsten Fassung habe ich kein Geld gesehen. Dafür der ganze Aufriss! Die Romanheftchen laufen auch nicht mehr, weil sich der ganze Zeitschriftenmarkt rasant abwärts entwickelt. Oli hat die Romanheftreihen schließlich abgestoßen. Also habe ich mich ganz aufs Studium konzentriert. Mit Erfolg. Nach der Magisterprüfung bot man mir ein Stipendium an. Seitdem puzzle ich an meiner Doktorarbeit herum. Und weil das Stipendium allein nicht reicht, arbeite ich nebenbei als wissenschaftliche Hilfskraft bei meinem Germanistikprofessor.

Auf der Terrasse der Cafeteria sehe ich Cornelia aus dem Hauptseminar. Eine bemerkenswert schöne junge Frau Anfang zwanzig. Cornelia wollte unbedingt noch in das überfüllte Hauptseminar von Professor Huber. Ich sagte ihr, sie könne doch auch nächstes Semester kommen. »Was weiß ich, wo ich nächstes Semester bin?«, war ihre Antwort gewesen. Ich war beeindruckt. Guter Punkt. Natürlich hat sie noch einen Platz bekommen. Jetzt sitzt sie im Seminar und sagt kein Wort. Ist aber auch kein Kunststück bei 32 Teilnehmern. Und Professor Huber steht auf Monologe. Natürlich nur auf die eigenen. Ich bin auf Cornelias Seminararbeit gespannt. »Die Ästhetik der Gewalt in J. G. Ballards *Crash*« hat sie in die Liste geschrieben. Die anderen Studenten haben deutschsprachige Autoren ausgewählt, obwohl der Kurs auch für Komparatistik gilt. Ich erinnere mich dunkel an das Buch von Ballard. Eine Phantasmagorie aus Sex und Autos und Unfällen. Kein Stoff für junge Frauen, denke ich. Aber was weiß ich schon. Ich reibe mir die Augen. Schaue wieder nach unten. Cornelia ist weg. Ich bin mir nicht sicher, ob sie wirklich da war. Es ist einer dieser trägen Sommernachmittage voller zerdehnter Momente, unscharf wie die Schleierwolken, die am blassblauen Himmel verschwimmen. Es ist halb vier. Ich packe meine Unterlagen ein und mache mich auf den Weg in die Stabi, wo ich Bücher in den Lesesaal bestellt habe.

Auf der Ludwigstraße brennt erbarmungslos die Nachmittagssonne. Mir bricht sofort der Schweiß aus. Ich stelle mir vor, der rauschende Verkehr wäre die Meeresbrandung. Schon der Gedanke an Meer und Strand lässt mein Vorhaben mit dem Bibliotheksbesuch scheitern. Für den Lesesaal ist das definitiv das falsche Wetter. Ich lasse die Stabi links liegen und biege in die Prinzregentenstraße ein, gehe am Haus der Kunst vorbei, schaue den Eisbach-Surfern zu. Überlege, wie es wäre, wenn ich jetzt in einem Neoprenanzug auf einem Surfbrett stehen würde. Cool wäre das. Kann man das mit 30 noch lernen?

Der Englische Garten ist voller Menschen. Bälle werden gekickt, Hunde jagen Frisbees. Überall fröhliche Stimmen, Gelächter. Ich biege vom Hauptweg ab und tauche in den Schatten der dichten Laubbäume. Auf dem schmalen Pfad ist fast niemand unterwegs. Da sehe ich sie – auf einer Bank unter einem Baum: Cornelia.

»Hallo«, grüße ich.

Sie lässt ihr Notizbuch in der Tasche verschwinden. Ihren Stift auch.

»Entschuldigung, ich wollte nicht stören.«

Sie schüttelt den Kopf und lächelt. Ich sehe zum ersten Mal die große Narbe auf der Stirn, die sonst von ihrem dunklen Pony verdeckt ist.

»Ich hab dich vorhin auf der Terrasse gesehen«, sage ich. »Ich war in der Bibliothek.«

»Aha.«

»Und plötzlich warst du weg.«

»Wie eine Fata Morgana.«

»Ja, so ungefähr.« Ohne zu fragen, setze ich mich zu ihr auf die Bank. »Was machst du hier?«

»Wie meinst du das?«

»Warum sitzt du hier im Schatten? Warum bist du nicht in der Sonne, wie alle anderen, am Wasser, lässt die Füße im Eisbach baumeln?« Schon beim Reden merke ich, wie onkelmäßig das klingt. Baumeln! Eine plumpe Anmache? So meine ich das nicht. Oder? Sie ist wirklich sehr schön. Gerade wegen der Narbe.

»Ich schau mir die Blätter an«, sagt sie. »Wie die Sonne durch sie hindurchscheint, wie sich das Licht immer wieder verändert, die Farben, die Intensität.«

Ich sehe nach oben ins Farbenspiel der Blätter vor dem Blau des Sommerhimmels. Ein Mosaik aus vielen Grüntönen, auch ein bisschen Gelb und Rot.

»Warum wolltest du eigentlich unbedingt noch in das Seminar?«, frage ich. »Das Hässliche und das Grausame – das ist nicht gerade die angenehmste Beschäftigung.« Ich wundere mich über mich selbst. Warum sage ich so was? Das geht mich alles nichts an.

»Das kann ich dich auch fragen«, antwortet sie folgerichtig.

»Na ja, ich arbeite für den Huber.«

»Ist es nur das?«

»Nein. Es interessiert mich auch persönlich. Ich glaube, dass Ästhetik nicht so sehr mit Intellekt zu tun hat, sondern vor allem mit Emotionen.«

»Kann Literatur echte Emotionen auslösen?«

»Ja natürlich.«

»Ich meine echte Gefühle, richtig starke.«

»Ich glaube sogar, dass es egal ist, ob ein Gefühl von einem Text, einem Bild oder einem Musikstück ausgelöst wird. Oder von einem echten Ereignis.«

Sie sieht mich zweifelnd an.

»Warum hast du dir den Roman *Crash* ausgesucht?«

»Ich habe meine Schwester bei einem Autounfall verloren.«

»Oh.« Mehr kann ich nicht sagen. Ich schäme mich für meine Neugier. Ich sehe sie nervös an.

Sie lächelt. »Ich hab auf dem Beifahrersitz gesessen. Sie ist auf der Autobahn bei einer Baustelle gegen einen Brückenpfeiler gerast. Wir hatten uns gestritten.«

Ich schlucke. »Oh, das ...«

»Muss dir nicht leidtun. Es ist passiert. Ein Unfall. Sie war zu schnell. Ich bin nicht schuld, sie hat angefangen, sie musste immer streiten. Das war ihre Art.«

»Fühlst du dich denn nicht schuldig?«

»Nein. Aber ich habe die Bilder im Kopf. Der Blitz, wie wir gegen den Pfeiler knallen. Ihre erstaunten Augen. Beate hatte große Augen, sehr große Augen. In dem Moment hat sie wahnsinnig schön ausgesehen, mit ihren langen, dunklen Haaren, ihren gebräunten Oberarmen.«

»Und dann?«, flüstere ich.

»Ich habe sie nie wiedergesehen. Als ich aus dem Krankenhaus entlassen wurde, war sie längst beerdigt. Aber ich habe immer das Bild in mir, ihre ganze Schönheit, in dem Augenblick, in dem Sekundenbruchteil. Beate war so schön.«

»Denkst du oft an deine Schwester?«

»Wir sind Zwillinge.«

Waren, will ich schon sagen, aber sie meint das Präsens. Ich blicke Cornelia ins Gesicht. Ihre großen Augen. Ich sehe die Traurigkeit darin. Und die Schönheit. Ich sehe die Narbe, die sonst der Pony verdeckt. Die Haut ist dort ganz rosig. Ich habe einen dicken Kloß im Hals.

Sie steht auf. »Ich muss los. Bis nächste Woche im Seminar.«

»Ja, bis dann.«

Sie verschwindet auf dem schmalen Weg. Ich bin verwirrt. Ich sehe nach oben. Das Blätterdach. All die Farben.

Schönheit hat immer einen Gegenpart. Und der zieht mich an. In meiner Doktorarbeit geht es um Ästhetik im 18. Jahrhundert, um die Debatte über das Erhabene, das unerklärliche Wohlgefallen am Schrecklichen, am Grausamen. Wenn man die alten Texte genau liest, merkt man schnell, dass es den Autoren egal ist, ob die Erregung von der Kunst oder von realen Ereignissen ausgelöst wird. Meine These ist ganz einfach: Kopf und Körper unterscheiden nicht, ob etwas echt ist oder ein Bild, ein Klang oder ein Text. Nur die Emotion und ihre Stärke zählen, selbst wenn sie einem philanthropischen Menschenbild wie im 18. Jahrhundert widersprechen. Warum ist das öffentliche Interesse an Hinrichtungen so groß, auf die immer wieder in der Tragödiendebatte Bezug genommen wird? Warum hat der englische Kupferstecher William Hogarth so ein Faible für die hässlichen Seiten des Lebens? Zieht man bei diesen Themen den dünnen Vorhang von Moral und Mitleid beiseite, betritt man schnell die Bühne rein subjektiver Empfindungen, die ihren Reiz aus ihrer Unentschiedenheit gewinnen. Bleibe ich in Distanz, oder will ich näher herantreten, wenn ich ein Unglück sehe? Für mich ist das ähnlich wie bei der Neugier, die ihren Reiz aus dem Verlassen der Sicherheitszone zieht. Ich denke dabei auch an die Neugier, mit der wir als Kinder immer dem Tod begegnet sind, an die Faszination, die das Unerklärliche auf uns ausgeübt hat.

Ich stehe auf und gehe den Parkweg entlang, höre die Stimmen und das Gelächter von der Wiese am Eisbach. All die Heiterkeit – so nah und doch weit weg. Nächste Woche werde ich meine Doktorarbeit abgeben. Und dann? Schluss mit den schlauen Gedanken? Nicht unwahrscheinlich.

Einen Job habe ich über das Semesterende hinaus nicht in Aussicht. Will ich an der Uni bleiben? Als Hilfskraft bei Professor Huber? Richtige Stellen mit unbefristeten Verträgen gibt es am Institut nicht. Und selbst, wenn das so wäre – würde mich das zufriedenstellen, ein Leben im Elfenbeinturm? Zur Sicherheit habe ich in letzter Zeit zahlreiche Bewerbungen geschrieben, vor allem Initiativbewerbungen an Verlage. Bislang war die

Ausbeute ernüchternd. Von zehn Bewerbungen kamen acht postwendend zurück.

Tatsächlich erwartet mich zu Hause wieder Post. Zumindest kein großer Umschlag mit einer Absage und meinen Bewerbungsunterlagen. Der Absender ist im Sichtfenster verrutscht und nicht zu lesen. Ich öffne den Umschlag. »Aus der Fülle der Bewerber haben wir Sie herausgepickt. Wir freuen uns über Ihr Interesse an einem Volontariat bei uns und würden Sie gerne in einem Gespräch näher kennenlernen. Bitte rufen Sie uns an, um einen Termin zu vereinbaren. Herzliche Grüße ...« Na also, geht ja doch. Der Kramberg-Verlag für Architektur und Lebensstil. Nicht gerade mein Wunschverlag. Aber ein Anfang.

Als ich pünktlich in der ruhigen Seitenstraße hinter dem Ostbahnhof zum Vorstellungstermin eintreffe, finde ich den Eingang zum Verlagsgebäude nicht. Mist, ich will doch pünktlich sein! Endlich entdecke ich ihn im Innenhof des Betonkastens. Ich drücke gegen die Tür. Zu. Ich betätige den unbeschrifteten Klingelknopf an der Wand. Jetzt ertönt ein Summton, und die Tür lässt sich öffnen. Simsalabim. Ich betrete einen gefliesten Flur, der an einen Schulkorridor erinnert. Kein Empfangstresen. Ich sehe niemanden. Wer hat den Summer gedrückt? Vielleicht ist die Klingel so wie beim Arzt mit dem Öffnungsmechanismus gekoppelt? Oder waltet hier eine übersinnliche Macht? Könnte sein, im nächsten Moment huscht nämlich eine ätherische Erscheinung die Treppe aus dem ersten Stock herab, ein altersloser, magersüchtiger Engel in wallenden Gewändern. Das Kleid muss der Teufel entworfen haben. Das Blütenmuster ist jedenfalls verteufelt hässlich.

»Herr Kramer?«, quätscht die Erscheinung.

Ich nicke und bemühe mich zu lächeln.

»Zu mir kommen Sie dann nachher auch noch«, sagt die bleiche Dame.

»Nachher?«

»Zuerst sind die Kollegen dran. Danach werde ich das Vergnügen haben.«

Ganz meinerseits, denke ich.

»Folgen Sie mir bitte«, quätscht sie.

Ich folge ihrem flotten Schritt. Wir huschen den Gang entlang, eine Treppe hoch, einmal um die Ecke, bis wir vor einer Tür zum Stehen kommen.

»Herr Thomas erwartet Sie«, säuselt sie, und schon ist sie weg.

Ich klopfe und öffne die Tür, ohne eine Antwort abzuwarten. Alte Technik: Die Form wahren, aber zugleich überrumpeln. Ich denke immer, dass mir die Schrecksekunde einen Vorteil verschafft. Bisher habe ich das nur auf Ämtern und an der Uni ausprobiert. Durchaus mit Erfolg. Wenn sich die Leute bei etwas ertappt fühlen, hat man schon mal einen Spielstand von 1:0, bevor man sein Anliegen überhaupt vorgebracht hat.

Hinter dem ausladenden Schreibtisch in dem vollgestopften Büro sitzt ein jung gebliebener Cordsakkomann mit schütterem Haar, der mich keines Blickes würdigt. Er sitzt über irgendwelche Akten gebeugt. Bewerbungsunterlagen – ich kann meine rote Mappe erkennen. Ich räuspere mich. Endlich sieht der Typ auf. Er lächelt. Noch steht es 0:0.

»Hallo, Herr Kramer«, begrüßt er mich. Er deutet entschuldigend auf den Mappenberg. »Wir bekommen immer so viele Bewerbungen, ich musste mir noch mal schnell einen Überblick verschaffen.«

Ich nicke verständnisvoll.

»So setzen Sie sich doch. Ich will gar nicht lange um den heißen Brei herumreden. Das Volontariat dauert zwei Jahre, wir zahlen tausend Mark im ersten Jahr und eins fünf im zweiten. Ich weiß, das ist nicht viel, aber andere zahlen noch weniger ...«

Klasse Argument. Ich lächle unverbindlich.

Mein Lächeln verunsichert ihn. Wahrscheinlich denkt er sich: Was ist an dem beschissenen Gehalt so lustig?

»Wann könnten Sie denn anfangen, wenn wir feststellen, dass wir zusammenpassen?«, fragt er.

Wir schreiben den 12. Juli, also sage ich: »Zum Februar.«

Ihm klappt die Kinnlade runter. 1:0 für mich. Endlich.

»Na ja, wissen Sie, Herr Thomas, die Rücklaufzeit von Bewerbungen. Ich habe mich im März beworben, jetzt ist Juli. Das ist schon ein Eck. Ich habe noch andere Bewerbungen laufen. Ich habe zwei weitere Vorstellungstermine, einen im November und einen Anfang Februar nächstes Jahr.«

Er schluckt und nickt langsam. »Na gut, dann machen wir jetzt mal das Hundertmarkspiel.«

Ich sehe ihn erstaunt an. 1:1.

»Das kennen Sie doch, oder?«

»Nein, das kenne ich nicht.«

»Es ist ganz einfach.« Er zieht ein großes Buch aus dem Regal. »Das Buch hier kostet hundert Mark ...«

»Glaub ich nicht«, sage ich.

»Bitte?«

»Das sieht nach zwanzig Mark aus, maximal.«

2:1 für mich.

Er ringt um Fassung. »Nein. Äh, ja. Also, es kostet 44,90. Aber in unserem Fall, jetzt kostet das Buch hundert Mark. Dann ist es einfacher zu rechnen.«

Ich lächle verständnisvoll.

Er holt einen Zettel und einen Bleistift aus der Schublade und erklärt die Spielregeln. »Auf dem Zettel habe ich zehn

Posten eingetragen: Garantiezahlung, Lektorat, Satz, Foto-produktion, Herstellung, Buchhändlerrabatt und so weiter. Schätzen Sie bitte mal, wie sich die hundert Mark auf die Posten verteilen.«

Ich habe keine Ahnung, nicke aber selbstbewusst.

»Und lassen Sie sich ruhig Zeit. Ich gehe nur mal schnell auf die Toilette.«

Als er zur Tür raus ist, zerknülle ich den Hundertmarkzettel und ziehe meine Bewerbung aus dem Mappenstapel. Die können mich mal. Ich spiele keine Spielchen. Prinzipiell nicht. Ich verlasse das Büro. Auf dem Gang treffe ich wieder den mageren Engel in dem Blümchenkleid.

»Schon fertig?«, flötet sie.

»Sieht ganz so aus.«

»Dann kommen Sie jetzt mit mir!«

»Ja, gleich«, sage ich. »Ich muss nur mal kurz für kleine Jungs. Gestern Abend gab es Kohlrabigemüse. War vielleicht ein bisschen lange auf dem Herd. Heute Morgen hatte ich jedenfalls einen sehr unangenehmen ... Ich sag's Ihnen, grauenvoll. Einmal kurz durchpusten, dann bin ich bei Ihnen.«

Sie sieht mich entsetzt an, und ich eile davon, raus an die frische Luft, um tief durchzuatmen und zu verschwinden.

Als mein Hochgefühl wiedererlangter Freiheit nachlässt, sehe ich meinen Auftritt durchaus kritisch. Mathilda darf ich das nicht erzählen. Sonst ist sie sauer. Ich solle nicht immer so auf dem hohen Ross sitzen, sagt sie manchmal. Was so nicht stimmt. Ich sitze auf keinem hohen Ross. Aber ich lasse mich auch nicht auf Psychospielchen ein. Schon gar nicht für ein windiges Volontariat. Oder? Vielleicht hätte ich es zumindest einmal probieren sollen. Ich muss mich bemühen, etwas zu finden. An der Uni wird das, wie gesagt, nichts mit einem festen Job.

Ich bleibe dran. Ohne großkotzig zu sein. Ich fange ganz unten an, als Praktikant in einem Verlag. Und es wird nicht Belletristik, was eigentlich mein Plan war, sondern ich beginne in einem Ratgeberverlag. Der Kontakt zu Frau Ostrowski in puncto Redaktion des Scheidungsbuchs war doch für etwas gut. Ich gebe mir wirklich Mühe. Schon nach wenigen Monaten bin ich Redakteur. Das Volontariat überspringe ich glatt. Nicht weil ich so clever bin, sondern weil sie dort dringend Arbeitskräfte brauchen. Der Laden brummt. Alle Welt kauft Ratgeber, jeder will sein Leben optimieren, mit Apfelessig, Urintherapie, Wünschelruten oder Chakramassage. Die Leute wollen wissen, wie das mit der Kindererziehung geht, dem Abnehmen für die Bikinifigur, was man mit den Nordic-Walking-Stecken macht.

Die Themen sind etwas ganz anderes als das ganze theoretische Uni-Gedöns, mit dem ich in den letzten Jahren beschäftigt war. Ich fühle mich geradezu befreit. Von hohem Ross braucht Mathilda mir jedenfalls nichts mehr zu erzählen. Und anders als an der Uni bin ich jetzt kein Einzelkämpfer mehr. Es gibt ein achtköpfiges Redaktionsteam, und ich teile mir ein kleines Büro mit meiner Kollegin Brigitte. Es ist sehr klein, etwa acht Quadratmeter. Sie Fensterplatz, ich schau die Wand an. Ich spreche mit meinem Regal, wenn ich etwas zu Brigitte sage, sie redet mit meinem Rücken. Wir verstehen uns blind. Die anderen Kollegen sind auch okay, unser Redaktionsleiter ebenfalls. Nur seine Monologe sind die Hölle. So hat er uns einmal in epischer Breite über seine Strategie für das neue Billigsegment *Viel Buch für wenig Geld* informiert, und sein Schlusswort zur aktuellen Marktsituation lautet: »Wir müssen einfach unten dichtmachen.« Brigitte und ich denken dasselbe, verziehen aber keine Miene. Das Motto ausgerechnet von ihm, wo er doch auf dem Klo seinen Gefühlen immer so ungeniert freien Lauf lässt.

Klar, das ist privat, aber in unserem Fall auch nicht. Die Toiletten befinden sich nämlich keine zwei Meter Duftlinie zu unserem Büro entfernt. Wir reißen Witzchen, dass wir in *Wetten dass?* auftreten und anhand des Plätscherns, Spülens oder der Duftnote bestimmen können, wer hinter der Tür gerade zugange ist. Als eingespieltes Team schließen wir automatisch die Bürotür, wenn ein Großtäter in der Toilette verschwindet. Leider kommt unser Redaktionsleiter nicht selten gleich hinterher in unser Büro auf ein Schwätzchen. Und dabei kriecht der stechende Mief aus seinen Klamotten.

Jetzt mach ich den Job schon ein paar Jahre, aber ich erinnere mich immer gerne an die schrägen Geschichten der Anfangszeit. Einmal stand ein externer Grafiker ganz aufgeregt vorn am Empfang. »Boh, da muss ein Rohr bei Ihnen geplatzt sein. Das ganze Treppenhaus stinkt.« Letzteres stimmte, nur die Ursache war weniger dramatisch. Die Klofenster gehen zum Innenhof, und wenn im Treppenhaus ein Fenster offen steht und Inversionswetterlage herrscht, dann ... Kaum hatte der Grafiker uns seine Impressionen kundgetan, verließ unser Redaktionsleiter sichtlich erleichtert die Toilette und begrüßte ihn freudig. »Ja, der Kamasutra-Band. Jetzt geht es los. Ich komme gleich dazu!«

Wir zogen den Grafiker in unser Büro und schlossen die Tür hinter uns. Brigitte holte den Bilderordner aus dem Regal. »Hab ich erst heute Morgen per Post bekommen. Ich bin ich echt gespannt. Wenn man bei der Fotoproduktion nicht dabei ist, dann ist das ja immer ein bisschen die Blackbox.«

Ich knipste den Leuchttisch an. Brigitte legte ein Dia-Sheet auf die milchige Platte. Wir beugten uns darüber.

»Uhlalaluh«, murmelte ich.

»Echt nicht!«, stöhnte Brigitte.

Interessiert musterte der Grafiker die Dias. Junge Frauen mit ungesunder Hautfarbe und aufgepumpten Brüsten im Clinch mit bleichen Muskelpaketen mit Maschinenhaarschnitt und tennisbesockten Füßen. Auf den Betten blassorange Frottee-handtücher, um Matratzen und Laken zu schonen.

»Was soll die ganze Schnellfickscheiße!«, brach es aus Brigitte heraus. »Will der Typ uns verarschen?«

Der Typ war Markus Malte Michelhausen aus Hamburg, einer unserer Allzweckautoren. Ein Vielschreiber, dem kein Thema fremd ist. Das war auch eines meiner ersten Aha-Erleb-nisse im Verlag: dass ich es ausgerechnet mit dem Autor zu tun bekam, dessen Portfolio neben Scheidung auch Schwarzgeld, Heilsteine, Pilates oder eben Kamasutra umfasst.

»Hans, du rufst sofort MMM an!«

»Warum ich?«

»Weil ich eine Frau bin! Meinst du, ich will mit dem über die verdammten Fickbilder hier reden?«

»Na ja, es ist dein Buchprojekt.«

»Dir geb ich gleich *dein Buchprojekt!* Ich bin schwanger und werde die Fertigstellung von dem Dreck hier nicht mehr miterle-ben. In ein paar Wochen hast du das Ding sowieso an der Backe.«

»Jaja, ich ruf schon an.«

MMM meldete sich mit seiner tiefergelegten Hamburger Kiezstimme und reagierte auf meine nicht sehr forciert vorgetra-genen Einwände eher belustigt.

»Das sind doch geile Weiber«, schnurrte er aus dem laut ge-stellten Telefon.

»Nun ja, das kann schon sein, aber das mit den Socken geht gar nicht.«

»He, junger Mann, mit Socken geht das, das kannst du mir glauben.«

»Ja, vielleicht, aber das ist nicht die Idee davon.«

»Was ist denn die Idee – das ewige Rein-raus-Spiel?«

»Hier geht es um Kamasutra«, schaltete sich jetzt Brigitte ein. »Das bedeutet: Achtsamkeit, Hinwendung, Slow Motion, nicht Fickifickificki!«

»Ah, Frau Hafner, schön, Sie zu hören.«

»Herr Michelhausen, wenn Sie glauben, wir machen hier ein Sexbuch mit Silikontitten, Tennissocken und Handtüchern, dann haben Sie sich geschnitten.«

»Ach, Frau Hafner«, schnurrte MMM wieder. »Das ist doch ein Job für unsere Freunde von der Litho. Da sind ein paar Söckchen und Handtücher im Nu verschwunden.«

»Und das billige Hotelzimmer sieht auch scheiße aus.«

»Sie können die Modelle ja von der Litho freistellen lassen.«

»Ja, vielleicht stellen wir nur die primären Geschlechtsmerkmale frei und retuschieren den anderen Mist weg. Konzentration aufs Wesentliche. Und zugleich ein bisschen mehr Raum für Phantasie.«

Ich sah Brigitte erstaunt an. Touché! Nicht schlecht, Frau Hafner, dachte ich. Was hast du noch im Köcher?

Aber Brigitte hatte bereits den Hörer aufgelegt. Ganz sanft.

Der Grafiker sah uns beide irritiert an.

»Alles gut«, sagte Brigitte. »Wir melden uns bei Ihnen, wenn wir neue Bilder haben.«

Leicht desorientiert verdrückte sich der Grafiker aus dem Büro und lief im Flur unserem Redaktionsleiter in die Arme.

»Und?« *Zwinker, zwinker.*

»Ein interessantes Projekt, nicht wahr?«

»Jaja, sehr interessant«, sagte der Grafiker und ging.

Verwundert sah ihm unser Chef hinterher. »Tja, nicht jeder vermag es, mit solch delikaten Themen angemessen umzugehen.«

»So ist es«, sagte ich. *Zwinker, zwinker.*

Glucksend zog er von dannen. Nicht, ohne sich den Ordner mit den Dias unter den Arm geklemmt zu haben. Zur Ansicht. Ich beugte mich wieder über mein Reizdarm-Manuskript, und Brigitte führte ein langatmiges Telefonat mit unserer Hexe Lea, die mal wieder einen Vorschuss brauchte, sich aufgrund der besonderen Sternenkonstellation aber nicht in der Lage sah, ihr Manuskript fristgemäß abzugeben.

Hexen, Handlesen, Magen, Darm, Urintherapie – das sind die Themen, die wir hier in der Redaktion bearbeiten. Begriffe wie Doppelbesteuerungsabkommen, Düsseldorfer Tabelle oder Fibromyalgie gehen mir ganz locker von den Lippen. Chakren und Quantenheilung sowieso. Meine Autoren sind Ärzte, Bodybuilder, Köche, Sexcoaches oder Schamanen. Ich tauche in mir unbekannte Welten ein. Und so viel Spaß mir das macht, so froh bin ich stets, wenn ich die wieder verlassen darf. Eine Nacht lang in einer Schwitzhütte mit gänzlich Unbekannten oder zwischen zwei Nasen-OPs mit einem Meister des Skalpells über griechische Philosophie und Schönheitsideale zu plaudern, das ist schon hart. Aber in meinem Freundeskreis bin ich inzwischen ein gefragter Gesprächspartner zu allen möglichen Gebrechen und ein Kenner guter Kochrezepte natürlich auch. Sollen sich doch die Belletristen mit Interpunktion, Satzbau und Stilblüten rumschlagen! Ich widme mich lieber handfesten Themen und Problemen. So auch der Aufgabe, für die teuren Kamasutra-Bilder aus Polen doch noch eine Verwendung zu finden, damit die teure Fotoproduktion nicht ganz umsonst war. Das blieb an mir kleben, weil Brigitte unter keinen Umständen bereit war, mit den Bildern irgendwas zu machen. Unser Redaktionsleiter hatte schließlich die Idee mit dem Spindkalender.

»Aber da sind doch immer die blassen Typen mit drauf«, wandte ich ein. »Das passt doch nicht recht zur Idee eines Spindkalenders.«

»Ah, Sie haben gedient?«

»Ja, leider. Und ich habe noch nie einen Spindkalender gesehen, wo neben Frauen auch Typen abgebildet sind.«

»Aber in Pornoheften sieht man doch auch immer zwei oder sogar mehr.«

Der These konnte ich mich auch ohne große Pornoerfahrung nicht verschließen. Also machte ich mich mit unserem Hersteller an die Arbeit. Wir suchten als Vorlage einen schmalen Wandkalender heraus und klickten die Sexfotos in das bestehende Layout. Das fertige Produkt sah gar nicht schlecht aus, fand ich, als ich es auf der Programmrunde präsentierte.

Der Verlagsleiter schüttelte jedoch entsetzt den Kopf.

»Das geht nicht, Herr Kramer! Wie kommen Sie auf so eine Schwachsinnsidee?«

Ich verstand nicht, was er wollte. Klar, es sah ein bisschen komisch aus, wenn unter den schlüpfrigen Bildern noch die Originaltexte standen wie *Heilige Hildegard* oder *Fromme Helene,* weil wir als Vorlage unseren populären Heiligenkalender verwendet hatten. Es ist ja erst ein Entwurf! Aber das ist wie bei Buchumschlägen. Erste Entwürfe werden ganz oft abgeschossen. Die Leute erwarten immer Perfektion. Ich nicht.

# Hoch und schön

Ich bin unterwegs nach Hause. Mein Fahrrad hat ein Loch im Reifen, und ich habe es beim Verlagshaus stehen lassen. Ich genieße den warmen Frühsommerabend und mache einen Umweg über die Museumsinsel. Letzte Woche hat es viel geregnet. Unter dem Wehr drehen sich armdicke Äste und halbe Bäume im tosenden Wasser. Ich atme tief, spüre die Sonnenwärme des Geländers an meinen Händen. Auf dem Isarkies sind viele Menschen. Eine friedliche, gelöste Stimmung. Gilt auch für mich. Alles läuft gut. Im Job und auch privat. Viel Konstanz in den letzten Jahren. Mathilda und ich sind immer noch zusammen. Inzwischen haben wir drei Kinder. Die Jahre sind wie im Flug vergangen. Was vor allem an den Kindern liegt – Zeiträuber der besten Art. Und ich habe sogar das mit dem Bücherschreiben hingekriegt. Nachdem ich so oft vergebens beim Literaturwettbewerb der Stadt teilgenommen hatte, pickte ein Jurymitglied mein Exposé doch tatsächlich heraus und bot mir einen Buchvertrag an. Kein Preis, aber ein Buch. Ich war sehr glücklich. Nach dem ersten Buch kamen ein paar weitere Bücher, keine Riesenerfolge, aber ich bin zufrieden.

Ich erinnere mich, wie ich vor ein paar Jahren hier gestanden habe und mein Blick an einem Stromkasten hängenblieb. In dem Wechselrahmen für Werbeplakate war ein Schwarz-Weiß-Poster. Es traf mich damals wie ein Schlag. Ein Gesicht mit Dreitagebart, Blick trotzig, von schräg unten. Ich erkannte ihn sofort: Bruce Springsteen! Mein großer Held. Den ich mit siebzehn aus meinem Leben verbannt hatte. Ganz streng, rigoros hatte ich seine Platten weggeräumt. Plötzlich war er uncool. Das Pathos des Albums *Born in the USA* war mir zu fett. Selbst wenn ich den Song »Dancing in the Dark« liebte: *You can't start a fire without a spark, even if you're just dancing in the dark* ... Genauso wie ich damals mit den Kopfhörern im Dunkeln vor dem Plattenspieler. Ich als Tänzer im Schlafanzug.

Dann kein Thema mehr, denn mein Geschmack hatte sich geändert. Seit der London-Reise mit Ecki hörte ich The Cure, The Smiths, Roxy Music, Bauhaus. Das Plakat warb für kein Konzert, sondern für ein Album mit dem Titel *The Promise*. Ich hatte keine Ahnung, was Springsteen inzwischen für Musik machte und schaute zu Hause im Internet nach. *The Promise* war kein neues Album, sondern eine Sammlung unveröffentlichter Aufnahmen aus den Sessions von *Darkness on the Edge of Town* aus den späten 70er-Jahren. Ich war überrascht. *Darkness* – mein Lieblingsalbum, von dem ich jede Zeile mitsingen konnte. Ich hatte es bestimmt dreißig Jahre lang nicht mehr angehört. Ich stieg auf den Speicher und durchsuchte die Kisten mit den LPs, bis ich die Platte gefunden hatte. Den Plattenspieler nahm ich auch mit hinunter. Den hatten wir wegen der Kinder aus der Wohnung entfernt, weil die Tonabnehmernadel ihre Sprünge auf dem Parkett nicht tolerierte. Die Kinder sahen mir neugierig zu, wie ich den Plattenspieler anschloss. Meine Frau hob die Augenbrauen. »Kommt jetzt die Classic-Rock-Phase?«, fragte sie.

Ich lächelte.

»Keine Ahnung, vielleicht«, sagte ich.

Als alle im Bett waren, auch Mathilda, die als Lehrerin immer früh rausmusste, setzte ich den Kopfhörer auf, legte *Darkness on the Edge of Town* auf den Plattenteller und schob den Tonarm nach links. Der Plattenteller begann sich zu drehen, und ich freute mich über die orangefarbenen Lichtreflexe am Tellerrand. Ich ließ die Nadel in die Rille gleiten. Die Musik nahm mich sofort gefangen. Ich sah mich selbst, in meinem Jugendzimmer, völlig in mich versunken, in dem langen Sommer damals in Passau, allein mit Mama. All die Poster an der Wand, die Flagge und die Hängematte an der Decke. Als die Plattenseite vorbei war, staunte ich über den Flashback, darüber, wie präzise Stimmungen und Situationen in meinem Kopf abgespeichert waren und wie sie durch ein Plakat oder eine Platte zum Leben erweckt werden konnten.

Mir fällt jetzt auch ein, wann ich zum ersten Mal nach vielen Jahren das Bild von Elmar und mir auf dem Feld vor Augen hatte. Auch ein Flashback. Keine verwaschene Erinnerung, alles hell und klar. Ich hatte geträumt. Ein Sonntagmorgen. Ich lag im Bett, alles war still. Die Augen waren geschlossen. Ein Traum. Ich mit Elmar auf dem Feld, über uns die Sonne, der weiße Strich am blauen Himmel, die Drachen, hoch oben, kleine schwarze Punkte. Als wäre es gestern gewesen. Und dabei war es vierzig Jahre her. Ich öffnete die Augen. Die Jalousie vor dem Schlafzimmerfenster malte Streifen an Fensterstock und Wände. Ich sah den Staubsamt auf dem Klavier, die Fingerabdrücke der Kinder auf dem Milchglas der Schiebetüren des Kleiderschranks. Das schöne Gesicht meiner schlafenden Frau.

Elmar und ich waren damals zehn Jahre alt. Wie unser Sohn Franz zu dieser Zeit. Er war am Vortag mit den Pfadfindern ins Zeltlager gefahren. Selber kochen, am Lagerfeuer sitzen, Stöcke schnitzen, auf Bäume klettern. Ich sah mich selbst in ihm – auf Feldern und Wiesen, im Wald, die Knie aufgeschrammt. Ob ich jetzt nostalgisch werde, habe ich mich damals gefragt.

Ja, vielleicht. Sehnsucht nach einer Zeit, als ich noch kaum Verpflichtungen hatte. Nach einer Zeit, als ich nicht viel brauchte, um zu glauben, dass der Horizont unendlich sei. Eigentlich war Rückwärtsschauen nie mein Ding. Ich habe mich getäuscht. Es ist ein bisschen so, wie meine Tochter Antonia es mir einmal gesagt hat, als wir mit dem Zug unterwegs waren. Wir hatten noch eine freie Vierersitzgruppe gefunden, und meine Jüngste, Marlene und Franz wollten unbedingt in Fahrtrichtung sitzen. Antonia sitzt eigentlich auch lieber in Fahrtrichtung und war erst einmal beleidigt. Aber nachdem sie einige Zeit versunken aus dem Fenster gesehen hatte, meinte sie: »Weißt du, Papa, so sehen wir lange noch die Sachen, die Marlene und Franz zuerst gesehen haben, jetzt aber nicht mehr sehen können.«

Als die Kirchenglocken von St. Lukas läuten, schrecke ich hoch. Ich stehe immer noch am Geländer des Isarwehrs. Mathilda wird sich beschweren, warum ich schon wieder zu spät nach Hause komme. Aber zu Hause hört mich erst mal keiner. Es ist ganz still. Ungewöhnlich, denn vor dem Abendessen drehen die Kinder in der Regel noch einmal richtig auf und verschleudern ihre letzten Energien. Heute nicht. Ich schaue in die Kinderzimmer. Franz sitzt mit einem Buch in seinem Lesesessel, Antonia und Marlene malen und basteln an ihrem gemeinsamen Schreibtisch vor dem Fenster.

»Was ist los?«, frage ich, erstaunt über so viel Eintracht.

»Pst«, sagt Antonia und legt den Finger an die Lippen.

Ich sehe sie ratlos an. »Wo ist Mama?«

»In der Küche. Aber du darfst nicht stören.«

Ich öffne vorsichtig die Küchentür. Mathilda telefoniert, sagt nichts, winkt mich nur raus. Ich schließe die Tür und gehe ins

Wohnzimmer. Fühle mich fehl am Platz. Als ich wieder zu den Kindern hinübergehen will, höre ich das Schluchzen. Ich gehe in die Küche. Mathilda hält sich an der Arbeitsplatte fest, ihre Wangen sind tränennass. Sie hat das Telefon beiseitegelegt. Ich nehme sie in die Arme.

»Was ist passiert?«

»Yvonne ist gestorben.«

Die Botschaft kommt nicht bei mir an. Ich kenne nur eine Yvonne. Und die ist neununddreißig. Ein paar Jahre jünger als ich, als wir. Doch, Mathilda meint Yvonne. Tot?

Erst vor ein paar Wochen habe ich Yvonne zufällig hier in der Straße getroffen, und wir waren Kaffee trinken. Bei dem kleinen Sizilianer an der Ecke. Ich weiß es noch genau: Sie hat mir von dem anstehenden Umzug erzählt und dass die Chemo endlich anschlägt. Ich habe mich so für sie gefreut. Ich schmecke den starken Kaffee noch. Nein, das glaube ich nicht. Aber so ist es – Yvonne ist tot.

Wir essen schweigsam, ich bringe die Kinder ins Bett. Als auch wir später ins Bett gehen, kann ich nicht lesen wie sonst immer, die Buchstaben verschwimmen vor meinen Augen.

Ich starre auf das Klavier. Das hat Yvonne uns geliehen. Weil es in ihrer Wohnung mit den Kindern zu eng wurde. Seitdem steht es bei uns. Mathilda spielt es nur selten. Gerade sind Yvonne und ihre Familie umgezogen, in das Haus, das Yvonne von ihrem kürzlich verstorbenen Vater geerbt hat. Und jetzt folgt Yvonne ihm bereits. Sie hat keine Nacht mehr in dem Haus verbracht. Sie war nur noch in der Klinik. In dem neuen Haus wäre jetzt genug Platz für das Klavier. Aber sie braucht es nicht mehr. Ich mache die Leselampe aus. Auch um das Klavier nicht mehr zu sehen. Bestimmt sind auf dem Klavier überall ihre Fingerabrücke.

Auf der Beerdigung sehe ich Yvonnes Mann mit den zwei kleinen Kindern inmitten der großen Trauergemeinde. Tapfer, aber unverkennbar eine inkomplette Familie. In der Aussegnungshalle stockt mir der Atem. Vor der Urne steht ein Porträt von Yvonne. Ihr großes schönes Gesicht, die helle sommersprossige Haut, der fordernde ironische Blick, die wilden rostbraunen Locken. Mir ist, als würde mir jemand eine Drahtschlinge um den Hals legen und sie zuziehen. Ich atme ganz flach. Die Tränen schießen mir in die Augen. Ich kann das Bild nicht ansehen. Antonia stößt mich an. »Papa, schau, das schöne Bild von Yvonne.« Ich drehe mich weg, möchte aufschluchzen. Es wäre der richtige Ort, der richtige Moment, aber ich bin wie versteinert, mir ist eiskalt. So viel Schönheit! Verloren. So früh. Ich weine nach innen, verstecke mich in der Menschenmenge, habe Angst davor, dass gleich die Musik beginnt. Die Band wird ohne Piano spielen. Ohne Yvonne. Halte ich das aus?

Bossa nova, leicht, federnd. Eine Frauenstimme hell und klar. Es ist ganz anders, als ich befürchtet habe. Die Musik verstärkt meine dunklen Gefühle nicht, sie hebt sie auf, lässt die Trauer aus der kühlen Halle hinaus in den warmen Sommertag schweben.

»Papa, das hat Yvonne bestimmt gut gefallen«, sagt Antonia hinterher.

»Ja, bestimmt.«

»Weißt du, Papa, wie die Frau gesungen hat?«

»Nein, wie?«

»Wie die Königin der Nacht. So hoch und schön.«

Zum Glück sehen die Kinder vor allem das Schöne, denke ich am Abend. Selbst in so traurigen Momenten. Ich muss an meine bisherigen Erfahrungen mit dem Tod denken: Michaels Mutter in Regensburg, Karlas Schwester Elisabeth, Maxis Verschwinden. Jetzt Yvonne. Alles zu früh, zur Unzeit. Das Alter sollte der Grund sein, dass ein Leben zu Ende geht. Wie bei den Großeltern. Na ja, bei den Bitterfeldern stimmt das, bei den Hildesheimern schon nicht mehr. Ich weiß noch genau, wie eines Abends das Telefon klingelte und Mama mir in erstaunlich ruhigen Worten erzählte, dass Oma mit dem Föhn in der Badewanne gefunden wurde. Opa hatte sie dort entdeckt, als er vom Vereinsheim der Kleingärtner zurückkam. Ich wunderte mich über mich selbst, dass ich nicht geschockt war, eher überrascht. Ich hatte ganz konkrete Fragen: War das Wasser noch unter Strom? Wie hat Opa reagiert? Hat Oma es absichtlich gemacht?

Klar, da waren die ganzen Andeutungen, die Kaffeeklatschgeschichten mit ihren Nachbarinnen. Ständig diskutierten sie, was am sichersten funktioniere, welche Tabletten sich besonders gut eigneten oder ob das mit dem Föhn im Wasser auch wirklich klappe. Gerede, das meine Mama ärgerte. In den letzten Jahren war sie immer wieder nach Hildesheim gefahren, sechshundert Kilometer mit dem Zug, hatte alle Schulferien dort verbracht, weil es bei ihren Eltern nicht mehr klappte. Und plötzlich aus und vorbei. Weil Oma in die Wanne geht.

Ich denke an die Fichtennadelbrausetabletten, eingeschlagen in dunkelblaues Stanniolpapier, die Oma uns Kindern in die Wanne gegeben hatte, für jeden eine. Wie sie orange blubberten und ihr strenger Duft sich mit der dampfigen Badezimmerluft mischte. Die sprudelnden Tabletten in der lindgrünen Emaillewanne. In der dann Jahre später Oma tot lag. Was empfand sie in dem Moment, als sie den Föhn einschaltete? Frieden und Genugtuung? Angst und Verbitterung? Weil das Leben ihr nichts mehr zu bieten hatte, weil sie keine Zukunft mehr sah? Oder war es doch nur ein blöder Unfall, eine Unachtsamkeit? Nein. Niemand föhnt sich die Haare in der Wanne. Schon gar nicht mit Duschhaube auf dem Kopf, um die ordentlich gelegten blaugrauen Locken vor dem Badewasser zu schützen. Vielleicht war das ein letztes Aufblitzen ihres trockenen Humors?

In der Aussegnungshalle saß Opa eine Reihe vor mir. Still und starr wie ein Hutzelmännchen, gebeugt, wie eingefroren. Ich schaute auf das kalte Glänzen seiner Glatze. Nur wenige Leute waren da, ein paar Verwandte und Nachbarn auf den Bänken. Außer uns wusste niemand, dass Oma bei ihrem Lebensende offenbar nachgeholfen hatte. Obwohl, die Damen aus ihrem Kaffeekränzchen ahnten wohl, was passiert war. Der Sarg war vorn aufgebahrt. Wir warteten auf den Beginn der Zeremonie, die warmen Worte des Pastors, der aber noch nicht da war. Zwei Friedhofsbedienstete stellten jetzt eine Staffelei mit einem großen Kranz neben dem Sarg auf und legten die Schleife nach vorn. *Unserer lieben Mitarbeiterin. Die Rensing-Werke.* Nach einem Moment des Erstaunens steckten alle die Köpfe zusammen und tuschelten. Vielleicht ein Lebensabschnitt von Oma, den nicht jeder hier kannte? Hatte Oma dort in den ersten Jahren nach dem Krieg gearbeitet? Auch Mama war erstaunt. Das wüsste sie. Große Fragezeichen über allen Köpfen. Bis die beiden Friedhofstypen wieder hereinkamen und mit hochrotem Kopf den Kranz wieder hinaustrugen. Falscher Kranz oder falscher Sarg. Amüsierte Entspannung auf den Gesichtern. Oma hätte das gefallen.

Dass Opa ohne Oma nicht zurechtkam, war klar. Er lebte nun allein in einem Haus voller Schüsseln mit übelriechendem Katzenfutter. Er bekam Durchfall und Fieber. Mama holte ihn nach Passau – gegen seinen Willen. Und musste den ganzen Zorn und Trotz des alten Mannes aushalten. Längst abgelegte Rollen lebten auf: Vater und Tochter. Nur dass er jetzt wehrlos war, dass sie ihm den Hintern abwischte. In der Garage meiner

Eltern, wo die Mülltonne stand, stank es durchdringend nach Windeln. Ein Geruch, den ich von meinen Kindern in den letzten Jahren zur Genüge kannte. Das ist die Spannweite des Lebens, dachte ich. Der heranrückende Tod als Zeitmaschine – bis man wieder hilflos wie ein Säugling ist, bis sich die Bedürfnisse auf Schlafen, Essen, Ausscheiden reduzieren. Auch bei Opa, dem großen Techniker, der immer Radios, Plattenspieler und Funkgeräte zusammengelötet hatte. Jetzt drückte er mit kindlichem Spaß auf der Fernbedienung der Matratze seines Krankenbetts herum.

Eines Morgens gab es einmal keine lautstarken Beschwerden, keine gebellten Kommandos. Ich war zu Besuch und hatte nebenan in Mamas Arbeitszimmer geschlafen. Auf dem Weg ins Bad sah ich Mama, wie sie an Opas Tür horchte. Ganz leise war seine Stimme zu hören: »Hilfe! Hilfe!« Sie öffnete die Tür. Opa war zwischen den senkrechten Hälften der Matratze eingeklemmt wie eine Scheibe Schinken in einem Sandwich. Die Fernbedienung lag außer Reichweite auf dem Boden. Er grinste mit hochroter Glatze wie Louis de Funès, als wäre das ein besonders gelungener Scherz. An Mamas Stelle hätte ich die Situation zumindest kurz ausgekostet, hätte so getan, als hielte ich das ebenfalls für einen guten Witz, hätte ihn ein bisschen schmoren lassen. Machte Mama natürlich nicht. Sie hat ihn sofort aus der misslichen Lage befreit.

Als Opa starb, war Mama an seinem Bett. Sie sagt, dass es gut war. Für beide. Auf seiner Beerdigung war es unglaublich kalt. Unter den Trauergästen war ein mir unbekannter Mann, der ebenfalls bitter fror, aber bis zum letzten Schäufelchen Erde am Grab tapfer dabeiblieb. Beim Leichenschmaus stellte sich dann heraus, dass er Opa gar nicht kannte. Er sagte, dass er das Gefühl gemeinsamer Anteilnahme möge. Völliger Quatsch natürlich. Er war scharf auf ein warmes Mittagessen, eines, das er sich mit seiner langen Anwesenheit bei dieser Witterung aber fraglos verdient hatte.

Das Ende eines Lebens. So mystisch wie profan zugleich. Ich denke auch an Tante Susi. Sie ist bis ins hohe Alter zäh geblieben – wie widrig die Umstände auch sein mochten. Susi, zerknittert wie Miss Marple, wohnte allein im Leipziger Ortsteil Mockau, in einer Häuserreihe, die wie eine Gebissruine aussah. Als wäre der Straßenzug nach dem Krieg einfach vergessen worden. Abseits vom Zentrum, gehüllt in dichte Schwefelluft. Wir besuchten Susi immer, wenn wir in Bitterfeld waren. Ihre Wohnung roch nicht nur nach Schwefel, sondern vor allem nach alter Frau. Bei Susi waren wir noch einmal in der Nachwendezeit. Immer noch wirkte die Straße postapokalyptisch, einzig die große, hell erleuchtete Metzgerei mit regionalen Wurstspezialitäten setzte einen bemerkenswerten Kontrapunkt zur düsteren Atmosphäre der Straße. In Susis Haus waren an den kalten Wintertagen wieder einmal die Leitungen im Treppenhaus geplatzt, auch die vom Etagenklo. Große gelbbraune Flecken maserten die Wände, ein stechender Geruch durchzog das ganze Haus. Auch in Susis Wohnung stank es. Sie selbst war reichlich derangiert, aber ihre Augen funkelten feurig wie die einer Teufelin. Sie lachte viel, und ihr war es egal, dass es ganz offensichtlich zu Ende ging. An den Fenstern wucherten Eisblumen. Sie trug drei Pullis übereinander und war in eine fleckige Decke gehüllt. Aber ihre knochige Hand hielt ohne Zittern das Schnapsglas, das Papa ihr eingegossen hatte. Schnaps war der einzige Luxus, den sie sich gönnte, vorausgesetzt, der Besucher brachte die Flasche mit.

Als sie einen Monat nach unserem letzten Besuch starb, bat Papa den Pflegedienst, die Wohnungstür gut abzusperren, bis wir nach Leipzig fahren könnten. Wir wussten, dass Susi ihr ganzes Geld in der Wohnung versteckt hatte. Sie hatte bei ihrem sparsamen Lebensstil sehr viel Geld beiseitegelegt, Geld, das mein Vater und seine Brüder trotz ihres heftigen Misstrauens bei der Währungsunion für sie gegen Westmark getauscht hatten. Die Geldscheine versteckte sie – wie zuvor ihre Ostmark – in Schränken, unter der Matratze, in der Speisekammer. Eigentlich war Susi reich, zumindest gemessen an ihrem bescheidenen Lebensstandard. Als wir in Leipzig eintrafen, war die Tür aufgebrochen. Von dem vielen Geld gab es keine Spur, keine einzige Mark war mehr da. Ihr mageres Rentenkonto reichte gerade einmal für die Beerdigung. Die Ersparnisse ihres langen Lebens waren fort. Mir tat das leid, weil sie sich all die Jahre nichts gegönnt hatte. Aber eigentlich hätte es für sie gar keine große Rolle gespielt. Sie hatte ihren Lebensstil bis zum Schluss durchgezogen. Meine Erinnerung an Susi: die Klapphängematte in meinem Jugendzimmer. Und ihr freches Lachen, wenn Papa ihr Schnaps nachschenkte, ihre aufgekratzte Stimme: »Nicht viel, aber voll!«

## SCHEISSSTADT

Ich sitze in einem kleinen Shuttlebus zur Veste Oberhaus und warte, dass er endlich losfährt. Draußen regnet es Bindfäden, die Scheiben sind beschlagen. Im Bus befinden sich durchnässte Spanier und Italiener in Groß und Klein. Alle wollen hoch zur Jugendherberge in der Burg. Der Bus steht beim Rathaus und wartet noch auf das Ausflugsschiff, das gerade am Donaukai festmacht. Ich wische über die Scheibe. Vier kreischende Tschechinnen in Sommerbluse hasten über den Steg auf den Bus zu.

Sie bringen eine Wolke Wasserdampf, Schweiß und Parfüm mit in den Bus und lassen sich lachend auf die Sitze fallen. Wir fahren los. Hängebrücke, Ilzdurchbruch, den steilen Oberhausberg hinauf. Ich komme mir schon selbst vor wie ein Tourist in Passau. Wäre das Wetter nicht so schlecht, würde ich zu Fuß über den Steig nach oben gehen. Oben im Burghof verschwinden meine Mitreisenden in der Jugendherberge. Ich bin im Restaurant verabredet. Klassentreffen. Dreißig Jahre Abitur. Nicht mehr lange, und ich werde fünfzig.

Ich gehe nicht gleich in das Lokal, sondern vor zur Aussichtsstelle. Unter mir die leuchtende Stadt. Die Altstadt sieht aus wie ein auf Grund gelaufener Ozeandampfer. Links der Inn, rechts die Donau. Als Kommandobrücke strahlt der weiße Dom frisch renoviert im Scheinwerferlicht. Ich drehe mich um und schaue in die erleuchteten Scheiben des gutbesuchten Lokals. Viele Jahre war das eine Ruine, bis eine Münchner Brauerei hier wieder ein Lokal eröffnet hat. Zu meiner Schulzeit war das Gasthaus noch offen. Und nicht selten endeten Schulausflüge hier oben. Schön war das Lokal damals nicht, mit seinen braungetönten Scheiben und dem verschlissenen Samtbezug auf Bänken und Stühlen. Der penetrante Geruch von Würstelwasser und Filterkaffee auf Wärmeplatten tat ein Übriges, damit man sich hier nicht allzu wohl fühlte. Das ist Geschichte. Jetzt ist alles modernisiert und im Sinne bayerischer Erlebnisgastronomie aufgehübscht. Die Aussicht war schon damals toll.

Ich betrete den angemieteten Nebenraum. Ein paar Leute erkenne ich sofort. Markus, Iro, Thomas, Cordula. Die Gesichtszüge markanter, ein paar Falten mehr, aber unverkennbar. Andere erkenne ich hingegen nicht. Vorhin hatte ich dann doch kurz Zweifel, ob ich mir das antun sollte. Aber ich hatte zugesagt, weil ich auch schon auf den anderen Klassentreffen war.

Bei solchen Gelegenheiten erfährt man immer ein paar gute Geschichten. Wie die Story mit Martin, die ich beim zehnjährigen Klassentreffen gehört hatte.

Martin war ein ziemlich fauler Schönling bei uns in der Kollegstufe. Nicht besonders hell, aber er wusste immer genau, was er wollte. Damals vor allem einen Amischlitten. Utopisch. Dachten wir alle. Aber wir täuschten uns. Martin sparte tatsächlich mit Ferienjobs genug Geld für einen Camaro zusammen – gebraucht natürlich. Als er das Auto vom Händler abholte, fiel ihm allerdings auf, dass da noch ein paar Kosten auf ihn zukamen: Versicherung, Steuer, vom Benzinverbrauch ganz zu schweigen. Und so begann er mit dem Dealen von Haschisch und Pillen. Das lief so gut, dass er den Camaro nach einem halben Jahr abstieß und gegen eine Corvette eintauschte. Keine Ahnung, ob neu oder gebraucht. Jedenfalls ein richtig geiles Auto. Jeder von uns wusste, woher das Geld kam. Martin war es scheißegal, ob wir das wussten. Solange es nur die Polizei nicht erfuhr. Martin war eigentlich immer alles scheißegal, was andere dachten oder machten. Das zeigte sich auch in dem Sommer, wo die Badewiese am Ilzstausee wegen Tschernobyl gesperrt war. Martin lag mutterseelenallein auf der großen strahlenden Wiese, weil er immer dort in der Sonne lag. Und wir diskutierten, wie bescheuert das sei, die eigene Lebenserwartung vorsätzlich zu senken.

Als ich auf dem zehnjährigen Abitreffen fragte, ob Martin auch komme, meinte Markus: »Das weißt du nicht?«

»Was denn?«

»Martin ist tot.«

»Wie das denn?«

»Er ist verbrannt. Auf der Autobahn. In seiner Corvette. Keine zwei Jahre nach dem Abi. Mit Vollgas auf einen Laster am Stauende.«

Ich nickte und merkte, dass ich nicht besonders überrascht war. Wenn ein Tod zu Martin passte, dann der. Und er hatte recht gehabt. Was sollte einem Typen wie ihm so ein bisschen Radioaktivität anhaben?

Mal sehen, was ich heute für Geschichten höre. Ich setze mich an einen Tisch zu Susanne (macht was mit Informatik und nebenbei Improvisationstheater), Sabine (studiert Medizin, wo die drei Kinder jetzt aus dem Haus sind), Stefan (Oberarzt in einer Klinik im Rottal) und Andreas (Schreiner, sein erstes Kind ist schon dreißig Jahre alt). Die Mischung ist okay für mich, ich habe keinen Stress, etwas darstellen zu müssen. Wir essen, trinken ein paar Bier, ich höre zu, stelle ab und zu eine Frage oder beantworte eine. Es könnte schlimmer sein. Wenn ich hier zum Beispiel mit Mike am Tisch sitzen müsste und er mich voll-labern würde. Mikes nervtötendes Organ höre ich nämlich gerade hinter mir. Mist! Ich hatte gehofft, dass er nicht kommt. Aber na klar ist der hier. Die Möglichkeit für einen Auftritt auf dieser Bühne lässt er sich natürlich nicht entgehen. Mike ist der größte Aufschneider unter der Sonne, eine Koksnase, ein Pleitebauunternehmer, ein Depp. Aber vielleicht habe ich ja Glück, und er findet ein anderes Opfer.

Nein – schon landet seine Hand unsanft auf meiner Schulter.

»Wen haben wir denn da?«

»Mork vom Ork.«

»Haha. Wie lange haben wir uns nicht gesehen?«

Jetzt drehe ich mich um. Und staune. Es gibt Leute, die kriegen auch mit Ende vierzig keine grauen Haare. Gefärbt, das ist mein nächster Gedanke zu Mikes pechschwarzem Kurzhaar-schnitt. Steht ihm aber. Muss ich neidlos anerkennen.

»Hi, Mike, wie geht's?«

»Gut, sehr gut, sehr geil. Immer Vollgas, weißt du.«

»Klar, wie immer.«

»Verheiratet, zwei Kinder, zwei und vier.«

Er hält mir sein iPhone unter die Nase. Ein Hochzeitsfoto mit einer Hochschwangeren. Die phantastisch aussieht – wie ein Model.

»Es ist voll der Witz – ich hab sie geschwängert, und sie wollte unbedingt heiraten. So was von krass. Weißt du, was ich für ein Glückspilz bin?«

»Sie doch auch«, lüge ich.

»Aber so was von. Weißt du, das mit dem Ficken ist das eine. Also, echt der Hammer. Die Lucia ist die totale Granate. Aber du kannst ja nicht immer nur ficken. Sie kümmert sich rührend um die Zwerge. Ich natürlich auch. Wenn ich da bin. Ich bin ja dauernd unterwegs. Also geschäftlich. Aber schon cool – du kommst heim, und immer ist jemand da. Warmes Essen, warmes Bett. Besser geht's nicht.«

»Was ist mit deiner Insolvenz?«

Er grinst. »Ist seit letztem Jahr durch. Da haben ein paar Leute richtig viel Geld verloren. Weißt du, die legen ihre Kohle bei mir an und denken, es gibt zweistellige Renditen ohne Risiko. Wenn du Geld anlegst, hast du immer ein Risiko.«

»So ist es. Du, sorry, ich muss mal aufs Klo.«

»Ha, da muss ich auch hin.«

Am Pinkelbecken textet er mich ohne Punkt und Komma zu. Als wir wieder oben sind, ist mein Tischplatz vergeben. Klar, jetzt nach dem Essen mischt es sich. Wie werde ich den Typen wieder los? Mike schiebt mich durch den Raum zur Bar und bestellt eine teure Flasche Rotwein.

»Okay, was willst du mir erzählen?«, frage ich.

Ich rechne mit irgendeiner alten Geschichte von der Theater-AG, unserer Interrailreise oder dem Italientrip, wo wir Straßenschilder geklaut haben und von der Polizei erwischt wurden, und er alle Schuld auf mich schob. Was auch ein Grund dafür war, dass ich seine weitere Entwicklung nur mit viel Sicherheitsabstand verfolgt habe. Aber es geht offenbar um etwas anderes. Mike sucht wie besessen etwas auf seinem Handy. Ich trinke einen Schluck des sehr guten Rotweins.

»Hier ist es!«, jubelt er und rempelt mich an, sodass ich Rotwein verschütte.

»Was denn?«, frage ich.

»Noch nicht schauen. Erst die Vorgeschichte. Also, du weißt doch, mein Vater?«

»Ja?«

»Der ist ja früh gestorben. Also, gestorben trifft es ja nicht wirklich.«

»Er ist von der Autobahnbrücke gesprungen.«

»Genau. Er war an dem Tag nicht in Mengkofen, sondern hat tagsüber in Passau Besuche gemacht. Freunde, Verwandte, auch Mama und mich hat er besucht. Und abends auf der Heimfahrt, da hält er einfach auf der Autobahnbrücke und springt runter.«

»War er denn selbst mit dem Auto unterwegs?«

»Ja, klar.«

»Ist das üblich, wenn man in der Geschlossenen ist?«

»Er war nicht in der Geschlossenen. Und er hat sich selbst eingeliefert. Er war labil, sonst nichts. Er hat keine Leute gefährdet. Obwohl – weißt du was? Er hat nicht den Fluss getroffen. Bei Schalding, da stehen ein paar Häuser ja fast unter der Brücke. Stell dir vor, du bist im Garten, lümmelst gemütlich in deinem Liegestuhl, und dann knallt dir einer von oben drauf. Das wär doch ein starker Abgang. War aber nur das Gemüsebeet.«

»Also, was willst du mir jetzt erzählen?«

»Na ja, damals war ich ja irgendwie zu jung und zu unreif,

um das alles zu verarbeiten. Das kam mir vor wie eine Geschichte aus einem Buch. Oder aus der Zeitung.«

»Und jetzt willst du mir sagen, dass du Jahrzehnte später auf den Trichter gekommen bist, was das mit dir gemacht hat?«

»Nein, aber mir ist eingefallen, wie ich mich an der Scheißstadt hier rächen kann.«

»Scheißstadt? Ich denke, du wohnst hier?«

»Ja, ich kann nicht weg. München war ein Desaster, Dresden eine Katastrophe. Jetzt bin ich hier und muss die Stadt aushalten und die Stadt mich.«

»Und was hat das mit deinem Vater zu tun?«

Mike präsentiert mir wieder sein iPhone. Ein Foto von einer Prozession in der Passauer Fußgängerzone. Er zoomt die Menschen heran. Ich sehe genauer hin. Jetzt erkenne ich Mike. Anzug, Krawatte, Haare, alles schwarz. Und ein dunkler Blick. Über den Schultern und im Schoß ein Tragesystem mit einer zwei Meter hohen Kerze.

»Ich trage die Kerze! Das ist eine der höchsten Gnaden, die einem Gläubigen zuteilwerden kann. Hier in Passau.«

»Mike, wir waren zusammen im Religionsunterricht – du bist doch evangelisch.«

»Ich bin mit achtzehn ausgetreten. Mit der Kirche hab ich nichts am Hut.«

»Und was soll dann das hier?« Ich deute auf das Foto.

»Geile Geschichte. Will ich dir ja erzählen. Vor ein paar Jahren bin ich zum Domprobst. Hab ihm gesagt, dass ich katholisch werden will.«

»Warum das denn?«

»Weil ich die Kerze auf der Fronleichnamsprozession tragen will.«

»Ist das ein Grund, den Glauben zu wechseln?«

»Wer spricht schon von wechseln? Ich war ja ausgetreten.

Weil ich nach dem Selbstmord von meinem Vater den Glauben verloren hatte.«

»Im Ernst?«

»Nicht die Bohne.«

»Aber?«

»Ich brauchte eine Story, damit ich die Scheißkerze tragen darf. Ich hab dem Domprobst gesagt, dass das eine fixe Idee von mir ist, dass ich an Erlösung glaube, wenn ich das machen darf. Und er hat mir tatsächlich geglaubt.«

»Und jetzt bist du katholisch?«

»Aber so was von. Mit allem Drum und Dran. Ich geh nicht nur auf Prozessionen. Hey, ich bin jeden Sonntag in der Messe. Meine Kinder sind getauft.«

»Na, dann ist ja alles gut.«

»Verstehst du nicht, worum es geht?«

»Offenbar nicht.«

»Dass ich sie ficke, dass ich das ganze Scheißsystem ficke. Ich, ein Ungläubiger, ein Atheist. Ich bin mitten unter ihnen, ich trage das Licht. Und sie glauben, sie haben mich im Sack. Und dabei hab ich sie im Sack. Ich hab sie geschlagen, mit ihren eigenen Waffen.«

Ich schaue das Foto noch einmal an, dann schüttle ich den Kopf. »Du hast echt einen Knall.«

Ich sage das nicht belustigt oder bewundernd, sondern abschätzig. Aber er achtet nicht darauf, er ist von seiner Chuzpe, der katholischen Kirche eins auszuwischen, wie berauscht. Und ich bin bereits abgemeldet. Er hat seinen Coup an den Mann gebracht und schon ein neues Opfer im Visier. Ich rutsche vom Barhocker und verschwinde, bevor er sich wieder zu mir umdreht und ihm vielleicht doch noch eine weitere tolle Geschichte einfällt. Ich sehe, dass Mike Susanne bereits das Handy unter die

Nase hält. »Na dann viel Spaß noch«, murmle ich und hole meine Jacke von der Garderobe.

Es hat aufgehört zu regnen. Ich bin froh, nicht mit in die Disco zu müssen. Soll Mike doch dort auf dem Klo weiterkoksen und die Leute volltexten. Was für eine hinterfotzige Geschichte. Ich muss an damals denken, an den Schüleraustausch mit Frankreich, Mikes Prahlerei in der Sache mit Colette, an unseren Interrailtrip und die Sache mit der Polizei in Italien. Null Entwicklung in über drei Jahrzehnten. Ich sehe auf die Stadt hinunter. Die Hausdächer glänzen nass im Scheinwerferlicht. Hier fickt niemand niemanden. Wenn es nicht passt, dann zieht man eben weg. Ich rufe mir kein Taxi, sondern werde die fünf Kilometer zu meinen Eltern zu Fuß gehen. Ich atme die kühle Nachtluft tief ein, versuche, mich an Personen vom heutigen Abend zu erinnern, mit denen ich nicht gesprochen habe. Gelingt mir nicht richtig. Wie bei einer Theatervorstellung hat sich der Vorhang gesenkt, und die Leute sind wieder in der Vergangenheit verschwunden. Dreißig Jahre Abitur, meine Schulzeit, Gymnasium, Grundschule. Da komme ich her, das ist aus mir geworden.

# DRACHENFLIEGEN

*Sonne weiß und grell*
*Flügel schneiden schnell*
*zwei Hälften Himmelblau*
*unbegrenzt, so weit ich schau*
*An unsichtbarer Schnur*
*ziehen Drachen Kreise stur*
*100 Meter Nylonfaden*
*könnt ihr fort mich tragen?*

*Arme, Schultern, Sonnenbrand*
*Mückenstiche, Fuß und Hand*
*aufgekratzt und rot die Haut*
*Glück hat nur, wer sich traut*
*alles zu erleben*
*mit Libellen stehen, schweben*
*Gras und Erde riechen*
*durch die Brombeern kriechen*

*Unsre Spiele traumverloren*
*für den Augenblick geboren*
*Frisbee, Fußball, Bogen, Pfeil*
*Hügel wie Gebirge steil*
*Büsche groß wie Bäume*
*Glitzerspinnenträume*
*alte Spuren, fernes Land*
*überdeckt mit feinem Sand*

*kommen Schicht für Schicht*
*zurück ans Tageslicht*

Die Sache mit Maxi ist mein wunder Punkt, ein dunkler Fleck in meiner oft sonnenhellen Kindheit. Ich habe damals das Buch mit dieser Geschichte zugeschlagen, weil ich nicht wissen wollte, wie sie ausgeht. Nicht gut, das war mir schon klar. Und weil ich mich nicht so sehen wollte – so hart und kalt. Ich komme ins Grübeln. Vielleicht ist meine Erinnerung gar nicht so gut, vielleicht stimmt die Hälfte der Sachen gar nicht, die ich in letzter Zeit aufgeschrieben habe. Ja, sicher ist es mal zu viel und mal zu wenig und immer nur ein Ausschnitt dessen, was ich für ein Bild von mir zulasse. Aber der Kern stimmt.

Kann man unangenehme Erlebnisse einfach ausblenden, sodass sie später im eigenen Leben keine Rolle mehr spielen? Wäre das gut? Nein, es wäre eine Lüge. Vielleicht verrenne ich mich da in eine Sache, und Elmar hatte damals recht, dass Maxi nicht dort unten in unserem Lager sein konnte. Außerdem waren die Polizeihunde doch überall gewesen. Trotzdem würde ich gern mit Elmar darüber sprechen, seine Version hören. Keine Ahnung, was er heute macht, wo er lebt. Beim Googeln habe ich eine ganze Menge Leute mit dem Namen Elmar Gerber gefunden. Soll ich die alle abklappern? Mache ich nicht.


Meine letzte Begegnung mit Elmar war vor gut zwanzig Jahren. Ich hatte gerade angefangen, in dem Buchverlag zu arbeiten, da meldete er sich. Die Telefonnummer hatte er von meinen Eltern.

»Du, ich bin morgen Mittag in München, treffen wir uns?«, fragte er.

»Na klar!«, sagte ich.

Ich arbeitete in der Nähe vom Hauptbahnhof, und so stand ich am nächsten Tag mittags um eins vor dem Verlagshaus und war nervös, ob ich ihn erkennen würde. Ich musste lachen, als er auftauchte: lange Haare, braungebrannt, Jesuslatschen, speckige Jeans, Batik-T-Shirt und im Rucksack ein Didgeridoo. Als hätte er sich für mich als Hippie verkleidet. Nein, jemand wie Elmar verkleidete sich nicht. Er trug die Sachen mit größter Selbstverständlichkeit. Abgesehen vom Look – er war genau der Elmar, den ich kannte. Wir sprachen keine Sekunde über die Vergangenheit. Elmar erzählte von seiner Arbeit als Physiotherapeut, von seinen Reisen und Plänen. Keine Fragen, was macht der und die oder gibt es dies und das noch. Keine alten Geschichten. Als hätten wir uns am Vortag das letzte Mal gesehen, im Hof oder auf dem Bunkerberg. Mir fiel unser Spruch ein, der die Einstellung von uns Kindern so perfekt zum Ausdruck brachte: *Geh ma, fahr ma, pack ma's!*

Als Elmar sich später die Goethestraße entlang zum Bahnhof auf den Weg machte, sah ich ihm lange hinterher, wie er mit großen Schritten durch die Menschentrauben an den Gemüseständen der türkischen Supermärkte ging.

Die Geschichte mit Maxi beschäftigt mich immer mehr. Ich denke an die letzten Sommerferien in Regensburg, erlebe die Tage vor unserer Abreise nach Italien noch einmal, Stunde für Stunde, sehe mich wie auf einer Theaterbühne. Ich bin abwesend. Meine Familie glaubt, es ist die Arbeit. Im Büro denken die Kollegen, es wäre etwas Privates. Die Vergangenheit bedrängt mich, wird zur Gegenwart: Elmar und ich sitzen auf dem Bunkerberg und schauen auf das Gestrüpp mit unserem Bunker hinunter, in dem sich vielleicht Maxis lebloser Körper befindet. Ich spüre die kalte Windigkeit der Ausrede, mit der wir die dunkle Ahnung beiseiteschieben und beschließen, das eingestürzte Lager nicht aufzugraben. Als wäre Maxi den Aufwand nicht wert. Ist er in unseren Augen auch nicht – stets war er nur die Zielscheibe unseres Spotts, das Versuchskaninchen unserer Gnade und Härte. Er konnte sich nie sicher sein, ob wir ihn dabei sein lassen oder ihn eiskalt abweisen. Ich sehe es genau vor mir, wie wir das Seil an dem Pfosten und der Luke festbinden, um ungebetene Gäste vom Betreten unseres unterirdischen Lagers abzuhalten. Damit das Ganze einstürzt, falls es jemand wagt. Ich stelle mir vor, wie Maxi neugierig die Luke öffnet und nach unten steigt, sich in der Dunkelheit vorantastet. Dann gibt die Decke mit einem Ächzen nach, Bretter und Erde krachen herab. Und Maxi sitzt in der Falle.

Mich lässt der Gedanke nicht mehr los, dass wir für Maxis Verschwinden verantwortlich sind. Ich spüre, wie der Boden unter mir grollt, wie der Druck zunimmt, wie die glatte Oberfläche meines wohleingerichteten Lebens aufbricht. Regensburg, Prüfening – die Bilder von Google Earth sagen mir nichts. Wo früher das große Feld war, sind jetzt Wohnhäuser, Geschäfte, Straßen, geteerte Wege. In unheimlicher Symmetrie. Ganz hinten, wo der Bunkerberg war, ist eine Großbaustelle mit Erdaushub und Gestrüpp. Ich recherchiere weiter und stoße im Internet auf *Peters Blog*. Der Beitrag zu Prüfening ist schon ein paar Jahre alt, aber da sind sie, die Orte meiner Kindheit, die Straßen, auf denen ich unterwegs war: Alfons-Bayerer-Straße, Killermannstraße, Roter-Brach-Weg. Dort sind Bilder von meiner Grundschule, meinem Kindergarten, unserer Siedlung und vom Feld hinter den Häusern. Dieser Peter kennt Leute, die auch ich kenne. Karla zum Beispiel, Tom, den Fußballer, Andi aus dem vierten Stock. Ich komme nicht vor. Elmar und Maxi auch nicht. Erstaunlich genug. Langsam dämmert mir, welcher Peter das sein könnte – ein strohblonder, sommersprossiger Junge, mit dem wir nicht viel zu tun hatten. Und den ich auf seinem aktuellen Foto im Internet nicht wiedererkenne.

Peter erzählt in seinem *Reisebericht in die Kindheit* auch von Hausmeister Bruckschlegel. Mit dem hatten wir immer wieder Stress, wenn wir beim Fußballspielen eine weitere Fassadenplatte von einem der Wohnblocks kaputtschossen oder ein Kellerfenster bei unseren Straßenschlachten mit den harten Zieräpfeln zu Bruch ging. Wir waren wild, rannten durch die Höfe, steckten uns gegenseitig Hagebuttensamen in die T-Shirts, warfen uns Kletten in die Haare. Und über der ganzen Siedlung schwebte der Sound von Bruckschlegels dunkelgrünem Rasenmähertraktor. Auf dem er stolz wie ein Cowboy saß. Das Brummen war immer da, auch das harte Plirren, wenn die Klinge wieder einen Stein im Rasen erfasste.

Der Zug am Freitagmorgen ist fast leer. Nach Regensburg ist jetzt kaum jemand unterwegs. Eigentlich sollte ich im Verlag am Schreibtisch sitzen, Mails beantworten, Texte bearbeiten. Heute nicht. Ich trinke bitteren Pappbecherkaffee und sehe auf die abgeernteten Felder, über denen noch der Morgennebel steht. Am Bahnhof in Regensburg nehme ich den Bus nach Prüfening. Dorthin fährt immer noch die Linie 1. Im Bus sind fast nur Senioren und Mütter mit Kleinkindern. Ich bin unruhig. Starren mich alle an? Was macht der hier, zu dieser Zeit, muss der nicht arbeiten? Natürlich schaut keiner. Mein Unbehagen bleibt. Ich wohne nicht hier, und doch ist mir alles vertraut. Ein paar Neubauten und Baustellen ausgenommen, sehen die Straßenzüge entlang der Busroute genauso aus wie damals. Ich kenne die Haltestellen, gerade fahren wir am Goethe-Gymnasium vorbei. Ich spähe in die Querstraße, erhasche einen Blick auf den großen, grauen Kasten.

An das Goethe habe ich keine guten Erinnerungen. Die fünfte Klasse dort war gar nicht gut. Immer wieder bekam ich

Strafarbeiten und musste nachsitzen, ich sammelte Verweise und schlechte Noten. Meine Eltern waren besorgt. Die meisten Lehrer mochte ich nicht. Unangenehme Menschen wie der kleinwüchsige Kunstlehrer, der in blumigen Bildern von der sinnlichen Erfüllung des Lebens sprach. Ewig wiederholte er die Geschichte vom Bären, der Honig aus einer Baumhöhle schleckt, was selbst uns Jungs mit ziemlich robuster Vorstellungskraft irritierte. Oder der Biolehrer, der oft mit einer Weidenrute auf sein Pult drosch, wenn ihn etwas ärgerte, vor allem wohl der Umstand, dass er die Rute nicht mehr am lebenden Objekt einsetzen durfte. Und der Religionslehrer, der uns seitenweise Kirchenlieder auswendig lernen und peinlichst genau vortragen ließ. Und austickte, wenn jemand nicht weiterwusste oder ins Stocken geriet. Schließlich der Deutschlehrer, der uns lange Balladen von Schiller oder Bürger aufgab und deren Vortrag nach einem geheimnisvollen Punktesystem streng bewertete. Meine Variation »Die Kraniche des Ibykus bereiten nicht nur mir Verdruss« fand er gar nicht originell und gab mir eiskalt einen Sechser. Alle hassten ihn. Die Schüler in den ersten Reihen spritzten ihm mit Tinte das Sakko voll, wenn er gerade etwas an die Tafel schrieb. Den Verweis dafür bekam ich, obwohl ich weit hinten saß und Kuli benutzte.

Fast verpasse ich mein Ziel. Ich steige aus. Ich hätte die Gegend beinahe nicht wiedererkannt. Die Station heißt immer noch *Rennplatz,* obwohl von der Pferderennbahn schon lange nichts mehr zu sehen ist. Das Feld ist ebenfalls weg. Jetzt stehen Wohnblocks und Reihenhäuser auf dem weiten Areal, das keine Weite mehr hat. Die alten Kastanien vom Bauernhof sind noch da. Ohne Bauernhof allerdings. Stolze Bäume, verbannt in die grüne Vorhölle eingezäunten Eigenheimglücks. Ich denke an den Bauern, der uns mit der Mistgabel drohte, wenn er uns dabei erwischte, wie wir in seinem Feld wieder einmal Geheimgänge anlegten. Der ehemalige Feldweg ist jetzt eine schmale Teerstraße zwischen abgezirkelten Grünflächen vor und hinter Häusern. Ich gehe den Weg in Richtung unserer Siedlung, sehe die mächtige Trauerweide, an deren Ästen ich mich als Tarzan geschwungen habe. Sie führt ein trauriges Dasein im Kiesgarten eines Reiheneckhauses.

Und schließlich erreiche ich die Häuser der Alfons-Bayerer-Straße. Ich staune. Sie sehen tatsächlich noch so aus wie damals. Eigentlich habe ich es ja bereits auf den Fotos im Internet gesehen. Die Blocks sind nur mit den üblichen Mitteln verschönert worden – neue Wärmedämmung mit cremefarbenem Rauputz, frisches Blau für die Balkone und schneeweiße Kunststofffenster. Ich stehe am Zaun zu unserem Hof. Hier war es, wo damals Papas Chef auf dem Feldweg vorbeikam und ich gerade im Gebüsch spielte.

»Du bist doch der Hans, der Sohn vom Gerd?«, begrüßte er mich freundlich durch den Maschendrahtzaun.

»Und du bist ein Riesenarschloch«, antwortete ich.

Er sah mich eher verdutzt als verärgert an, dann wurde er rot im Gesicht. Er ging weiter, ohne noch ein Wort zu sagen. Ich wunderte mich. Warum hatte ich das gesagt? Weil der Zaun zwischen uns war und ich mich unantastbar fühlte. Aber von wegen unantastbar – als ich heimkam, wussten meine Eltern schon Bescheid. Die nächsten zwei Wochen verbrachte ich ohne Fernsehen. Höchststrafe für mich.

*Arschloch* war noch ein harmloses Schimpfwort bei uns. Wir Jungs versuchten stets, einander zu übertreffen, und brüllten *Wichser, Fotze* oder *Zipfelklatscher* über die Höfe. Wir redeten auch immer ganz lässig darüber, wie das alles geht, mit dem Bumsen und so. Obwohl wir nicht viel Ahnung hatten. Elmar glaubte noch in der dritten Klasse, dass die Babys bei den Frauen aus dem Po kamen. Da hatte ihn wohl seine große Schwester verarscht. Genauere Einsichten verschaffte uns erst ein Pornoheft, das wir im Fahrradkeller fanden. Wir blätterten es aufgeregt durch und betrachteten interessiert gewaltige Brüste, rotfleischige Mösen und stramme Pimmel. Alles weit entfernt von dem, was ich gelegentlich zu Hause im Badezimmer zu sehen bekam. Mich erinnerte es eher an die Fleischtheke unseres Metzgers in der Killermannstraße.

»Was machen wir mit dem Heft?«, fragte Elmar, nachdem unsere erste Sensationslust befriedigt war.

»Wir verbrennen es.«

»Au ja!«

Wir hatten immer Feuerzeuge dabei und kokelten alles an, was uns in die Finger kam. Für das aufregende Fundstück genau die richtige Behandlung. Fegefeuer! Schon züngelten die blaugelben Flammen an dem Pornoheft. Wir sahen fasziniert zu, wie die Seiten sich aufwellten: glühende Planeten, verkohlte Bratwürste, lodernde Vulkankrater. Dann nur noch schwarze Aschereste, die wie Fledermäuse durch den Keller flatterten.

Mama hörte natürlich vom Balkon, was wir tagsüber so alles über den Hof brüllten. Als mein Bruder und ich einmal wieder zur wöchentlichen Grundreinigung in der Badewanne saßen, nahm Mama unsere Nacktheit zum Anlass, mit uns auch über den Körper der Frau zu sprechen. Damit wir das Thema mit mehr Respekt behandelten. Vielleicht auch, damit wir uns zumindest anatomisch korrekt ausdrückten.

»Und, wie heißt das bei den Frauen da unten?«, fragte sie meinen Bruder.

Klaus grinste mich verschwörerisch an.

»Nun?«, sagte Mama.

Klaus zögerte es ein wenig hinaus, kicherte, dann entließ er seine Weisheit mit hochrotem Kopf in die Welt: »Scheibe.«

Ich prustete los, und er tauchte mich stinksauer unter.

All die Geschichten sind mit einem Schlag da. Als ob ich direkt in unsere Wohnung hineinschaue, mittlerer Aufgang, erster Stock links, hinter die geeiste Badezimmerscheibe. Als einer der letzten Wohnblocks hat die Nummer 20 noch die alten hellgrauen Fassadenplatten. Allerdings ohne die typischen Sprünge, aus denen immer gelbe Dämmwolle hervorquoll. Spielen die Kinder hier nicht mehr Fußball und schießen dabei die Fassadenplatten kaputt? Es sind jedenfalls keine Kinder zu sehen. Aber wie auch an einem Freitagvormittag? Doch, jetzt sehe ich einen Jungen über den Hof rennen. Blaue Nylonjacke und an den Knien kaputte Jeans. Wie ich damals. Hey, du, will ich schon rufen. Er biegt beim letzten Block um die Ecke. Weg ist er. Da drüben hat Karl gewohnt, der Sohn einer amerikanischen Soldatenfamilie. Gab es damals amerikanische Soldaten in Regensburg? Offenbar. Manches weiß ich dann doch nicht mehr so genau. Ich lausche, warte auf etwas, auf ein Geräusch, das hier immer zu hören war, jetzt aber fehlt. Endlich fällt es mir ein. Der Rasenmäher von Hausmeister Bruckschlegel, dem Chef über die zehn Blocks und das Hochhaus mit seinen dreiundzwanzig Stockwerken.

Ich sehe mich um – die Häuser, Straßen, Parkplätze, die Müllhäuschen, Teppichstangen, Grünanlagen. Die Siedlung ist nicht schön. War sie noch nie. Für uns Kinder damals aber echt okay – immer viel los, jeder kannte jeden, die Erwachsenen rauchten alle, fuhren Kadett oder Käfer, im Heckfenster unseres Autos klebte wie bei vielen noch der Sticker *Willy wählen*. Die Röcke waren kurz, die Hosenbeine weit ausgestellt, bei den

Nachbarn gab es Schlagerpartys und angeblich Mixgetränke in bunten Farben. Und da war das weite Feld hinter den Häusern, das jetzt von einer neuen Siedlung besetzt ist.

Ich gehe den Weg bis zum letzten Wohnblock weiter. Und bin überrascht. Der Bunkerberg! Ich war mir sicher, dass er längst abgetragen wurde, dass er ebenfalls für die vielen Neubauten hatte Platz machen müssen. Ich hatte den Schuttberg inmitten der vielen Baustellen und Abraumhalden auf Google Maps nicht erkannt. Nein, es ist kein neuer Schutthaufen, kein Erdaushub von der Baustelle – es ist der alte Bunkerberg. An den Rand gedrängt in dem großen Wohngebiet. Und viel kleiner, als ich ihn in Erinnerung habe. Ich schließe die Augen und sehe den Berg in Flammen, schwarz-orange, höre die Sirenen der Feuerwehr, sehe das dampfende Wasser, den Schaum. Ich denke an unser Spiel *Feueralarm,* bei dem einer mit einem brennenden Grasbüschel den trockenen Grashang hinunterrutscht und eine Feuerspur legt, die der andere löschen muss – drüberwälzen oder mit der Jacke ausschlagen. Klingt gefährlicher, als es war. Die Flammen gingen ganz schnell aus. In der Regel. Nur einmal war das hohe Gras im Sommer so knochentrocken, dass ein Windstoß den ganzen Berg in Flammen steckte. Wir rannten davon und mischten uns unter die Schaulustigen, nachdem die Feuerwehr angerückt war.

Der Bunkerberg ist von blassem Grün überwuchert. Ich folge dem schmalen Feldweg, gehe an dem Wäldchen vorbei, in dem wir Baumhäuser gebaut und Äste für unser Lager organisiert haben. Alles wirkt lächerlich klein. Ich setze einen Fuß auf den Berg. Es fällt mir so schwer. Als hätte ich Blei in den Schuhen. Nur ein Hügel, bestimmt nicht höher als sieben, acht Meter. Mein Herz krampft sich zusammen. Ich komme mir so albern vor: ein erwachsener Mann, der auf einen Schuttberg seiner

Kindheit steigt, um ... Ja, um was zu tun? Was zu erfahren? Wen zu treffen? Mich selbst? *Huh, Geisterbahn!* Wie in dem Witz mit Elvis, den meine Mama nicht besonders lustig fand, als ich ihn ihr kürzlich erzählte: *Elvis liegt auf seinem riesigen Bett in Graceland und ist bis oben hin voll mit Medikamenten und Alkohol, da klopft es an der Tür. Irgendwann nimmt er schließlich wahr, dass jemand draußen an der Tür ist. Er rappelt sich auf und ruft: »Wer ist da?« Antwort: »Ich.« Elvis sinkt in die Kissen, zittert am ganzen Körper und stöhnt: »Ich ...?«*

Ja, ich treffe mich selbst hier, grabe in meiner Vergangenheit. Mir fällt ein Song ein, der ebenfalls mit Elvis zu tun hat: *Can't you just imagine, digging up the King, begging him to sing?* Maxi, wirst du mit mir sprechen, wenn ich dich hier finde?

Mit schweren kurzen Schritten stapfe ich den Erdhügel hinauf und setze mich oben auf einen der grobkiesigen Betonpfeiler, aus denen rostige Eisenstangen ragen. Ich berühre den Beton, den verbogenen Stahl. Jetzt erkenne ich die Schnauze des Düsenfliegers, das Flügeltrapez der Betonplatten, das MG vorn im Cockpit. Ich höre, wie die Schüsse aus den rauen Stangen peitschen. Alles ist da, der ganze Sound: die aufgeregten Kinderstimmen, das Schaben unserer Klappspaten und Dachdeckerhämmer, die das Erdreich durchfurchen, das Knacken der langen Äste, die wir hochgeschleppt haben und zerkleinern, um mit ihnen die Ränder des Granatkegels zu befestigen. Von unserer Festung aus bewerfen wir unsere Feinde mit Kiefern- und Tannenzapfen oder mit Zieräpfeln.

Ich bin ganz aufgeregt, klettere von dem Betonblock, trete fest auf, um den Boden unter mir zu spüren. Kein Zweifel. Alles vertraut, alles abgespeichert, bis ins kleinste Detail. Ich gehe die Pfade auf dem kleinen Berg entlang, sicher wie ein Schlafwandler. Ich laufe, renne, finde eine Kuhle auf dem Weg, über die ich schon so oft gesprungen bin. Auf dem höchsten Punkt des Bergs setze ich mich hin, blicke zu den Wohnhäusern der Alfons-Bayerer-Straße, suche den Balkon von Andi, dessen Mama immer einen roten Anorak raushängte, wenn es Zeit war für Mittag- oder Abendessen. Heute hängt keine rote Jacke am Balkon. Ich schaue hinüber zu dem ehemaligen Bahngelände. Dort stehen keine ausgemusterten Waggons, sind keine rostigen Gleise mehr. Da befinden sich jetzt Industriebauten, Parkplätze, eine Kleingartenanlage. Daran grenzen die weißen Werkshallen, die damals gerade neu errichtet wurden. Vor dem Zaun des Fabrikgeländes ist immer noch der verwilderte Grünstreifen. Aus dem hohen Gras und Gebüsch ragen dürre Birken wie Zahnstocher hervor. Dort war unser unterirdisches Versteck. Will ich es wirklich wissen? Ja, deswegen bin ich hier. Ich rutsche den Hang hinab. Bin mir nicht ganz sicher, wo genau unser Lager war, tappe durchs Gebüsch, verbrenne mir die Hände an den hohen Nesseln. An einer Stelle ist die Erde abgesenkt. Hier könnte es sein. Vorsichtig trete ich auf, fester, stampfe auf den Boden. Ist da ein Hohlraum? Ich zerfurche mit den Schuhen das Gras. Sind das Reste der Torflügel, die das Dach unseres Lagers waren? Mit bloßen Händen grabe ich fauliges Holz aus dem Boden. Ich entdecke das Plastikseil, das wir damals an der Luke befestigt hatten. Das Seil ist immer noch leuchtend orange.

Maxis Grab! Das schießt mir durch den Kopf.

*Unsinn! Bestimmt nicht! – Doch! Da unten liegt er und wartet auf dich! – Nein, tut er nicht! – So? Dann schau doch nach!*

Die Dämonen meiner Kindheit haben mich im Schwitzkasten.

Ich will Gewissheit. Ich brauche Werkzeug, einen Spaten. So weit habe ich gar nicht gedacht, als ich aus München losgefahren bin. So weit wollte ich vermutlich auch gar nicht gehen.

Aber jetzt bin ich hier und bringe mein Ding zu Ende. Ich gehe zu der Kleingartenanlage hinüber, laufe den Kiesweg entlang, spähe in die Gärten. Nur ein paar Senioren, vertieft in die Pflege ihrer Scholle. Ich sehe eine Laube mit geschlossenen Fensterläden. An der Außenwand hängt Gärtnerwerkzeug. Auch ein Spaten. Ich steige über den Jägerzaun.

Ich grabe wie ein Irrer, schaffe die vermoderten Holzreste von Luke und Abdeckung beiseite, das Wurzelwerk der Büsche, schwere, stark verdichtete Erde. Der Haufen wächst und wächst. *Ich schaufle hier ein Grab. Wenn ich finde, was ich suche, wird das mein Grab.* Solche Gedanken geistern mir durch den Kopf. Ich schwitze, habe Durst, an meinen nackten Armen kleben Staub und Erde. Meine Haare sind klatschnass. Ich bemühe mich, ruhig zu atmen. Gelingt mir nicht. Ich bin im Rausch, ich bin ein Goldgräber. Mein Gold heißt Wahrheit. Die Sonne steht heiß und brennend über mir. Ich erlebe meinen persönlichen *High Noon,* ein Duell mit mir selbst. Ich sehe mir von außen zu. Ich grabe, grabe, grabe. Halte inne, weil der Spaten auf etwas Hartes stößt. Vorsichtig entferne ich die Erde von der gemaserten Resopalplatte des alten Küchentischs. Ich tappe prüfend mit dem Fuß auf die Platte – und breche ein. Stecke bis zur Hüfte in dem Hohlraum. Slapstick. Ich bewege die Beine. Stoße an harte Gegenstände. Mein Atem stockt. Ich ziehe mich in eine sitzende Position hoch. Die Füße berühren nicht mehr den Boden. Als ich sie herausziehen will, gibt der Rest der Platte nach, und ich sacke ganz nach unten durch. Ich greife in die schwarze Erde. Meine Rechte bekommt etwas zu fassen. Ich schreie. Knochen! Ich springe auf, suche am Grubenrand Halt, kralle mich in feuchte Erde, Wurzelwerk und Grasnarbe. Ich hieve mich aus dem Loch, robbe über aufgeworfene Erde, sinke mit dem Gesicht ins Gras.

Du musst das zu Ende bringen, sage ich mir schließlich und stehe auf. Wie ferngesteuert klettere ich hinunter in das Loch. Zerstoße mit dem Spaten die Reste der Tischplatte. Zwinge mich, genau hinzuschauen, lege vorsichtig wie ein Archäologe die Knochen frei. Wirbelknochen. Ich muss an meinen Sohn denken, der früher mit großer Begeisterung Dinosaurierknochen aus Tonblöcken gemeißelt und die Plastikskelette bei uns im Flur aufgestellt hat – Bausätze aus dem Laden vom Deutschen Museum. Aber das hier ist kein Bausatz, kein Spiel. Ich lege Wirbel für Wirbel nach oben, kratze mit den Fingern das Erdreich weg, bis mich eine knochige Augenhöhle anstarrt. Der leere Blick schneidet mir das Herz entzwei. »Maxi, es tut mir so leid!«, flüstere ich. Ich lege die zweite Augenhöhle frei. Wir starren uns an. Tief in mir gurgelt es, ganz und gar körperlich. Gleich mache ich mir in die Hose. Meine Finger greifen in die Augenhöhlen, ich entreiße dem Erdreich den Schädel. Meine Hände gehen hoch, ich halte ihn wie einen Pokal, wie einen Ball, den der Nationaltorhüter in der WM gerade noch aus dem Kreuzeck gefischt hat. Es bricht aus mir heraus. Ich lache laut und dreckig. Die Sonne blendet mich, ich starre mit weit aufgerissenen Augen mein Fundstück an und schreie meine ganze aufgestaute Energie hinaus.

*Erlöst!* Vom Schädel eines großen Hundes. Die Tränen laufen mir über die Wangen. Meine Lippen sagen: »Danke, danke, danke!« Als hätte Gott es sich im letzten Moment überlegt, mich nicht Maxis Schädel in Händen halten zu lassen. Ich spüre es: Genau das hätte passieren können. *Hätte, hätte, hätte – Fettbulette!* Es ist nicht passiert. All das Dunkle, Drückende, all die Zweifel sind weg. Ich habe die Schublade aufgerissen, in der diese Geschichte aus meiner Kindheit vor sich hin gemodert hat. Es ist aus. Vorbei. Die Luft ist frisch und klar. Jetzt kann ich wieder zehn Jahre alt sein, frei und unbeschwert, die Welt mit Kinderaugen sehen, voller Neugier, ohne böse Ahnungen. Meine Seele ist glatt und unversehrt, ohne Wunden, ohne Narben. Ich trage keine Schuld!

Ich bin noch nicht fertig. Ich will alles sehen, alles wissen, grabe verrostete Tischbeine aus, das Plastikseil und weitere Hundeknochen. Schlauer Hund. Er hat die Luke aufgekriegt, sich durch den Spalt gezwängt und ist in den Bunker gekrochen. Aber er war nicht schlau oder kräftig genug, wieder herauszukommen. Ich grabe weiter. Was ist noch da unten? Nicht mehr viel. Ich finde eine rostige Dose Ravioli. Ich werfe sie nach oben, den Spaten hinterher und klettere aus dem Loch. Erschöpft und doch voll unbändiger Kraft, gehe ich zum Bunkerberg hinüber. Sehe die geborstenen Betonplatten, unter denen sich ein Hohlraum befindet, eine niedrige Höhle. Gerade groß genug für ein Kind, dass es hineinkriechen kann. Dort haben wir einmal einen toten Maulwurf gefunden und in seinen unterschiedlichen Verwesungszuständen studiert. All die Erlebnisse hier. Meine Welt. Ich werfe die Dose mit aller Kraft gegen die grauen Betonplatten. Die Dose platzt mit einem Knacken, Ravioli und Soße spritzen sternförmig weg.

Ich klopfe mir den Schmutz aus der Kleidung und gehe zur Kleingartenanlage hinüber, um den Spaten zurückzubringen. Ich wasche mich an einem Wasserhahn, trinke gierig. Auf der Terrasse der Laube stehen zwei Plastikeimer mit kleinen, schrumpeligen Äpfeln. Ich stopfe mir die Jackentaschen voll, beiße in einen Apfel. Das Fruchtfleisch explodiert in meinem Mund. Meine Sinne und Geschmacksnerven sind so geschärft, dass Zunge und Lippen brennen.

Zurück auf dem Bunkerberg klettere ich auf einen der Betonpfeiler, esse die Äpfel, kaue bedächtig, schmecke genau in mich hinein und lasse den Blick schweifen. Ich sehe nicht das Neubaugebiet, sondern das goldgelb wogende Meer der Ähren, höre die Rufe der Kinder, ich rieche das trockene Gras, spüre, wie es in die Handflächen schneidet, während ich den Hang hinunterrutsche. Ich will alles sehen. Ich streife durch die Alfons-Bayerer-Straße. Ich betrachte neugierig die Hauseingänge, die Klingelschilder. Bei Elmar steht tatsächlich noch *Gerber* dran. Damit habe ich nicht gerechnet. Seine Eltern? Die waren damals schon alt. Ob sie hochbetagt immer noch hier wohnen? Oder wohnt am Ende Elmar selbst dort? Oder seine Schwester? Beinahe klingle ich. Nein. Ich will nicht in ein anderes Leben hineinplatzen. Warum auch? Die Sache mit unserem Lager ist geklärt. Ich sehe mir die anderen Namen an. Beim Erdgeschoss rechts steht *Miller*. Hieß Heike so mit Nachnamen? Ich glaube nicht.

Heike war meine erste Liebe. Ein zartes, schüchternes Mädchen aus meiner Klasse. Sehr schüchtern. Vielleicht ist sie mir deswegen erst in der vierten Klasse aufgefallen. Heike sprach sehr wenig. Und wenn, dann sehr leise. Sie hatte weißblonde, halblange Haare, blaugraue Augen, ein zartes, blasses Gesicht. Alles war hell an ihr. Anderen schien ihre Schönheit nicht aufzufallen. Umso besser, dachte ich. Ich war total in sie verknallt. Ich saß zwei Bankreihen schräg hinter ihr und wünschte mir immer, dass sie sich umdreht und mich ebenfalls ansieht. Manchmal tat sie das auch, und ich war mir sicher, dass sie meinen Wunsch gespürt hatte. Sie sah dann immer gleich weg oder zu Boden. Wenn ich abends wach im Bett lag, war ich der tapfere Ritter Hans, der das schüchterne Burgfräulein Heike beschützte. Vor Raubrittern, Wegelagerern, Drachen. Wie in meinen Comics mit Prinz Eisenherz. Mit dem hatte ich zumindest die Topffrisur gemeinsam. Wenn Heike wüsste, wie oft ich sie schon gerettet habe! Und doch blieben wir auf Distanz. Wobei es eigentlich bei uns ganz einfach war, miteinander ins Gespräch zu kommen. Auf dem Hof spielten wir Fußball, Völkerball, Verstecken. Aber Heike war nie dabei. Elmar hatte mir erzählt, dass sie sich um ihre kranke Mutter kümmern müsse und deshalb fast nie rausgehe. Einen Papa gab es offenbar nicht. Warum, wusste ich nicht. Ich sorgte dafür, dass wir vor ihrem Fenster Ball oder Verstecken spielten. Die anderen ahnten nicht, dass ich hoffte, sie auf diese Weise herauszulocken. Und tatsächlich stand sie oft hinter dem weißen Store am Fenster. Ich sah ihr Gesicht, schemenhaft. Am liebsten hätte ich ihr gewinkt. Die anderen hätten mich sicher ausgelacht, wenn sie mich dabei gesehen hätten. Ich traute mich auch nicht, einfach bei ihr zu klingeln, sie abzuholen. So mutig war ich nicht. Außerdem hatte ich Angst, wie das bei ihr zu Hause wohl sein würde. Bestimmt roch es wegen ihrer kranken Mutter komisch.

Aber einmal traute ich mich dann doch etwas. Ohne lange nachzudenken. Ich hatte auf dem Flohmarkt vom Volksfestplatz ein Osterei gekauft – ein Plastikei mit einem hellblauen Samtüberzug und einer gezackten, dunkelblauen Zierborte. Ich hatte fünfzig Pfennig dafür bezahlt, und es gefiel mir wahnsinnig gut. Immer wieder strich ich mit den Fingerspitzen über die samtige Oberfläche und betrachtete das feine Glitzern. Würde es Heike auch gefallen?

Am Montag auf dem Heimweg von der Schule, als Karla noch mit ihren Freundinnen in der Schule herumtrödelte, lief ich voraus in die Killermannstraße, um Heike einzuholen. Ich erwischte sie an der Straßenecke beim Edeka.

»Ich hab was für dich!«, sagte ich atemlos.

Sie sah mich mit großen Augen an.

Ich setzte meinen Schulranzen ab, holte das Ei heraus und gab es ihr. »Für dich.«

»Es ist doch gar nicht Ostern«, sagte sie leise.

»Aber es ist schön.«

Heike sah das Ei mit ihren großen Augen an, dann mich. Und nickte.

Jetzt kamen Karla und ihre Freundinnen. Heike steckte das Ei schnell in die Jackentasche. Ich wollte etwas sagen, aber Heike lief davon, nach Hause. Ich sah ihr hinterher und kam mir total bescheuert vor. Was sich gerade noch völlig richtig angefühlt hatte, war mir plötzlich furchtbar unangenehm. Zum Glück hat Karla es nicht mitbekommen, dachte ich, sonst ist das beim Mittagessen das große Thema. Oder gerade nicht. Vielleicht herrscht ja auch peinliche Stille, weil Karla eifersüchtig ist.

Abends im Bett ging ich die Szene im Kopf immer wieder durch. »Ich hab was für dich ... So von wegen: Klingeling, hier ist der Eiermann!« – O nein, wie bescheuert! Ich zermarterte mir den Kopf, wie ich die Geschichte ungeschehen machen, ins Reich des Vergessens verbannen könnte. Ob sie es wohl jemandem erzählen wird, grübelte ich. Nein, sie spricht doch mit niemandem ... Aber vielleicht doch mit ihrer Mama ...? Irgendwann schlief ich ein.

Am nächsten Tag schaffte ich es nicht, Heike anzuschauen. Geschweige denn, sie anzusprechen. Ebenso an den folgenden Tagen. Ich versuchte nicht mehr, meine Freunde beim Spielen vor ihre Wohnung zu lotsen. Ich war verstört. Irgendwie unangenehm berührt. Elmar merkte, dass ich komisch drauf war, aber er fragte nicht nach. Wie gern hätte ich ihm erzählt, was mir auf der Seele brannte. Aber in Elmars Welt drehte sich alles nur um Comics, Big-Jim-Figuren, Bruce Lee, Fernsehen, Draußensein, Lager bauen. Er hätte sich über die Sache mit Heike und dem blauen Ei kaputtgelacht. Karla merkte auch, dass ich mich sonderbar verhielt. Aber sie sagte nichts. Vielleicht ahnte sie ja, was los war.

Ich hatte meine Pleite mit Heike fast schon vergessen, da kam Ostern. Die Ferien hatten begonnen, und ich wollte gerade bei Elmar klingeln, da sah ich in Heikes Fenster einen Strauß Palmbuschen. Daran hing ein Ei. Nur eines. Das hellblaue Samtei mit der dunkelblauen Borte. Ich starrte in das Fenster. Und sah Heikes Gesicht hinter dem Store. Wie durch Eisblumen. Mir wurde es ganz eng ums Herz. Ich wollte ihr winken. Aber meine Hand blieb in der Hosentasche. Wie festgefroren.

Jetzt sehe ich wieder in Heikes Fenster. Bunte Fensterbilder mit Barbapapa kleben an der Scheibe, auf dem Fensterbrett steht eine Orchidee in einem Topf mit einem bunten Windrad darin. Es sieht weit fröhlicher aus als das Fenster damals mit dem weißen Store, hinter dem ich Heikes trauriges Gesicht nur erahnen konnte, in der Wohnung voller Krankheit. Vor dem Haus steht ein Schild. *Parken nur für Eigentümer.* Früher war das hier alles nur zur Miete. Vielleicht hat ihre Mutter damals die Wohnung gekauft, und jetzt wohnt Heike mit ihrer Familie darin? Und ihre Kinder haben die Fensterbilder gebastelt? Warum nicht? Alles ist möglich.

Ich gehe die Straße hinunter. Ich fühle mich ganz leicht – ein Junge, der noch alles vor sich hat. Ich nehme die Abkürzung über die Wiese beim Hochhaus, wo Bruckschlegel und seine Frau im Erdgeschoss wohnten. Ob die noch leben? Hochbetagt und in Rente, aber weiterhin im Dienst, so von der Haltung her. Seine Frau hängt jedenfalls nicht neugierig am Küchenfenster, wo sie früher immer zu sehen war. Ich gehe an den Garagen vorbei zur Killermannstraße. Hundert Meter weiter ist der ehemalige Supermarkt, ein schmuckloser Flachbau. Verkauft wird hier nichts mehr. Was ist das heute? Eine Lagerhalle? Eine Garage? In dem Supermarkt habe ich meine ersten Versuche als Dieb gemacht. Brausewürfel, Lutscher oder Kaugummi wanderten beim Binden der Schnürsenkel unauffällig in den Sockenbund. Zigaretten zu klauen, traute ich mich nicht. Anders als Detlev von der Hausnummer 15. Als er von der Polizei im Streifenwagen nach Hause gebracht wurde, haben wir alle am Zaun gestanden und ihn bewundert, wie cool er hinten aus dem grünweißen Audi stieg. Und doch wollte niemand mit ihm tauschen. Mich haben sie beim Klauen zum Glück nie erwischt. Nur meine Eltern einmal, wie ich aus den Briefkästen unseres Hauses die Snickers-Werbesendungen herausfischte. Pro Briefkasten ein Dreierpack. Bei acht Parteien machte das vierundzwanzig Snickers für unseren Hauseingang. Die letzten drei Riegel fanden meine Eltern in meiner Schreibtischschublade, und ich musste sie unserer Nachbarin Frau Krause rüberbringen und Abbitte leisten. Die hatte nämlich von ihrer Freundin in der 19 von der Werbesendung gehört – und natürlich gleich einen konkreten Verdacht, warum in ihrem Briefkasten keine Schokoriegel gewesen waren. Dass ich nicht nur Frau Krauses Snickers, sondern alle geklaut und die restlichen bereits gegessen hatte, erfuhren meine Eltern nicht. Dafür merkte ich es. Ich hatte tagelang Verstopfung.

Jetzt sehe ich die Reihenhäuser, wo Lars wohnte, dessen Familie – für uns Kinder unverständlich – aus der Alfons-Bayerer-Straße fortgezogen war, hierher ins Reihenhausglück. Was will man denn mit einem Handtuchgarten, wenn man ein ganzes Feld haben kann?, fragten wir uns damals. Ich hatte Lars hier nur ein einziges Mal besucht. Schon solche kurzen Entfernungen können Kinderfreundschaften beenden. Wie hatte ich nur eine Sekunde glauben können, dass das bei Elmar und mir auf 120 Kilometer Entfernung funktionieren könnte?

Ich gehe weiter in Richtung Bahndamm. Hier am Roten-Brach-Weg wohnte Birgit. Nach Heike war Birgit das zweite

Mädchen, in das ich verliebt war. Groß, braun gebrannt, breiter Mund, strahlend weiße Zähne, fast schwarze Augen und lange, braune Haare. Birgit spielte Tennis! Das machte sonst keiner bei uns. Und sie hatte ein geheimnisvolles handtellergroßes Muttermal am rechten Oberschenkel. Das hatte ich einmal gesehen, als ich zufällig am Tennisplatz vorbeikam und ihr beim Trainieren zusah. Ich staunte, mit welcher Wucht sie die Bälle über das Netz schmetterte. So viel Kraft und Schönheit. Ich hätte mich nie getraut, sie anzusprechen. Was dann aber doch passierte. In der fünften Klasse habe ich einmal eine Kugel aus weichem Fensterkitt über den ganzen Pausenhof geschleudert, weil ich sehen wollte, ob ich es bis zu den Fahrradständern schaffen würde, und traf Birgit ins Auge. Ausgerechnet Birgit – unter Hunderten von Schülern. Mir tat das sehr leid, aber ich traute mich nicht zuzugeben, dass ich die Kugel geworfen hätte, weil ich bei den Lehrern vom Goethe ja eh schon auf der Abschussliste stand. Ich war heilfroh, dass mich keiner dabei gesehen hatte und dass nichts Schlimmeres passiert war. Und zum Glück war Birgit kein Mädchen, das gleich heulend zu einem Lehrer rannte. Ich hatte tagelang ein schlechtes Gewissen, bis ich es schließlich Mama beichtete. Sie verdonnerte mich, von meinem Taschengeld einen großen Strauß Blumen zu kaufen und mich bei Birgit zu entschuldigen. Als ich verdruckst mit den Blumen vor ihrer Haustür stand und in Birgits überraschte Augen sah, sehr groß, sehr dunkel, das eine leuchtend grün umrandet, war ich total hingerissen. Vielleicht wäre Birgit meine erste große Liebe geworden, wenn wir nicht bald nach Passau gezogen wären. Vielleicht.

Bei meiner Grundschule, einem immer noch erstaunlich modernen Ziegelbau mit Flachdach, sehe ich die Ecke am Schulhof, wo wir uns immer in der Pause herumdrückten, und im Sommer mit Zeigefinger und Daumen das Thermometer rieben – im Glauben, so hitzefrei bekommen zu können. Bis wir einmal eine Feuerzeugflamme daranhielten. Das Quecksilber raste nach oben, und das Glasrohr platzte. Profis!

Ich will schon in den Bus steigen, um zurück zum Bahnhof zu fahren, da entscheide ich mich anders. Ich habe Zeit, ich muss noch nicht zurück, niemand erwartet mich. Meine Frau und die Kinder sind schon zu den Großeltern nach Niederbayern vorgefahren, ich soll morgen nachkommen. So ist es vereinbart. Ich gehe zur Unterführung weiter und komme jenseits des Bahndamms am ehemaligen Fahrradgeschäft Stadler vorbei, wo uns die Eltern Rennräder kauften. Zehn Gänge! Ganz schmale Reifen! Unser ganzer Stolz. Klaus blau, ich rot. Jetzt sehe ich den Schlossberg, gesäumt mit Brombeerbüschen, von denen wir im Sommer aßen, bis uns der Bauch weh tat. Im Winter zischten wir mit unseren Schlitten die eisige Strecke hinab. Rodelpartien, die manchmal im dornigen Gestrüpp endeten.

An einer Wendeplatte stoppt der Bus. Die Türen öffnen sich zwischend. Endstation. Ich steige aus. Wo bin ich? Keine Häuser mehr, vor mir Felder und Wald. Die Sonne steht noch immer hoch am Septemberhimmel. War ich schon einmal hier? Mit dem Rad? Ich bin mir nicht sicher. Auf Verdacht folge ich dem Weg, der von der Wendeplatte abgeht. Ab und zu begegne ich Radfahrern. In bunten Kunststoff eingeschweißte Senioren, behelmt und sonnenbrillenverspiegelt.

Schließlich mündet der Kiesweg in einen schmalen Pfad an der Donau. Träge zieht ein Lastkahn auf dem braunen Fluss vorbei. Das Wasser schwappt an die großen Steinblöcke der Uferbefestigung. Wo einmal sandige Buchten mit Bäumen und Sträuchern waren. Ich denke an das Donauschwimmbad bei der Pfaffensteiner Brücke, in dem wir mit Mama manchmal waren.

Der Ausbau des Donaukanals begann damals gerade, und die Bagger fraßen Sand und Böschung. Aber auch heute in seiner maßgefertigten Eintönigkeit strahlt der breite Strom Stolz aus. Vielleicht gerade jetzt. Ordnung, Ruhe, Kraft.

Ich gehe stromaufwärts. Parallel zum Uferweg führt eine Straße entlang. Ab und zu sehe ich ein Auto. Ein starker Magnet zieht mich. Schon bald tauchen die schroffen Felsen auf, die steilen und dichtbewaldeten Hänge des Max-Schultze-Steigs. Hinter der nächsten Wegbiegung ist der Blick frei auf die Sinzinger Autobahnbrücke. Sie ist immer noch groß und beeindruckend, ein grober Keil im Donautal. Ich sehe zu dem felsigen Hochufer hinüber. Unser Revier.

Ich freue mich schon auf ein Eis beim Donaubauer. Als der Gasthof in Sichtweite kommt, warten dort Papa und Klaus bereits unter einem der Thurn-und-Taxis-Sonnenschirme. Sie sitzen auf den roten und gelben Plastikstühlen mit den gebrochenen Plastikrippen, in denen man sich mit kurzen Hosen immer die nackten Oberschenkel einzwickt. Natürlich ist das nicht so. Das sind nur Bilder in meinem Kopf. Beim Donaubauer ist schon lange kein Betrieb mehr. Die Fensterscheiben sind blind oder kaputt. An einer Hauswand entdecke ich das Langnese-Schild, das schon damals alt und rostig war. Ich drücke die Klinke der Gasthaustür. Verschlossen. Steht im Gang dahinter noch die Kühltruhe, über deren Rand wir uns immer gebeugt haben, um unser Eis aus den aufgerissenen Pappschachteln herauszufischen?

Als ich oben auf dem Steig bin, schwitze ich. Mein Blick geht über die verwilderten Hänge und die träge dahinfließende Donau bis zur rauschenden Autobahnbrücke. Ich folge dem Trampelpfad. Finde ich unseren Lieblingsplatz noch? Ich sehe Fahrradspuren im getrockneten Lehm des Weges. Offenbar fahren hier immer noch Verrückte mit den Rädern herum. Wie wir damals. Ich als Evel Knievel, der Typ, der mit seinem Motorrad über zwanzig Autos springt. Der Pfad schlängelt sich an einem großen, bemoosten Felsen vorbei. Dort sind die Krampen der ehemaligen Drahtseilsicherung. Von dem Stahlseil ist nur noch ein rostiger Meter mit aufgezwirbelten Drähten übrig. Ich steige auf dem schmalen Grat vorsichtig um den Felsen herum. Ein paar Schritte den steilen Berghang hinab, und ich erreiche die Felsen mit unserem Aussichtsbalkon über dem Donautal.

Die Zeit steht still. Vergangenheit ist Gegenwart. Auf dem sonnigen Felsplateau machen wir Feuer, stochern darin herum, sprechen kein Wort, verstehen uns mit einem einzigen Blick. Alles gehört uns. Wir bestimmen unser Umfeld, erfinden unsere Geschichten. Der große bemooste Stein dort unten im Wald ist ein schlafender Riese, den man nicht wecken darf – Hausmeister Bruckschlegel –, der Geröllhaufen daneben ist unsere Kinderarmee, die durch die Höfe der Siedlung tobt. Wir rufen von hier oben Kommandos, werfen Steine hinunter. Der Riese im grünen Filz schläft, unsere Armee ist von vielen Lagen Laub dezimiert. Die Magie des Ortes ist immer noch da. Der Duft von Laub und Holz und Erde. Ich lege mich auf den warmen Stein und das trockene Moos und sehe in den Bergwald hinab, schließe die Augen. Einen Moment nur.

Als ich aufwache, ist es kühl geworden. Mich fröstelt. Ich bin von meiner Rührseligkeit genervt, habe Hunger und Durst. Mein Handy zeigt fünf Uhr an. Ich reibe die steifen Glieder, will nach Hause. Steige um den Felsen, der das Plateau verdeckt. Da passiert es: Ich verliere den Halt, stürze den Hang hinab, Äste krachen, Laub wirbelt auf. Ich bekomme eine Wurzel zu fassen und klammere mich daran fest. Keinen halben Meter weiter geht es senkrecht in die Tiefe. Zehn Meter. Was wird das? Was mache ich hier? Ich stolpere durch meine Kindheit und liege gleich schwer verletzt im Wald! Oder tot. Nein, so schlimm ist es nicht. Trotzdem ärgere ich mich, jetzt mit dreckigen Händen und Klamotten im Laub zu liegen. Nach oben geht es nicht. Der Hang ist zu steil.

Ich quere ein paar Meter bis zu einer kleinen Felsgruppe. Ist dort der Abhang weniger steil? Ja, das wird gehen. Auf allen vieren krieche ich durch das abschüssige Gelände. Mit den Füßen suche ich nach Halt. Plötzlich stoße ich an etwas. Eine Stange? Ich schiebe das Laub beiseite. Ein verrostetes Fahrrad. Ich kratze den Dreck vom Rahmen. Gelber Lack. *Gelb! Ein Kinderfahrrad!* Mein Herz pumpt, meine Hände zittern. Mit hektischen Bewegungen schaufle ich das Laub beiseite. Ich ziehe das Fahrrad aus der lockeren Erde. Ich muss es mir gar nicht genau ansehen, längst habe ich es erkannt: Maxis Fahrrad! Die bunten Nabenbürsten, auf die er so stolz war. In den Speichen hinten klemmen die Joghurtbecherviertel, mit denen er das Hinterrad hat knattern lassen. Auf einem ist noch vage das Bulgaria-Motiv zu erkennen, der bärtige Mann mit der Fellmütze.

Maxi ist hier! Seit vierzig Jahren! Ich sehe Maxi, wie er uns verfolgt, während wir durch das Neubaugebiet radeln, sein Gesicht vor Anstrengung verzerrt, aber mit breitem Lachen. Weil er denkt, wir spielen Räuber und Gendarm. Was für ein Irrtum. Jetzt weiß ich, wie die Geschichte weitergeht. Maxi folgt uns bis hier draußen, auf den schmalen Pfaden bleibt er an uns dran, kommt vom Weg ab, stürzt hinab in den Wald. Elmar und ich verbringen hier unseren letzten Nachmittag vor der Reise nach Italien, während Maxi zerschmettert unter uns liegt. Wir sind oben auf dem Felsplateau und merken nichts. Nichts? Das Knattern seines Hinterrads, seinen Schrei, seinen Hilferuf? Wir hören nichts, sehen nichts, ahnen nichts. Unschuldig sind wir nicht.

Ich krieche über den Waldboden, taste mich voran, berühre Äste, Laub und Steine in der Erwartung, heute zum zweiten Mal in Knochen zu greifen. Aber ich finde nichts. Ist das wirklich Maxis Fahrrad? Hatten wir nicht alle diese buschigen, bunten Nabenbürsten und Joghurtbecher in den Speichen? Ich suche weiter. Finde nichts. Ich gebe es schließlich auf. Auch weil es dunkel wird. Auf dem immer noch steilen Hang rutsche ich mehrfach aus. Endlich erreiche ich die Wiese am Fuß des felsigen Hochufers, total verdreckt. Ich mache mich notdürftig sauber und gehe zur Straße hinunter. Polizei, kommt es mir in den Sinn. Nein. Jetzt nicht. Was sollte ich sagen? Ich muss nachdenken. Ich will nach Hause.

Die Straße ist schwach befahren. Ich gehe zurück in Richtung Prüfening. Als mir ein Taxi entgegenkommt, hebe ich die Hand. Das Taxi stoppt und wendet. In der Dämmerung hat der Fahrer meine schmutzige Kleidung nicht bemerkt. Jetzt zieht er die Augenbrauen hoch. »Ich bin gestürzt«, erkläre ich ihm. »Ich habe Geld.« Zum Beweis ziehe ich einen Fünfziger aus der Geldbörse. Der Fahrer bringt mich zum Bahnhof. Wie ein Schlafwandler husche ich durch den Bahnhof, finde den nächsten Zug nach München und lasse mich erschöpft auf einen Sitz fallen. Ich wache erst am Münchner Hauptbahnhof wieder auf.

Endlich bin ich zu Hause. Heute bleibe ich allein mit meinen Gedanken. Niemand stellt mir Fragen, was ich den ganzen Tag getrieben habe, warum meine Kleidung so dreckig ist, woher ich den tiefen Kratzer am rechten Handballen habe. Ich sitze in der dunklen Küche. Ich denke an Elmar. Ich würde ihm jetzt gern erzählen, was ich heute erlebt habe. Dass ich Maxi gefunden habe. Habe ich das? Nein, bisher nur sein Fahrrad. Was würde Elmar dazu sagen? Spielt das eine Rolle? Bin ich, sind wir schuld? Was können wir dafür, wenn Maxi wie ein Irrer hinter uns herradelt und den Abhang hinabstürzt? Aber geht es darum? Wer schuld ist? Nein, es geht darum, wie man miteinander umgeht. Ich sage meinen Kindern ständig, dass sie gerecht sein, sich um andere kümmern sollen, besonders um die, die nicht so beliebt sind. Graue Theorie. Vorbild bin ich keines. Wir haben Maxi wie den letzten Dreck behandelt. Und er hing trotzdem wie eine Klette an uns. Auch noch auf dem schmalen Weg am Hochufer. Wirklich? Vielleicht habe ich ja nur irgendein altes Kinderfahrrad gefunden, das irgendjemand da im Wald entsorgt hat. Gelb und mit bunten Nabenbürsten. Nein, das könnte jemand denken, der mit alldem nichts zu tun hat, der da draußen spazieren geht und das Rad zufällig im Wald findet. Nicht ich, der den ganzen Tag in seiner Vergangenheit gegraben hat, den das lange Gummiband der Erinnerungen an die richtigen Orte gezogen hat. Bis das Band so stark gespannt ist, dass es reißt und mir mit voller Wucht ins Gesicht schnalzt. Damit ich aufwache und mich der Wahrheit stelle.

Was soll ich tun? Alles aufrollen? Alte Wunden aufreißen? Haben sich Maxis Eltern damit abgefunden, nicht zu erfahren, was mit ihrem Sohn geschehen ist, wo er geblieben ist? Kann man sich mit dem Verschwinden des eigenen Kindes abfinden? Sicherlich nicht. Auch nicht mit der Ungerechtigkeit, dass das eigene Kind eher geht als man selbst.

Vor Jahren lag ich einmal wie so oft im Kinderzimmer auf dem Teppich zwischen den Betten von Franz und Antonia und hatte meine Hand gerade aus Marlenes Gitterbett gezogen. Ich wartete darauf, dass jetzt auch die beiden Großen einschliefen. Jedes Geräusch war in der Dunkelheit überdeutlich. Leise waren von draußen Autos zu hören, ab und zu ein Bus. Drinnen raschelten Decken und Stofftiere, die noch ihren Platz suchten.

Ich spürte nach einem langen, anstrengenden Tag eine tiefe Zufriedenheit, wusste, dass jetzt nichts mehr passieren, nichts mehr schiefgehen konnte.

»Papa, wie alt bist du?«, fragte Franz plötzlich.

Glück gehabt, dachte ich. Heute nicht die Welt, nicht das Universum oder Gott. Nur mein Alter. Fast sagte ich vierzig, aber mir erschien die Zahl zu groß, zu abstrakt. Ich wollte eine Bezugsgröße zu ihrem Alter herstellen und antwortete ihm: »Fast sechs mal so alt wie du und acht mal so alt wie Antonia.«

Langes Schweigen.

Dann Franz: »Das ist sehr alt.«

»Na ja ...«, sagte ich.

»Doch, sehr alt.«

»Du Papa ...?«, meldete sich jetzt Antonia.

»Ja?«

»Dann stirbst du ja viel eher als wir.«

Stille.

Schließlich sagte ich: »Ja.«

Und schickte lautlos hinterher: Hoffentlich.

Ostbahnhof. Ein öffentliches Telefon habe ich ewig nicht mehr benutzt. Und die 110 habe ich noch nie gewählt. Jetzt tue ich es. Als sich eine Polizistin meldet, sage ich mit unnatürlich tiefer Stimme: »Ich habe ein rostiges Kinderfahrrad gefunden. Und ein Skelett. Beim Max-Schultze-Steig, Regensburg, bei der Sinzinger Autobahnbrücke. Oberhalb vom Gasthof Donaubauer.« Natürlich kommt die Rückfrage, wer da spricht. Ich lege einfach auf. Werden sie Maxi finden? Meine Angaben waren ziemlich präzise. Oder machen sie nichts, weil immer wieder Verrückte anrufen, die sich wichtig machen wollen? Nein, so was denkt man sich doch nicht aus. Hätte ich Maxis Namen nennen sollen? Aber dann wüssten sie, dass jemand angerufen hat, der mehr über die Sache weiß. Das denken die sich vermutlich eh, wenn man seinen Namen nicht nennt. Na ja, wahrscheinlich nennen viele ihren Namen nicht, weil sie nichts mit der Polizei zu tun haben wollen. Werden sie nach Maxi suchen? Haben die in Regensburg noch Akten von Vermissten, die vor vierzig Jahren verschwunden sind? Und wenn da im Wald nur das Fahrrad liegt? Das mit den Knochen stimmt ja nicht. Aber wie sollte sein Rad sonst dorthin gekommen sein? Bestimmt ist Maxi den Hang hinabgestürzt und liegt irgendwo dort unten.

Maxi, kannst du mir die große Frage beantworten, die uns Kinder so interessiert hat? Wie ist der Augenblick, wenn man das Leben in seiner ganzen Tragweite und den Tod in seiner Unumkehrbarkeit erfasst und sich der Situation bedingungslos überlassen muss? Was passiert in der Verdichtung von allem auf eins – wenn die Farben von Himmel und Erde beim Sturz ins Leere verschwimmen? Wenn man den riesigen Lasterreifen kurz vor dem Crash sieht? Das Dröhnen des Föhns vor dem Eintauchen ins Badewasser hört? Wie ist das, wenn all die Schönheit, all die Hässlichkeit, alle Möglichkeiten und Versäumnisse in einem Augenblick zusammentreffen? Maxi, wo bist du jetzt, was machst du gerade? Bist du noch ein Kind? Ist die Zeit stehengeblieben? Hast du jemanden da oben, mit dem du quatschen kannst? So wie mein Sohn Franz und sein Freund Leo sich das vorstellen.

»Leo, was passiert, wenn man tot ist?«, fragte Franz einmal beim Wandern.

»Man kommt in den Himmel«, antwortete Leo. »Wenn man brav war. Und da lebt man dann weiter. Für immer.«

»Dann sterben wir zur gleichen Zeit«, beschloss Franz.

»Ja, wir treffen uns im Himmel und quatschen einfach weiter. Für immer und ewig.«

Die nächsten Wochen verbringe ich in großer Anspannung, durchsuche die Zeitung und das Internet nach einer Meldung, dass da draußen am Max-Schultze-Steig ein Skelett gefunden worden sei. Aber ich finde nichts. So was würde doch in der Zeitung stehen, oder? Ich habe sogar ein Online-Abo für die *Mittelbayerische Zeitung* abgeschlossen und lese aufmerksam den Lokalteil. Aber ich finde nichts. Und nach Wochen ohne Nachrichten zu dem Fall lässt mein Interesse nach. Langsam kommt mir mein Trip nach Regensburg unwirklich vor. War ich wirklich dort? Habe ich tatsächlich unser altes Lager aufgebuddelt? Bin ich am Hochufer der Donau herumgeklettert? Aber ich muss nur die Narbe an meinem rechten Handballen ansehen, um zu wissen, dass das alles genau so war. Aber meine Unruhe lässt nach, weil sich andere Dinge in den Vordergrund schieben – Arbeit, Schule, Alltagssorgen.

Mama erreicht mich im Büro. »Erinnerst du dich noch an die Sache mit Maxi, damals bei uns in der Siedlung in Regensburg?«

»Ja klar«, sage ich. »Was ist denn passiert? Hat man Maxi endlich gefunden?«

»Seine Knochen. Draußen an der Donau bei der Sinzinger Autobahnbrücke. Ein Unfall, kein Verbrechen, wie manche damals dachten. Sein Fahrrad lag da auch. Offenbar ist er einen Hang runtergestürzt.«

»Woher weißt du das?«

»Ich hab es von Veronika gehört.«

»Welche Veronika?«

»Karlas Mama. Die wohnen immer noch in Regensburg.«

»In der Alfons-Bayerer-Straße?«

»Nein, woanders, aber sie kennt da noch Leute.«

»Und woher weiß man, dass es Maxi ist, also die Knochen?«

»Die Polizei hatte noch die alten Unterlagen. Und da waren auch Röntgenbilder vom Zahnarzt dabei.«

»Und Maxis Eltern?«, sage ich. »Wie haben die reagiert?«

»Die sind doch schon vor Jahren gestorben.«

Ich atme auf und schäme mich sofort dafür. Als ich den Hörer auflege, bin ich aufgeregt und verwirrt. Plötzlich hat die Geschichte einen Schluss, ist fertig erzählt. Sie haben ihn gefunden. Maxi – ein paar Knochen im Wald. Ist das wirklich Maxi? Nein. Maxi, das ist der Junge auf dem Fahrrad mit dem breiten Lachen. Um das wir ihn betrogen haben. Er wollte dabei sein, dazugehören. Dass er unseretwegen auf den schmalen Wegen am Hochufer der Donau unterwegs war, werden seine Eltern jetzt nicht mehr erfahren. Aber wären sie noch am Leben, würde ich es ihnen dann erzählen? Hätte ich den Mut dazu? Ich weiß es nicht.

Ich sitze auf dem Balkon im Liegestuhl. Ich wollte eigentlich Zeitung lesen. Tue ich nicht. Ich denke nach. Die Sache mit Maxi sehe ich jetzt klar. Es ist nicht der große, schwere Schatten, der auf allem liegt, was ich erlebt habe, sondern ein dunkler Punkt, der mich zwingt, mich mit mir selbst auseinanderzusetzen, in den Spiegel zu schauen. Das Dunkle gehört dazu. Ich bin mir sicher: Ohne das Dunkle würde ich das Helle gar nicht in seiner ganzen Schönheit sehen. *The joy is not the same without the pain.* Das singt Badly Drawn Boy, ein britischer Songwriter, den ich sehr mag. Gemischte Gefühle haben mich schon immer interessiert. Und sie beschäftigen mich auch gegenwärtig. Trotz aller Lebenslust macht sich immer mehr Angst in mir breit, dass mir die Zeit durch die Finger rinnt. Vielleicht ist das ganz normal, wenn man fünfzig wird? Das war letzten Monat so weit.

Mein Geburtstag fiel auf einen Wochentag, und ich hatte mir frei genommen. Als die Familie außer Haus war, zog ich alleine los. Es war ein herrlicher Frühsommertag. Ich fuhr mit dem Rad isaraufwärts und staunte, dass so viele Menschen unterwegs waren. Hinter der Großhesseloher Brücke wurde es dann einsam. Am Georgenstein hielt ich an, setzte mich ans Flussufer und betrachtete den großen Felsen in der reißenden Isar. Nach dem starken Regen der vergangenen Tage führte der Fluss viel Wasser und war voller Treibholz. Ich sah den dicken Ästen zu, die sich am Felsen in den Strudeln drehten und dann weiter die Isar hinabtrieben. In meinem Kopf rauschten die großen und kleinen Geschichten im Strom der Zeit vorbei. Fünfzig Jahre sind verdammt lange und doch verdammt schnell vorbei, dachte ich. Und zugleich: Warum mache ich mir jetzt so schwere Gedanken, wo ich doch heute fröhlich sein sollte, das Schöne sehen sollte? Alles ist gut. Ich muss nur die Augen und die Ohren aufmachen. Das alles ist für mich da: das Sonnenlicht, das von den Zweigen und dem Laub der Bäume aufgefächert wird und das Moos im Wald zum Leuchten bringt, das Pfeifen der Vögel, das Rauschen des frischen klaren Wassers, die Alpenkette hinter den gelben Rapsfeldern – so viel Schönheit, so viel Weite. So vieles, was ich noch entdecken kann.

Als ich nach Hause fuhr, glühte ich innerlich voller Kraft. Natürlich hielt das nicht lange an. Aber ich muss nur das Bild von mir entstehen lassen, wie ich dort am Fluss sitze, und schon fühle ich mich besser, kann meinen Selbstzweifeln entgegentreten, der Angst, dass meine Zeit ausläuft.

Hinter der zugezogenen Balkontür höre ich gedämpft die Stimmen der Mädchen, ihr Streiten und Lachen. Sie haben umgeräumt, den Küchentisch zur Seite geschoben und mit einem Seil und Bettlaken zwischen zwei Stühlen einen Theatervorhang drapiert. Wenn ich aufstehe, sehe ich die Bühne auf der Küchenbank und die Darsteller – eine Hexe und einen Seebären mit Norwegerpulli und Fellmütze. Die Hexe haben sie von der Passauer Oma. Eine Böhmerwaldschnitzerei aus ihrer Heimat. Der Seebär ist von mir. Die Marionette habe ich in der vierten Klasse gebastelt. Meine Mutter hatte einen kleinen roten Pullover für ihn gestrickt und daran einen Anstecker mit einer norwegischen Flagge befestigt. Lange hing der Seebär an der Vorhangstange in Mamas Arbeitszimmer in Passau. Marlene fand ihn cool und hat ihn kürzlich nach München mitgenommen. Die Kinder lachen immer wieder, wenn die Hexe dem Seebären eins auf die Nase gibt. Es geht um eine Schatzkiste, eine Pralinenschachtel aus Blech. Wenn gerade nicht gekämpft wird, tanzen Hexe und Seebär miteinander und umarmen sich. Dann hauen sie sich wieder gegenseitig auf die Nase. Marlene und Antonia sind tief drinnen in der Geschichte, ganz im Moment und voller Glück. Ich höre sie und schließe die Augen. Die Sonne auf meinem Gesicht.

*Ich lauf barfuß übers Feld*
*spür das Stechen der Halme*
*hör das Singen der Nylonschnur*
*die mit starkem Zug in meine Handfläche schneidet*
*wenn ich versuch, den Drachen zu lenken*
*der majestätisch seine Kreise zieht*
*mit der Thermik immer höher will*
*weg von allem, was ihn hält*
*ein kleiner, schwarzer Fleck am Himmel.*
*Wird die Schnur gleich reißen*
*der letzte Meter von der Spule springen*
*oder lass ich einfach los?*

Elmar deutet fassungslos nach oben. »Hans, wie kannst du einfach loslassen?«

»Ich weiß auch nicht.«

»Los, hinterher!«

Die grüne Spule hüpft über den Stoppelacker, mal meterhoch, dann schleift sie über den Boden. Elmar ist nah dran, stürzt sich auf die Spule, sie springt hoch, er erwischt sie gerade noch, hält sie triumphierend fest.

*Zong!* Die Nylonschnur reißt.

Wir sehen in den Himmel. Der Drachen kommt ins Trudeln, taucht nach unten, fängt sich, steigt steil auf, dann erfasst ihn eine Windbö, und er verschwindet aus unserem Blickfeld.

»Der ist weg«, meint Elmar.

»Vielleicht kommt er ja wieder runter.«

»Ja toll – in China.«

Ich sehe hoch, muss lachen.

»Was ist so lustig?«

»Er fliegt«, sage ich.

»Ja und?«

»Du hast gemeint, dass man das nicht sagt: Drachenfliegen. Schau! Er fliegt!«

Wir grinsen uns an und sehen hoch.

In den weiten Himmel.

Elmar deutet fassungslos nach oben. »Hans, wie kannst du einfach loslassen?«

»Ich weiß auch nicht.«

»Los, hinterher!«

Die grüne Spule hüpft über den Stoppelacker, mal meterhoch, dann schleift sie über den Boden. Elmar ist nah dran, stürzt sich auf die Spule, sie springt hoch, er erwischt sie gerade noch, hält sie triumphierend fest.

*Zong!* Die Nylonschnur reißt.

Wir sehen in den Himmel. Der Drachen kommt ins Trudeln, taucht nach unten, fängt sich, steigt steil auf, dann erfasst ihn eine Windbö, und er verschwindet aus unserem Blickfeld.

»Der ist weg«, meint Elmar.

»Vielleicht kommt er ja wieder runter.«

»Ja toll – in China.«

Ich sehe hoch, muss lachen.

»Was ist so lustig?«

»Er fliegt«, sage ich.

»Ja und?«

»Du hast gemeint, dass man das nicht sagt: Drachenfliegen. Schau! Er fliegt!«

Wir grinsen uns an und sehen hoch.

In den weiten Himmel.

und Bettlaken zwischen zwei Stühlen einen Theatervorhang drapiert. Wenn ich aufstehe, sehe ich die Bühne auf der Küchenbank und die Darsteller – eine Hexe und einen Seebären mit Norwegerpulli und Fellmütze. Die Hexe haben sie von der Passauer Oma. Eine Böhmerwaldschnitzerei aus ihrer Heimat. Der Seebär ist von mir. Die Marionette habe ich in der vierten Klasse gebastelt. Meine Mutter hatte einen kleinen roten Pullover für ihn gestrickt und daran einen Anstecker mit einer norwegischen Flagge befestigt. Lange hing der Seebär an der Vorhangstange in Mamas Arbeitszimmer in Passau. Marlene fand ihn cool und hat ihn kürzlich nach München mitgenommen. Die Kinder lachen immer wieder, wenn die Hexe dem Seebären eins auf die Nase gibt. Es geht um eine Schatzkiste, eine Pralinenschachtel aus Blech. Wenn gerade nicht gekämpft wird, tanzen Hexe und Seebär miteinander und umarmen sich. Dann hauen sie sich wieder gegenseitig auf die Nase. Marlene und Antonia sind tief drinnen in der Geschichte, ganz im Moment und voller Glück. Ich höre sie und schließe die Augen. Die Sonne auf meinem Gesicht.

*Ich lauf barfuß übers Feld*
*spür das Stechen der Halme*
*hör das Singen der Nylonschnur*
*die mit starkem Zug in meine Handfläche schneidet*
*wenn ich versuch, den Drachen zu lenken*
*der majestätisch seine Kreise zieht*
*mit der Thermik immer höher will*
*weg von allem, was ihn hält*
*ein kleiner, schwarzer Fleck am Himmel.*
*Wird die Schnur gleich reißen*
*der letzte Meter von der Spule springen*
*oder lass ich einfach los?*